民國文化與文學^{研究}^{文叢}

十 一 編

李 怡 主編

第 2 冊

民國廣東與中國現代文學（中）

李怡、黎保榮 主編

國家圖書館出版品預行編目資料

民國廣東與中國現代文學（中）／李怡、黎保榮　主編 — 初版
— 新北市：花木蘭文化事業有限公司，2019〔民 108〕
目 4+220 面；19×26 公分
（民國文化與文學研究文叢 十一編；第 2 冊）
ISBN 978-986-485-788-3（精裝）
1. 中國當代文學 2. 文學評論
820.9　　　　　　　　　　　　　　　　　108011469

特邀編委（以姓氏筆畫為序）：

丁　帆	王德威	宋如珊
岩佐昌暲	奚　密	張中良
張堂錡	張福貴	須文蔚
馮　鐵	劉秀美	

ISBN-978-986-485-788-3

9 789864 857883

民國文化與文學研究文叢
十一編　第二冊　　　　　　ISBN：978-986-485-788-3

民國廣東與中國現代文學（中）

本書主編　李　怡、黎保榮主編
叢書主編　李　怡
企　劃　四川大學中國詩歌研究院
總 編 輯　杜潔祥
副總編輯　楊嘉樂
編　輯　許郁翎、王筑、張雅淋　美術編輯　陳逸婷
出　版　花木蘭文化事業有限公司
發 行 人　高小娟
聯絡地址　235 新北市中和區中安街七二號十三樓
　　　　　電話：02-2923-1455／傳眞：02-2923-1452
網　址　http://www.huamulan.tw 信箱 hml 810518@gmail.com
印　刷　普羅文化出版廣告事業
初　版　2019 年 9 月
全書字數　581878 字
定　價　十一編 12 冊（精裝）新台幣 23,000 元　　　版權所有・請勿翻印

民國廣東與中國現代文學（中）

李怡、黎保榮　主編

目次

上　冊

第八屆「西川論壇」開幕式致辭　李怡

第一編：民國文學形態、觀念與史料

再造民國與作家南下——《廣州民國日報》及
副刊之考察　張武軍 ……………………………………… 3

粵系第四軍與茅盾小說中的革命正統——
民國軍事史視角下的左翼知識分子精神歷程考察
妥佳寧 ……………………………………………………… 29

統一戰線中「藝術上的政治獨立」與民族主義立場
——論抗戰時期延安文學方向的幾次轉變
田松林 ……………………………………………………… 41

在「鋤頭」與「筆桿」之間——以延安魯藝詩人
勞動書寫為中心的考察　李揚 ………………………… 59

搏擊在虛空中——《呼蘭河傳》閱讀劄記　張均 … 85

1928～1937年燕京大學場域中的女性寫作　王翠艷 · 97

促進、限制與突破：文學研究會的社會機制透視
李直飛 ……………………………………………………… 115

寄宿學校體驗與「游離」詩人徐訏　高博涵 …… 131

從新發現的兩則史料看「吳宓贈書」　黃菊 …… 147

語言變革視閾中的《隔膜》版本考察　楊潔 …… 167

第二編：民國廣東與中國現代文學

《華商報》副刊與1940年代港粵文藝運動
顏同林 ……………………………………………………… 183

「風景」的重新發現——以黃遵憲為例看晚清
文人的南洋敘事　顏敏 ………………………………… 197

中　冊

由《古韻》看凌叔華的漢英雙語寫作——兼及其
家庭敘述的影響和限度　　布小繼 ……………… 215

僕僕風塵赴新都，時世紛繁能詩否？——李金髮
與民國南京　　趙步陽 …………………………… 229

他的國：梁啟超 1902 年幻想小說譯介與創作漫談
錢曉宇 ……………………………………………… 253

民國時期廣東女作家草明的中短篇小說創作
教鶴然 ……………………………………………… 267

病與藥：從吳趼人的「艾羅補腦汁」廣告談起
胡安定 ……………………………………………… 281

中共中央長江局戰時政策與穆木天的詩歌創作
陳瑜 ………………………………………………… 291

凌叔華小說的錯位現象研究　　曾仙樂 ………… 303

第三編：民國廣東與當代廣東詩歌

梁宗岱對「象徵」中國化的獨特解讀　張仁香 … 317

被壓制者的敘事：從底層視角看當代女性詩歌的
「軟性抵抗」寫作　　何光順 …………………… 327

月光與鐵的訴說：鄭小瓊詩歌印象　趙金鐘 …… 345

關於城市的現代性反思——以楊克詩歌為中心的
考察　　張麗鳳 …………………………………… 355

詩意瞬間與敘述干預——以陳陟雲詩作為例探討
抒情詩中的時間敘述　　吳丹鳳 ………………… 365

民間文學獎的獨立性、國際化與經典建構——
以「詩歌與人・國際詩歌獎」為中心　周顯波 … 379

蒲風新詩理論的價值與缺失　　楊俏凡 ………… 389

第四編：民國廣東魯迅與世界魯迅

廣州魯迅與在朝革命　　邱煥星 ………………… 401

廣州體驗、「名士」流風與魯迅的「革命政治學」
陳紅旗 ……………………………………………… 423

下　冊

魯迅與北新書屋　胡余龍 ……………………………… 435

《野草》命名來源與「根本」問題　符傑祥 …… 457

「社會主義元年」的中國形象建構──以電影
《祝福》為中心　李哲 ………………………………… 477

邊緣處的表達──再談《在酒樓上》的「魯迅
氣氛」　周維東 ………………………………………… 503

原魯迅：伊藤虎丸與日本魯迅研究的問題與方法
意識　王永祥 …………………………………………… 525

《狂人日記》主題再辨析　劉衛國 ………………… 541

魯迅《青年必讀書》一文及其論爭的博弈論分析
張克 …………………………………………………… 559

論魯迅之於「五四新文學傳統」的反諷意義
張冀 …………………………………………………… 573

「五四」前後中國知識分子生存困境的縮影──
欠薪、索薪與魯迅《端午節》的寫作　盧軍 …… 597

魯迅《漢文學史綱要》名義重釋──以「漢文學」
為中心　李樂樂 ………………………………………… 621

附錄一：張中良教授閉幕式學術感言　張中良 …… 647

附錄二：不閉幕的是時間　黎保榮 ………………… 649

附錄三：「民國廣東與中國現代文學」全國學術
　　　　研討會會議手冊 ……………………………… 651

由《古韻》看凌叔華的漢英雙語寫作
——兼及其家庭敘述的影響和限度

布小繼

（紅河學院人文學院）

摘要：

　　凌叔華以《古韻》爲代表的漢英雙語寫作，具有比較鮮明的家庭（家族）敘述特點。在人稱和稱謂變化、内容設計上和部分句式、表達的調整上體現出了兩種語言創作的區別。英語創作的表述更加純淨，努力凸顯出中國人的文化心理。其家庭敘述主要集中在青年男女的婚姻家庭生活、少年兒童好奇心理和大家族生活經歷上面。影響體現在前期對新型家庭別致的敘述樣式和中後期爲中西受眾提供不一樣的文化景觀上面，但内容題材的偏頗和「文化撕扯」構成了作家敘述的限度。

關鍵詞：《古韻》；凌叔華；漢英雙語寫作；家庭敘述；影響

　　凌叔華祖籍廣東番禺。就讀於燕京大學期間，用英文編寫短劇《月裏嫦娥》和《天仙配》，發表在 *Chinese Journal of Art and Science* 上，兩劇先後在協和醫院小戲園上演。〔註 1〕1924 年，經周作人推薦，在《晨報副鐫》上發表小說處女作《女兒身世太淒涼》，署名瑞唐。之後，在《燕大週刊》第 41～45 期上陸續發表過譯文《約書·那瑞那爾支》、《汝沙·堡諾》、《加米爾·克羅》等，又在 *Chinese Journal of Art and Science* 上發表了 *The Goddess of the Han*（《中國女皇》）。先後出版了小說集《花之寺》（1928 年，上海新月書店），内收短篇小說 12 篇，徐志摩爲其寫序言，陳西瀅爲之寫了《編者小言》；《女人》

〔註 1〕參見陳學勇：《凌叔華年表》，《高門巨族的蘭花——凌叔華的一生》，人民文學出版社 2010 年版，第 301 頁。

（1930 年，上海商務印書館）有 8 個短篇小說；《小哥兒倆》（1935 年，上海良友圖書公司）等，被視爲「新閨秀派」的代表性作家。認識弗吉尼亞・伍爾夫的侄兒朱利安・貝爾後，二人合作翻譯了凌叔華的部分作品發表，如把小說《無聊》合譯爲 *What』s The Point of It？* 把《瘋了的詩人》合譯爲 *A Poet Goes Mad*。凌叔華也自譯《寫信》爲 *Writing a Letter*。

　　1938 年 4 月，接受伍爾夫建議，開始英文自傳體小說 *Ancient Melodies*（《古韻》）之寫作。1950～1951 年，該書部分章節陸續在英國《觀察家》雜誌上發表，1953 年 11 月，單行本在伍爾夫和其丈夫創建的英國倫敦賀加斯出版社（*The Hogarth Press*）出版，1969 年再版，被譯成法、德、俄、瑞典等多個語種出版。1990 年，傅光明將其翻譯爲中文，次年由臺灣業強出版社出版，大陸版於 20 年後推出。

一、凌叔華《古韻》的漢英雙語寫作

　　Ancient Melodies（《古韻》）全書共分爲十八章，包括了穿紅衣服的人、母親的婚姻、搬家等內容。以「我」這一兒童的視角，描述了家族的發展史，具有比較鮮明的家庭（家族）敘述之特點。記述了「我」（小十）的成長經歷，即出生、幼兒時期、讀書、到日本及回國等情況。對大家庭的複雜關係、家庭生活作了詳細的描述，對兄弟姊妹之間的各種複雜的聯繫也作了交代，描繪了清末民初中國舊式大家庭在社會轉折時期的變化，以及社會變革在大家庭中的種種投影和折射。

　　就《古韻》創作的緣起和過程來看，凌叔華在與弗吉尼亞・伍爾夫的通信中，述說過自己的「不快樂」，不斷從後者這裡得到鼓勵。魏淑凌曾對凌叔華的「不快樂」做過分析，包括：情人朱利安・貝爾戰死於西班牙、家庭生活中的夫妻失和及日本侵略中國帶來的巨大恐慌等等。〔註2〕正是在這樣的情形下，凌叔華接受了伍爾夫的建議，將注意力轉移到自傳的寫作上。又在其啓發下，凌叔華不斷改進創作計劃、調整創作思路，完善創作內容。1950 年 11 月，《古韻》中的部分章節，如《穿紅衣服的人》、《童年在中國》、《我們家的老花匠》、《造訪皇家花匠》等在英國《觀察家》雜誌、《鄉村生活》雜誌上陸續發表。維塔・塞克維爾・韋斯特（Victoria Sackville West）是《觀察家》

〔註2〕（美）魏淑凌：《家國夢影——凌叔華與凌叔浩》，張林傑譯，百花文藝出版社 2008 年版，第 224 頁。

雜誌的專欄作家，弗吉尼亞·伍爾夫的親密朋友、一度的戀人，後者曾經以她爲原型創作了著名小說《奧蘭多》。1950年代初，通過她，凌叔華和倫納德·伍爾夫取得了聯繫。在給倫納德·伍爾夫的信件中，凌叔華說道，「在西方有許多關於中國的書籍，大部分都是應和西方讀者好奇心的作品。有時候，作者只是通過想像來編造中國人的故事。他們對讀者的態度是不誠實的，於是在西方讀者眼裏，中國人似乎成了半人半鬼的怪物。」〔註3〕這一解釋似乎也可以視作凌叔華創作《古韻》的動因之一。1952年5月，她完成了全書的寫作。「她編輯了早年的章節，又新寫了幾章，並放進幾張線條簡單的繪畫作爲插圖。」〔註4〕在寫給倫納德·伍爾夫的信件中，她又作了說明：「寫這本書的計劃開始於我最初與弗吉尼亞通信的時候。當時，她是第一個，也是唯一一個鼓勵我寫這本書的人。得悉她去世的消息後，我就無法繼續了。如你所知，第二次世界大戰的戰火席捲了中國，我不得不去應對一切困難，去擔負起一個中國人的責任，不得不把寫作推遲到戰爭結束之後。」〔註5〕

就該書中《搬家》一章來看作家的漢英雙語創作之區別。

首先，區別體現在人稱和稱謂變化上。中文版是以第三人稱來寫的，主人公小女孩叫枝兒；英文版以第一人稱來寫，主人公小女孩叫小十（Little Tenth）。都以小女孩的眼睛來看世界。

其次，內容設計上的變化。比較明顯的是前述「蛋與雞」一節，英文版中改爲：

> 「四婆，小雞生出來什麼色兒？黃的，還是黑的？」
> 「我現在怎麼知道，得等它們孵出來。」
> 「它們能長得跟大花雞一樣大嗎？」
> 「只要喂得好，準能。」〔註6〕

與1929年9月在《新月》雜誌上發表的相比，變化明顯。對話簡練還在其次，關鍵是不再有乏味的、無關緊要的對話了，更加合乎人物心理。

再次，對部分句式、表達上的調整。如中文裏「孩子們打他幾下都追不上去還手」〔註7〕，英文爲「When the children came to challenge him to fight，

〔註3〕同上書，第253頁。
〔註4〕同上。
〔註5〕同上。
〔註6〕凌叔華：《古韻》，傅光明譯，天津人民出版社2011年版，第20頁。
〔註7〕凌叔華：《女人》，天津人民出版社2016年版，第17頁。

he would not clench his fists even when they tried to beat him.」〔註8〕結尾也有明顯變化，中文為，「她一路依然嗚嗚的伏在阿乙姐肩上哭個不迭。阿齊姐她們看著都歎說，『看不出這孩子平常那麼乖，也會發這麼大脾氣！』」〔註9〕英文版為，「我不明白為什麼媽不許我去問四婆。乙貞過來抱我，我掙不脫，心裏就更難受。我把頭伏在乙貞肩上，嗚嗚地哭了。」〔註10〕前者從旁人眼光來突出描寫了小十的哭鬧，重點在對哭鬧的集中描寫；後者從內聚焦第一人稱敘事的角度來展示「我」的情緒變化過程。這一改寫在描述語言上的差異，還可以看作是人物性格塑造和個性刻畫上的不同，中文版儘量表現出其執拗倔強的一面，英文版中更為溫柔淑貞。此外，還有少部分的意思整合，總起來看，後者顯得更加精練、整齊，表達清晰。

凌叔華的英語創作與漢語創作相比較，至少體現為兩個特點：其一、對表述內容的提煉和純淨化。試圖使細節更加真實，使情節發展更為流暢，對中文不夠成熟之處加以改進；其二、努力凸顯中國人的文化心理，表現出比較強烈的個性意識。

二、凌叔華漢英雙語作品中的家庭敘述

凌叔華在其幾十年的創作生涯裏，包括《古韻》在內的漢英雙語作品中，有關家庭敘述的作品為數不少。大致可以分為幾類：

第一、對男女青年愛情婚姻家庭生活的關注，開啓了「問題小說」之後男女情感書寫的新型模式。如《花之寺》、《女人》等作品集中，對不如意的家庭婚姻關係的問題探討和對良好的家庭婚姻關係的讚賞構成了其唯一的主題。

短篇小說集《花之寺》中同名作品《花之寺》，描寫了男女主人公借到花之寺賞花的「豔遇」來增進夫妻感情的故事，表明夫妻之間的相處之道在於相互關心，同時也需要不時的情感調劑。《酒後》敘寫了女主人公在和自己丈夫共同面對另一個男青年時的好奇心理——她想去吻一下酒後熟睡的、俊美的男子，雖然懇請了丈夫的同意，但在反覆的心理鬥爭後還是放棄了這一看似不可思議的舉動。該文對女性幽微曖昧性心理的描寫非常地道，其細膩深切和溫婉別致處值得琢磨。《中秋晚》中剛結婚不久的商鋪老闆敬仁和妻子，

〔註 8〕Su Hua. Ancient Melodies, The Hogarth Press, London, 1953, p36.
〔註 9〕凌叔華：《小哥兒倆》，中國國際廣播出版社 2013 年版，第 29 頁。
〔註10〕凌叔華：《古韻》，傅光明譯，天津人民出版社 2011 年版，第 23 頁。

本想恩愛和睦一輩子，但中秋節晚上其乾姐的病危電話干擾了他們愉悅的心緒，「團圓鴨」吃了一口又吐出的不吉利動作，有一語成讖的效用，之後夫妻感情急轉直下，由磕磕碰碰、疙疙瘩瘩到形同陌路，加之男方生意虧空、移情別戀，夫妻感情竹籃打水一場空。可見，不善經營的感情是難以維繫的。《有福氣的人》中的章老太太，一直被家庭和睦的假象所包圍，當她不經意中聽到兒子夫婦之間的對話，才知道了一些幾個兒子彼此間明爭暗鬥的內情，卻只能徒呼奈何。同樣，《太太》中那個為了打麻將而不顧家庭實際只想把貴重衣服拿出去典當的太太也是無法經營好感情和家庭的。從內容上看，凌叔華此時期的家庭敘述具有如下特點：

首先，知識女性的人身依附。她們都是小知識分子或具有一定文化層次的人物，他們的思春、傷春、憐春其實就是殷實或小康人家閨閣婦女普遍具有的時代特質。「閨閣」所具有的隱喻特質，一是對身體的禁錮和限制，二是對男尊女卑、男權中心的固化。女性作為家庭中的「他者」而存在。換句話說，即便具有一定知識的年輕女性尚且無法從千百年來傳統文化的桎梏中走出來，無法到社會這一個更加廣闊的天地之中去尋找到自己的準確位置，只能期盼著遇到一個賢明的丈夫，相夫教子、歡度年月。這種思想上的依附性證明了「男尊女卑」的格局依然未被打破，女性的自立自強依然是一個嚴峻的話題。即便是和諧的家庭生活，也要以女方對男方的遷就、忍讓、順從為前提。

其次，人物的隱秘情感和環境描寫的對應關係。凌叔華小說集《花之寺》中的不少描寫，已經觸及到了身體語言及其所代表的隱秘情感，從而使其小說具有了明顯的現代性。《酒後》中少婦採苕對留宿家中的男子子儀醉酒狀態的心馳神往，《花之寺》中詩人幽泉打算與美女約會的迫不及待和對寺院中碧桃樹的找尋，《酒後》《吃茶》《等》中女子感情異動與所處的封閉空間（家庭）也形成了一定的對應關係，即相對封閉的家庭環境顯然更容易令青年男女生發出與愛情有關的種種聯想和幻夢。

獨幕劇《女人》中的太太，明知自己丈夫在外面搞姨太太，卻還在想「離了呢，他既然這樣，我還有什麼不捨得？不過，我們有了這三個孩子，為了三個寶寶，我應當好好打一打主意，若單為自己，這算不了什麼。（望到窗外孩子的玩具）唉，可憐他們都還這樣小！」〔註11〕《病》中相濡以沫的小夫

〔註11〕凌叔華：《女人》，天津人民出版社 2016 年版，第 197 頁。

妻、《瘋了的詩人》和《他倆的一日》中彼此恩愛的夫妻，都是年輕人互相欣賞的明證。也說明了日常家庭生活中，唯有相互尊重，才會美滿幸福。

對少年兒童好奇心理、好問心態的敘述，引導其在熱愛自然、熱愛生活的基礎上正確地認識自然與生活。以作品集《小哥兒倆》為代表，偏向於對生活的熱愛之描摹，對社會現實溫情又不失清醒的描繪，包括《小哥兒倆》《小蛤蟆》《搬家》《鳳凰》《弟弟》《小英》《生日》等。其中《小哥兒倆》中的大乖、二乖對八哥被貓吃掉以後的「仇貓」及見到貓之幼崽後的「愛貓」之態度轉變，非常具有戲劇性，較好地表現了童心之純真和人性本善的特點；《小蛤蟆》中試圖擺脫父母約束外出游蕩，去看精彩世界中「兩腳妖怪」的小蛤蟆之所見所聞，也具有明顯的批判性特徵，風趣而不失幽默。《鳳凰》《弟弟》《開瑟琳》等幾篇小說帶有童言無忌、童心純淨的樂趣，也有世俗成人社會中的污垢雜塵，貧富等級的懸殊在孩子們的世界中投下的陰影等，揭示了日常生活的另一個維度。

中篇小說《中國兒女》堪為典型。該文原來連載於《文學創作》第一卷第一、二、三期和第二卷第四期，署名「素華」，作為佚作被陳學勇「打撈」出來。小說以建國、宛英兄妹這一對少年兒童在 1938 年故都北平淪陷後的一系列遭遇為主線，把中國人特別是少年兒童同仇敵愾、共禦外侮的愛國主義精神很好地傳達了出來。尤其是寫出了他們由懵懂好奇到明事識禮，由未知家國苦難到理解抗戰行為，在艱難磨礪中快速成長的過程。標題「中國兒女」的象徵意味顯豁，即不僅是成年人在與敵人的戰鬥中不屈不撓，即便是小孩子，也知道且身體力行著這一點。同時，對建國母親等家人的描述，既體現出了一般母親的友善、關愛和慈祥的一面，也見出了她的深明大義——在她莫名其妙地被關五天後，對兒女反抗敵人的行為更是打心眼裏認同。

對大家族生活經歷的描述，有強烈的自傳性和中國文化展示的特性。《古韻》之《英文版序》作者、英國文學評論家韋斯特說道，「她在信中向我問候，並請我為她作序。我欣然接受，並相信讀者會像弗吉尼亞·伍爾夫和我一樣，為它著迷心碎。叔華現住在倫敦。她成功了，她以藝術家的靈魂和詩人的敏感呈現出一個被人遺忘的世界，在這個世界，對美好生活的冥思細想是不言自明的。她的每封信都能反映出她對於美的渴望。她的文筆自然天成，毫無矯飾，卻有一點惆悵。因為她畢竟生活在流亡之中，而且那個古老文明的廣袤荒涼之地似乎非常遙遠。美好的生活自然包含許多部分。在這部回憶錄中，

有些章節敘述了北京家庭紛繁懶散的日常生活，很有意思。」〔註12〕韋斯特從內容和風格兩方面對它作了簡要評價，書名《古韻》也是來自於韋斯特的建議。

抗日戰爭開始後，凌叔華的家庭敘述發生了比較大的變化，這可以從她與弗吉尼亞・伍爾夫的通信交往中看出。1938 年 4 月 5 日，弗吉尼亞・伍爾夫在給凌叔華的回信中說道，「我知道你有充分的理由比我們更不快樂，所以，我想要給你什麼勸慰，那是多麼愚蠢呵。但我唯一的勸告——這也是對我自己的勸告——就是：工作……我們曾經談論過（通過書信），你是否有可能用英文寫下你的生活實錄。這正是我現在要向你提出的勸告。你的英文相當不錯，能給人留下你希望造成的印象，凡是令人費解的地方，可以由我來做些修改。你是否可以起一個頭，把你所能記得起來的任何一件事都寫下來？……因此，請考慮寫你的自傳吧，如果你一次只寫來幾頁，我就可以讀一讀，我們就可以討論一番，但願我能做得更多。」〔註13〕稍後，又說道，「你已經開始動筆，我非常高興。朱利安常說，你的生活極爲有趣；你還說過，他請求你把它寫下來——簡簡單單，一五一十寫下來，完全不必推敲語法。」〔註14〕於是，凌叔華有了《古韻》的基本構思。

在 1938 年 10 月的信中，伍爾夫又說道，「由於某種原因，我將它擱置了一段時間，現在我要告訴你，我非常喜歡這一章，我覺得它極富有魅力。自然，對於一個英國人，初讀是有些困難的，有些地方不大連貫；那眾多的妻妾也叫人摸不著頭腦，她們都是些什麼人？是哪一個在說話？可是，讀著讀著，就漸漸地明白了。各不相同的面貌，使我感到有一種魅力，那些明喻已十分奇特而富有詩意。就原稿現在這個樣子來說，廣大讀者是否能讀懂，我說不好。我只能說，如果你繼續寄給我下面的各章，我就能有一個完整的印象。這只是一個片斷。請寫下去，放手寫。至於你是否從中文直譯成英文，且不要去管它。說實在的，我勸你還是盡可能接近於中國情調，不論是在文風上，還是在意思上。你盡可以隨心所欲地，詳盡地描寫生活、房舍、家具陳設的細節，就像你在爲中國讀者寫一樣。然後，如果有個英國人在文法上

〔註12〕同上書，第 185 頁。
〔註13〕《弗吉尼亞・伍爾夫致凌叔華的六封信》，楊靜遠譯，參見楊莉馨：《20 世紀文壇上的英倫百合弗吉尼亞・伍爾夫在中國》，人民出版社 2009 年版，第 420～421 頁。
〔註14〕同上書，第 422 頁。

加以潤色，使它在一定程度上變得容易理解，那麼我想，就有可能保存它的中國風味，英國人讀時，既能夠理解，又感到新奇……我感到，唯一的解脫是工作，希望你繼續寫下去，因為你也許會寫出一本非常有趣的書。」〔註15〕這樣的指導幫助，一直持續到了 1939 年 7 月伍爾夫自殺以前。

三、凌叔華家庭敘述的影響及限度

凌叔華家庭敘述的影響主要體現如下：

前期（1929 年前〔註16〕）的家庭敘述著力於對女性幽微曖昧性心理的描寫，細膩深切和溫婉別致處特別值得琢磨，所以在一些論者看來，其延續又發展了早先「問題小說」作家女性心態描述的「問題意識」，又不斷往人性、人心的深處推進。譬如小說《酒後》，周作人在《京報副刊》發表署名「平明」的《嚼字》一文，說讀後「覺得非常地好」；1925 年 3 月 2 日，朱自清在致俞平伯的信中也說，「《現代評論》中《酒後》及馮文炳之某篇，弟頗愛之。」〔註17〕又如魯迅針對《花之寺》曾評論說，「凌叔華的小說，卻發祥於這一種期刊的，她恰和馮沅君的大膽，敢言不同，大抵很謹慎的，適可而止的描寫了舊家庭中的婉順的女性。即使間有出軌之作，那是為了偶受著文酒之風的吹拂，終於也回覆了她的故道了。這是好的，——使我們看見和馮沅君，黎錦明，川島，汪靜之所描寫的絕不相同的人物，也就是世態的一角，高門巨族的精魂。」〔註18〕該觀點經常被論者引用。由此可見，凌叔華前期家庭敘述的影響首先在於她從創作題材和內容上提供了與 1920 年代「問題小說」「鄉土小說」作家頗不相同的文化景觀，貢獻了對自己所熟悉的家庭敘述的新樣式——較早地把受「文酒之風」吹拂的「五四」知識階層、知識男女處於舊式家庭中的困惑、掙扎、反抗展示在世人面前。從家庭敘述的方法上看，她既擅長於精細的心理描繪，把人物尤其是女性主人公的微妙複雜的性心理處

〔註15〕 同上書，第 424～425 頁。

〔註16〕 筆者認為，為了研究的方便，凌叔華的創作有必要進行階段劃分，1929 年以前的作品在內涵上的開掘和之後的相比差別較大，反映的社會生活層面也有明顯的不同，至 1952 年英文版《古韻》出版後，又有一個新的變化。故以 1929、1952 作為時間劃分，分為前期、中期和後期。

〔註17〕 參見陳學勇：《凌叔華年表》，《高門巨族的蘭花——凌叔華的一生》，人民文學出版社 2010 年版，第 304 頁。

〔註18〕 劉運峰：《中國新文學大系導言集 1917～1927》，天津人民出版社 2009 年版，第 88 頁。

理得栩栩如生，又擅長於文字的清新、幽嫻、富於詩情畫意和得到的表述。蘇雪林認為凌叔華的小說與曼殊菲兒有不少相似之處，把她比作「中國的曼殊菲兒」。尤其是在細膩的筆法、寫心理等方面。並且認為她還是一個畫家描寫天然風景對於顏色特具敏感，而且處處滲以畫意，是「文中有畫。」〔註19〕更其重要的是，凌叔華前期的家庭敘述同樣關注到了婦女解放、男女性別平等、人際關愛和倫理道德等問題。倡導婦女要自立自強，要自己主動而非依靠別人施捨來獲得平等權利，更要自己有解放自我的意識而不亦步亦趨於男性之後。夏志清認為，「這本書（《花之寺》）很巧妙地探究了在社會習俗變換的時期中，比較保守的女孩子們的憂慮和恐懼。這些女孩子們在傳統的禮教之中長大，在愛情上沒有足夠的勇氣和技巧來跟那些比較洋化的敵手競爭，因此只好暗暗的受苦……《繡枕》強有力地刻畫出舊式女子的困境。」「是中國第一篇依靠著一個充滿戲劇性的諷刺的象徵來維持氣氛的小說。在它比較狹小的範圍裏，這個象徵與《奧賽羅》裏苔絲狄蒙娜的手帕是可以相媲美的。」〔註20〕一方面作家注重對女人掌控自我命運的能力進行描繪，一方面又慨歎女人自身的不爭氣。但總體上看，凌叔華其實對那些敢於走出家庭、能夠走向更廣大社會的女性是持讚頌態度的。

第二、凌叔華中後期的家庭敘述，1937 年前後抗戰開始是一個較大的轉折點，一方面在於作家把此前主要聚焦家庭內部的敘述視角外移，把它與更為廣大的外部世界結合起來，即主人公走出封閉的閨閣，走出家庭的「牢籠」，走向外部社會。以《古韻》來說，該書出版後，出現了不少評論。Time and Tide（《時與潮》）週刊 1954 年 1 月 16 日第 35 卷 3 期發表了題為《中國的童年》的評論文章，其中說到，「書中洋溢著作者對生活的好奇、熱愛和孩子般的純真幻想，有幽默、智慧、不同尋常的容忍以及對生靈的深切同情。無論新舊，只要是好的，叔華都接受，從不感情用事。」〔註21〕1 月 22 日，英國《泰晤士報文學副刊》第 2717 期發表了洛哈德‧阿克頓未署名的評論文章《北京的童年》，「叔華平靜地、輕鬆地將我們帶進那座隱蔽著古文明的院落。現在這種文明已被掃蕩得蕩然無存，但那些真正熱愛過它的人不會感到快慰。她向英國讀者展示了一個中國人情感的新鮮世界。高昂的調子消失以後，古韻猶

〔註19〕 參見蘇雪林：《凌叔華的〈花之寺〉與〈女人〉》，《新北辰》1936 年 2 卷 5 期。
〔註20〕 夏志清：《中國現代小說史》，復旦大學出版社 2005 年版，第 57～58 頁。
〔註21〕 同上書，第 168～169 頁。

存，不絕於耳。」〔註22〕2 月 19 日，英國《觀察家》雜誌第 6556 期發表了《近期的其他書籍》一文，對《古韻》及文中凌叔華的自繪畫進行了評價，「書中有幾幅作者自畫的插圖：描繪那個機靈的小女孩同義母一起放風箏；和老花匠去買花；跟貢先生學詩，等等，都非常令人著迷。」〔註23〕在 J・B・普利斯特里（J・B・Priestley）的提名下，《古韻》成功地登上了英國暢銷書的排行榜，之後又被譯成法、德、俄、瑞典等多種文字出版。值得注意的是，該書可以視爲凌叔華海外跨文化傳播的成功之作，這與她和朱利安・貝爾、弗吉尼亞・伍爾夫及倫納德・伍爾夫等布魯姆斯伯里集團（Bloomsbury Group）〔註24〕的成員交往頻密有著莫大的關係。凌叔華之後還致信倫納德・伍爾夫，計劃寫《古韻》之後的第二部有關「戰爭與和平」的小說，但終因其駕馭不了戰爭題材及倫納德去世等原因而擱淺。

1988 年，《古韻》英文版由美國 Reed Business Information，Inc 推出後，亞馬遜公司在其圖書網站作了介紹：

「（凌叔華）是原直隸布政使的眾多女兒之一，這些迷人的回憶的作者，作爲一位作家和畫家受到弗吉尼亞・伍爾夫（Virginia Woolf）的鼓勵，（二人）於 20 世紀 30 年代開始通信，但從來沒有碰過面：1947 年凌叔華移居倫敦的時候，伍爾夫已經死了。作者以精緻的文字筆觸，描述了她作爲父親四姨太的女兒舒適的童年，在一個大家庭中，有六位母親和她們的孩子，義和團運動之前，僕人們（各自）服務好中國特權階層複雜的日常生活。它溫和地追憶了一個逝去世界的故事，暗示了即將到來的社會變化。（該書）五十年代在英國發行，現又在美國出版，這本回憶錄是爲娛樂新的受眾而寫的一本書。Vita Sack ville West（維塔・塞克維爾・韋斯特）稱讚它，因爲它『令人愉悅的勾勒了在世界另一端已經消失了的生活方式。』」〔註25〕雖是簡介，但它特別突出了凌叔華與弗吉尼亞・伍爾夫的交往和維塔所給的評價。

〔註22〕同上書，第 169 頁。

〔註23〕凌叔華：《古韻》，傅光明譯，天津人民出版社 2011 年版，第 169 頁。

〔註24〕有關布魯姆斯伯里集團尤其是朱利安・貝爾和凌叔華的交往，學界研究、描述甚多，比如（美）帕特麗卡・勞倫斯：《麗莉布瑞斯珂的中國眼睛》（Lily Briscoe's Chinese Eye），上海書店出版社 2008 年版；俞曉霞：《精神契合與文化對話——布魯姆斯伯里集團在中國》，復旦大學 2012 年博士論文等。另，趙毅衡《倫敦浪了起來》（人民文學出版社 2002 年版）、《對岸的誘惑》（四川文藝出版社 2013 年版）二書中亦有記載。

〔註25〕https：//www.amazon.com/AncientMelodiesHuaLingChen/dp/0876637519.

可以說，《古韻》的影響力在於它為海外受眾提供了不一樣的、有價值的、關於大家庭的文化，在家庭敍述中側重於提供不一樣的、迥異於西方家庭的文化質素和文化內涵，因而才得以暢銷，獲得好評。

但不可否認，凌叔華家庭敍述的限度（局限性）也是明顯的。熊式一在其暢銷書《天橋·香港版序》中說道，「近來還有一位老牌的女作家，用了她同行冤家的筆名，寫一部英文的自傳，除以殺頭為開場之外，還說他父親有六個太太，她自己便是姨太太所生的。我不能否認他們所根據的是事實，他們有照片為證，這位作家有她自己本人為證，但是我在英美講演時，總是告訴他們現在中國人大多數都不抽大煙，不纏足，不留長辮兒，不蓄妾，不殺頭，但是這有什麼用？……還有那位女作家，她也四處去講演，好讓人家鑒賞鑒賞姨太太女兒的豐彩！所以我決定了要寫一本以歷史事實、社會背景為重的小說，把中國人表現得入情入理，大家都是完完全全有理性的動物，雖然其中有智有愚，有賢有不肖的，這也和世界各國的人一樣。因此我一定要找兩個西洋人，放在裏邊。……我便把李提摩太寫成書中的洋主角，幫助中國的正主角李大同求學，做事，救國，反襯一位標準心地狹窄的傳教士馬克勞。」〔註26〕《天橋》香港版由香港高原出版社出版於 1960 年，該篇序言也應作於此前。這裡所指的「老牌的作家」，據比對，就是凌叔華。〔註27〕1957年至 1960 年期間，凌叔華數次往返於英國、法國、日本、大陸、新加坡等地，期間有若干訪問、交流、座談等。

也即是說，凌叔華《古韻》開頭借助「我」（文中的女兒小十）的視角所做的「殺人砍頭」的敍述，頗有展示國家「醜陋文化」的一面，難怪熊式一等人會如此較真。當然，從家庭敍述的整體情況來看，確實有借助此「噱頭」吸引西方受眾眼球的成分在內，也和後文主要聚焦家庭故事的內容有悖離之處。

在《「硬譯」與文學的階級性》一文中，魯迅列舉了凌叔華《搬家》（發表於《新月》第二卷第六七號合刊）一文中枝兒與四婆有關「蛋與雞」的一段對話後，評論說，「『文字』是懂得的，也無須伸出手指來尋線索，但我不『等著』了，意味就這一段看，是既不『爽快』，而且和不創作是很少區別的。」

〔註26〕熊式一：《天橋》，外語教學與研究出版社 2012 年版，第 14 頁。
〔註27〕據比對，熊式一所言的中國女作家應該是凌叔華。她在 *Ancient Melodies*（《古韻》）中所寫的內容，基本上符合熊式一所說的幾個特徵。唐山在《熊式一：走向了世界，卻失去了故鄉》（《北京晚報》2016 年 3 月 4 日第 42 版）一文中也提及此事。

〔註 28〕可見，其為寫而寫，未能助益於故事情節推進和人物性格發展的敘述為小說減色不少。部分家庭敘述內容表現的偏頗，對家庭內部成員間小矛盾、小事件的糾纏，使得其家庭敘述部分內容上的模式化、同質化傾向較為明顯，進而影響到了其主題思想深層次內涵的挖掘。

四、餘論

　　研讀凌叔華的家庭敘述文本，不難發現，她前期對女性命運悲劇的理解姿態是俯就式和窺探式的。所謂俯就式、窺探式，就是放低身段，用同情、憐憫和包容的眼光去看問題，看世相，看人生百態，由於一鱗半爪居多，所以就無法一探究竟，諸如夫妻爭吵、女子置氣、片斷回憶等等表現女性試圖衝破舊制度、舊家庭的障礙的內容。由於其筆力集中在某一個小的方面，社會生活涉足面狹窄，眼界受限，儘管用力較多，但無法避免思想單薄、內容單一、開拓不深的問題，有時還會耽於景物（靜物）的描寫而忽略了事態本真的揭示。

　　中後期的氣象相對宏闊，但由於前述的緣由——題材選擇、內容挖掘特別是受伍爾夫指導較多的《古韻》的創作，迎合西方受眾的內容多，作家處於母語文化（文化胎盤）與異質文化（外來文化）的撕扯之間，因而有較多的思想、語言和文化掙扎的痕跡，但這也成了另外一個悖論，即西方英語受眾可以廣泛接受的作品，對於國內（漢語）讀者而言，就難免成了「夾生飯」或「雞肋」了。這種狀況，在林語堂《吾國吾民》《生活的藝術》、蔣彝《羅鐵民》《重返祖國》，乃至葉君健《山村》、張愛玲《秧歌》《赤地之戀》等英語或漢英雙語作品（同一題材的漢英版本）中都存在，可以說，中國現代漢英雙語作家自始至終都不得不面對這樣「文化撕扯」「文化裂變」問題〔註29〕，

〔註28〕魯迅：《魯迅全集》（第四卷），人民文學出版社 2005 年版，第 203 頁。

〔註29〕「文化撕扯」在蔣彝身上表現較為明顯。他的作品，或以中國為文化參照，對異國他鄉進行文化嫁接式的描述，從而吸引西方受眾，如「啞行者畫記」系列；或以中國為主要題材，用英語書寫中國故事進行西方語境中的闡揚，如《羅鐵民》《明的故事》《金寶遊動物園》等；具體來看，中西兩種文化在他的作品中體現出一種「默契」，即以英語創作傳達中華文化思想。但前述作品中，也經常會有顧此失彼的情況，體現為作家對互為異質文化的雙方在駕馭能力上的失衡；「文化裂變」指在西方語境中用英文進行創作的中國作家，在克服和超越了語言使用困難的基礎上，在語言駕馭方面體現出了新的變化，即有意無意地創造出了一種適應西方受眾且便於理解的語言形式，部分完成了語言駕馭上的「飛躍」，如葉君健的《山村》，其語言既非地道的倫敦英語，也非一般的「中國式英語」，而是改造後的、帶有中國思維特點的新式英語。

或許也是當今脫胎於母語環境，處於異邦語境中、用外文書寫的作家們的文化宿命吧。

作者簡介

布小繼，紅河學院人文學院教授，文學博士。研究方向爲中國現當代文學與現代文化。

僕僕風塵赴新都，時世紛繁能詩否？[註1]
——李金髮與民國南京

趙步陽

（金陵科技學院）

摘要：

　　雕塑家、詩人李金髮自法返國後的二十年（1925 年～1945 年）中，在南京生活其實只有不到三年的時間。不過，從某個角度來看，二十年中兩度前往南京謀生活，卻是李金髮返國後的重要轉捩點。對於李金髮來說，雖一心要投身於藝術，但是返國後的顛僕流離，來自政治層面的紛擾和影響，實在不容小覷。而在這其中，因爲南京在民國政治版圖中的特殊地位，也就不可避免要和李金髮及其生活、藝術工作等發生勾連了。本文選擇李金髮與南京遭遇往還的四個時間節點，結合現有文獻與史料，對於李金髮與民國南京的空間關係進行分析與梳理，進而在此基礎上，對於李金髮與民國政治、教育、藝術以及文學的關係作了進一步考證、分析與討論。

關鍵詞：李金髮、民國南京、雕塑、詩歌、民國教育

　　上世紀 90 年代末，李金髮寫於 30 年代的一篇散文《在玄武湖畔》，開始被選家們陸續選入各種南京詩文選本。筆者曾做過統計，上世紀 80 年代至今刊行的約 20 餘種南京詩文選本 [註2] 中，入選次數最多的民國篇什，是朱自

〔註 1〕 本文爲 2017 年度江蘇高校哲學社會科學研究基金項目《基於詩文選本視角的近代以來南京城市形象的嬗變與敘述研究》的階段性成果，項目編號：2017SJB0486。

〔註 2〕 參見趙步陽，《南京詩文選本中的民國篇什——兼論選家的態度與困難》，收入李怡、趙步陽編《民國南京與中國現代文學（下）》，臺灣花木蘭文化出版社 2017 年 9 月版；趙步陽，《南京選本與選本中的近代南京》，《書香南京》公眾號 2017 年 10 月 23 日刊發，https://mp.weixin.qq.com/s/QEHUHKlzEkk_cosvXno1FQ。

清的《南京》、俞平伯的《槳聲燈影裏的秦淮河》兩篇文章，均是 9 次，其次就是朱自清的《槳聲燈影裏的秦淮河》和李金髮的這篇《在玄武湖畔》了，有 8 次之多。這真是一個令人意外的數據，李金髮雖然在現代詩壇上被尊為「中國象徵主義的先驅者」（瘂弦語），然其文名和這篇文字的影響力，似都不能和朱自清、俞平伯及其文章相提並論，對於南京人來說，李金髮似乎更像是一個「陌生人」。特別是，朱、俞二位先生的三篇文字，幾乎已經可以被認為是反映民國南京城市形象的經典了。因此，《在玄武湖畔》一文的頻繁入選，一方面說明了這篇文字的文學價值與文獻價值；另一方面，這一數據似乎又在提示我們，作為廣東客家人的李金髮，他與南京這個城市之間絲縷相連、微妙難言的關係，尚有待發掘與梳理。

　　1919～1925 年，李金髮參加第六批赴法勤工儉學來到法國，在一種懵懂不知中「邂逅」並投入雕塑藝術的學習，在法國巴黎、第戎、德國柏林等處輾轉經年，終於以詩人、雕塑家的身份學成返國。1925 年 6 月，躊躇滿志的李金髮和德籍夫人屐妲所乘的日本輪船抵達上海，然而，「船到黃浦灘頭之前，船上已公布上海五卅總罷工的消息」，「到了楊樹浦，一片死寂」〔註3〕。這一無從選擇的時間節點，彷彿就此成為一個隱喻或楔子，暗示著民國動盪的政治局面對於李金髮個人志向的影響與撥弄。

　　李金髮返國後的二十年（1925 年～1945 年）中，在南京生活的時間其實只有 1927 年 10 月至 1928 年 3 月，以及 1934 年至 1936 年兩個時期，前後相加不到三年。這麼說起來，似乎李金髮與南京的緣分不深。但是從某個角度來看，二十年中兩度前往南京謀生活，卻都可以說是李金髮返國後的重要轉捩點。對於李金髮來說，雖一心要投身於藝術，努力「創造出一點新的東西來」〔註4〕，但是返國後的顛僕流離，來自政治層面的紛擾和影響，實在不容小覷。而在這其中，因為南京在民國政治版圖中的特殊地位，也就不可避免要和李金髮及其生活、藝術工作等發生勾連了。以下即選擇李金髮與南京遭遇往還的四個時間節點，結合現有文獻與史料，對於李金髮與民國南京的空間關係作一分析與梳理，進而在此基礎上，對於李金髮與民國政治、教育、藝術以及文學的關係作進一步考證、分析與討論。

〔註 3〕李金髮：《浮生總記·人海茫茫長安難居》，陳厚誠編：《李金髮回憶錄》，東方出版中心，1998 年版，第 64 頁。《浮生總記》原連載於 1964 年 10 月至 1966 年 4 月《蕉風》（馬來西亞）第 144～162 期。

〔註 4〕李金髮：《少年藝術家的態度》，《學藝》1925 年 10 月第 7 卷第 3 號。

1、1925 年，在上海做著與南京有關的工作

也許從一開始，李金髮就未曾想過去南京工作、生活的事。「城野不分明」〔註 5〕的南京顯然並非李金髮返國從事文藝工作的首選城市，對李金髮和夫人屐妲而言，上海看起來似乎是更理想的。一方面，赴法勤工儉學前，李金髮就曾在上海讀書，今又接到上海美專校長劉海粟的邀請返國，坦途在前，似乎一切光明；另一方面，對屐妲來說，「十里洋場」的上海，看起來也是一個初來乍到的外國人最可能迅速適應的城市。然而，待李金髮夫婦眞正到了上海才發現，不僅國人不解雕塑者爲何，劉海粟曾許諾的雕塑系也未招到一個學生。如此，對於李金髮來說，生計問題幾乎是立刻擺在眼前了。正是在這個時候，在接踵而至的壓力和失落下，南京給了李金髮堪稱返國後最初的希望和動力。

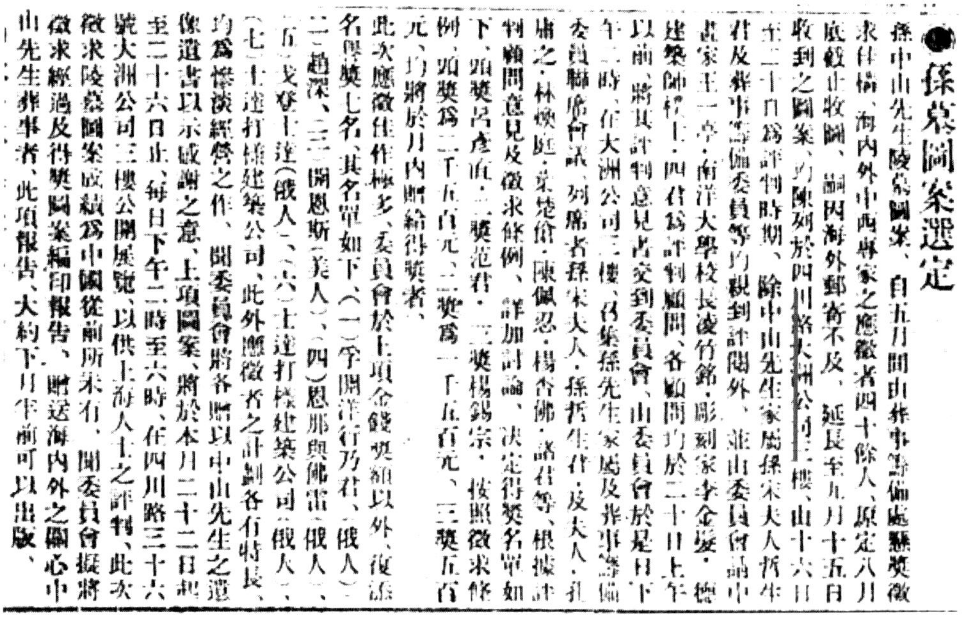
孫墓圖案選定
孫中山先生陵墓圖案、自五月間由葬事籌備處懸獎徵求以來、海內外中西專家之應徵者四十餘人、原定八月底截止收圖、嗣因海外郵寄不及、延長至九月十五日、收到之圖案、均陳列於四川路大洲公司三樓、由十六日至二十日為評判時期、除中山先生家屬孫宋夫人哲生君及葬事籌備委員等均親到評閱外、並由委員會請中國畫家王一亭、南洋大學校長凌竹銘、彫刻家李金髮、德國建築師樸士、四君為評判顧問、各顧問均於二十日上午以前、將其評判意見書交到委員會、由委員會於是日下午二時、在大洲公司三樓、召集孫先生家屬及葬事籌備委員聯席會議、列席者孫宋夫人、孫哲生君、及夫人、孔庸之、林煥庭、葉楚傖、陳佩忍、楊杏佛、諸君等、根據評判顧問意見及徵求條例、詳加討論、決定得獎名單如下、頭獎呂彥直、二獎范君、三獎楊錫宗、按照徵求條例、頭獎為二千五百元、二獎為一千五百元、三獎五百元、均將於月內贈給得獎者、此次應徵佳作極多、委員會於上項金錢獎額以外、復議名譽獎七名、其名單如下、(一)孚開洋行乃君(俄人)、(二)趙深、(三)開恩斯(美人)、(四)恩那與佛雷(俄人)、(五)戈登士達(俄人)、(六)士達打樣建築公司(俄人)、(七)士達打樣建築公司、此外應徵者之計劃各有特長、均為慘淡經營之作、聞委員會將各贈以中山先生之遺像遺書以示感謝之意、上項圖案、將於本月二十二日起至二十六日止、每日下午二時至六時、在四川路三十六號大洲公司三樓公開展覽、以供上海人士之評判、此次徵求陵墓圖案成績為中國從前所未有、聞委員會擬將徵求經過及得獎圖案編印報告、贈送海內外之關心中山先生葬事者、此項報告、大約下月半前可以出版、

圖 1 《申報》1925 年 9 月 21 日 本埠增刊消息《孫墓圖案選定》

1925 年 9 月 18 日，李金髮接到一封署名孫科請他去莫利愛路宋慶齡家赴宴的請帖，原以爲是請他爲中山先生塑銅像，結果卻是請他擔任南京中山先生陵墓徵集圖案的評判顧問。9 月 19 日，李金髮和屐妲到四川路大洲公司三樓評判了一個鐘頭。他後來在回憶錄《浮生總記》裏說，其實他「當時以范

〔註 5〕陳西瀅：《南京》，《西瀅閒話》，新月書店，1928 年。

文照的圖案爲第一獎」〔註6〕。不過，在 9 月 20 日的葬事籌備委員會及家屬聯席會議（李金髮等評判顧問未參加）上，是呂彥直的鐘形圖案被取爲頭獎。《申報》1925 年 9 月 21 日所發的消息《孫墓圖案選定》報導了此事。（參見圖 1）對於李金髮來說，這可以說是他與南京最初的緣分。我們今天無從揣測他因此會對南京形成什麼樣的認識，但是對一個初出茅廬、意欲大展宏圖的雕刻家而言，能參與到這樣一個與南京有關的歷史事件中，自然是十分重要的。

這之後不久，李金髮就接到了孫科的邀請，請他試做中山先生的頭像。李金髮很高興，立刻就動起工來。李金髮在《做總理銅像的回憶》一文中述及，動工之初，他「搜集到很多總理生平的照片，頗足參考，又二日大致就緒，旋孫哲生（按：即孫科）君與林煥庭君來舍參觀一週，表示極滿意，並指出某處要肥某處要瘦，以資修改」〔註7〕。然而，這之後，因宋慶齡、孫科對於塑像的修改意見相左，李金髮無所適從起來，東修西改，「不像了，只好重新做一個」〔註8〕。此事前後歷兩年有餘〔註9〕，期間雖有《申報》分別於 1926 年 4 月 25 日、9 月 2 日以《孫中山先生塑像》、《李金髮改作中山銅像模型告成》爲題報導此事，贊李金髮爲「中國研究西洋雕刻之第一人」，並稱他所作的中山先生的塑像，「歷經孫科及孫宋夫人之賞識，皆以爲南京銅象徵求之獎品，當以爲最有希望」〔註10〕，「李君以其最後改作者應徵，聞此次中外應徵者雖多，而仍以李君得獎之呼聲爲最高者云」〔註11〕（參見圖 2、圖 3），然而，如我們現在所看到的，中山陵園（墓）內現存三個民國時期所製中山先生塑像〔註12〕中，並無李金髮所作的孫中山先生銅像。──1927 年 12 月，葬事籌備處發還了之前李金髮試做的塑像。這時候，李金髮已經到南京任職。對李金髮來說，此事最終還是「無結果而散」〔註13〕了。

〔註 6〕 李金髮：《浮生總記·人海茫茫長安難居》，《李金髮回憶錄》，第 65 頁。

〔註 7〕 李金髮：《做總理銅像的回憶》，原載於《美育》1928 年 12 月第 2 期，《李金髮回憶錄》，第 190 頁。

〔註 8〕 李金髮：《做總理銅像的回憶》，《李金髮回憶錄》，第 190 頁。

〔註 9〕 據李金髮《做總理銅像的回憶》一文，「直到去年（按：應是 1927 年）12 月，始將各應徵者的作品發還，說是葬事籌備處認爲統統不合用故此發還」，從 1925 年有此動議，到此事無結果而散，差不多兩年零三個月。

〔註 10〕 《孫中山先生塑像》，《申報》1926 年 4 月 25 日本埠增刊。

〔註 11〕 《李金髮改作中山銅像模型告成》，《申報》1926 年 9 月 2 日第四版。

〔註 12〕 如今中山陵園祭堂內的石雕孫中山坐像爲法國保羅·朗特斯基雕刻，墓室內石雕孫中山全身臥像爲捷克高崎雕刻，藏經樓前孫中山先生銅像爲日人梅屋莊吉委託日本「筱原金作工場」所鑄。

〔註 13〕 李金髮：《做總理銅像的回憶》，《李金髮回憶錄》，第 191 頁。

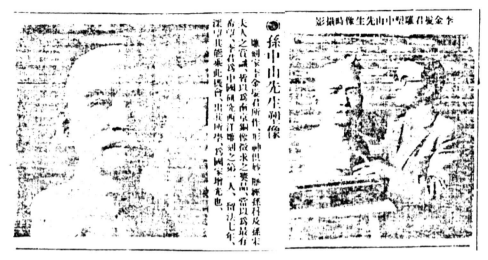

圖2　《申報》1926 年 4 月 25 日　本埠增刊・藝術界消息《孫中山先生塑像》

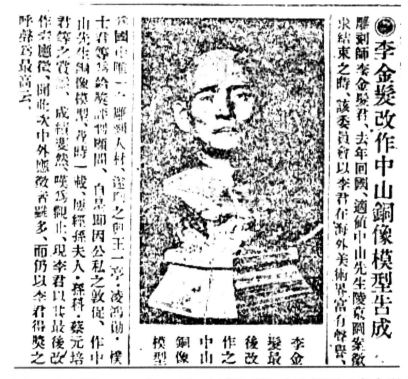

圖3　《申報》1926 年 9 月 2 日第四版　本埠新聞《李金髮改作中山銅像模型告成》

這段與南京的不期而遇，可以說爲李金髮將來去南京做了最初的鋪墊。李金髮雖人在上海，但在某種程度上，卻可以說他是付出了一部分時間在爲南京工作。孫科爲此（試作中山先生像）每月付他津貼 200 元。〔註 14〕從其初衷來講，這似乎並不在李金髮預料之內，當然和他所期待的似乎也不遙遠，只是結果不能讓他滿意。李金髮對此事多少有些耿耿於懷，他在 1928 年 12 月刊行的《美育》雜誌第二期上，還特別撰文回憶了此事，並明確表示：「（一）總理銅像，無論如何應由中國人去雕，不應如此不負文藝運動的責任，（二）希望以大學院藝術教育委員會之常務委員，加入葬事籌備處，指示一切藝術方面之工作，以免貽誤無窮。」〔註 15〕然而，也正是在這一月，國民政府特派的迎梓專員林森、鄭洪年、吳鐵城等由南京前往北平。〔註 16〕顯然，李金髮此時表達的願望已無太大可能實現了。不過，經過南京時期大學院秘書工作的「洗禮」之後，李金髮的心裏應該也是明白的，他所願望的不過是「空想」罷了。命運的雕刻刀，左削右砍，不管李金髮對未來有多少期待，也不管李金髮即將和南京發生怎樣的聯結，已經無情形塑了一個現代詩人和雕刻家返國後二十年生活的起點。這樣的起點，是以「失望」二字爲標籤的。

2、1927 年，隻身赴新都任職大學院秘書並致力於藝術教育

就像李金髮後來在回憶錄《浮生總記》中所說的，「政局大變，是失業人的好機會」〔註 17〕，上海時期的鬱鬱不得志，促使李金髮努力尋找各種機會以求轉折。事實上，此後李金髮在國內的輾轉遷徙，幾乎都是與民國動盪的政局緊密相連。從而，李金髮的個人生活與文藝工作的命運，也就不可避免要與新都南京發生聯繫了。

1927 年 4 月，南京國民政府成立，並開始逐步建立國民政府各級組織。6 月 13 日，蔡元培、李石曾等利用國民政府重組、欲設教育部之機，向國民黨中央政治會議提出《關於設立中華民國大學院的提案》。6 月 27 日，國民黨第 109 次政治會議通過了蔡元培等組織中華民國大學院，爲全國最高學術教育行政機關的提議。10 月 1 日，中華民國大學院正式成立。10 月 12 日，「國民政

〔註 14〕 李金髮：《做總理銅像的回憶》，《李金髮回憶錄》，第 190 頁。
〔註 15〕 李金髮：《做總理銅像的回憶》，《李金髮回憶錄》，第 192 頁。
〔註 16〕 南京市政協文史資料委員會：《中山陵園史錄》，南京出版社，1989 年版，第 30 頁。
〔註 17〕 李金髮：《浮生總記·柳暗花明又一村》，《李金髮回憶錄》，第 86 頁。

府特任蔡元培爲大學院院長」〔註18〕。此時，剛從武漢回到上海的李金髮，在報上看到蔡元培做了大學院院長，於是就跑到南京去找蔡元培。因1926年時李金髮與蔡在上海即已相識，他還曾爲蔡元培塑像（參見圖4），所以蔡元培立即讓李金髮在大學院做一秘書，月薪240元（後又加10元）。據陳厚誠《死神唇邊的笑——李金髮傳》，李金髮到南京找蔡元培的時間是在11月。〔註19〕此說存疑。查《申報》1927年10月19日消息《中國大學院已組織》所發表的大學院各部職員人選名單，李金髮此時已爲大學院秘書處秘書，兼美術博物館籌備委員會委員（參見圖5）。可見李金髮至少在10月19日之前就已經到南京見過蔡元培了，而不是遲至11月才去。

圖4 蔡子民塑像，作者：李金髮，《美育》
1929年第3期

〔註18〕趙峻岩，《民國時期大學區制度變遷研究》，南京大學出版社，2015年版，第72～74頁。

〔註19〕陳厚誠，《死神唇邊的笑——李金髮傳》（修訂本），百花文藝出版社，2008年版，第109頁。

　　從 1927 年 10 月開始，李金髮在大學院主要做的工作，除了代蔡元培會客等具體事項外，在藝術教育方面也發表了一些意見和建議，做了一些事。據陳厚誠《死神唇邊的笑——李金髮傳》，李金髮在大學院時曾建議蔡元培邀請林風眠來京（南京）共商大計〔註20〕。此說亦存疑。如圖 5 所示，《申報》1927 年 10 月 19 日所發表的大學院各部職員人選名單中，林風眠和李金髮同列爲美術博物館籌備委員會委員，林尚在李之前。實際上，蔡元培早在 1924 年即已與林風眠在法國相識，也有說林風眠 1926 年出任北京國立藝專的校長，是蔡元培推薦之故。〔註21〕也就是說，蔡元培與林風眠相識，是在 1926 年與李金髮相識之前。事實上，很有可能李金髮與蔡元培 1926 年在上海的相識，與他的客家同鄉、同期赴法留學的同學林風眠有很大關係。〔註22〕所以林風眠自北平南下，更大的可能是，大學院成立之初，急需用人，適逢林風眠因政治原因辭去北平藝專校長一職，蔡、林遂一拍即合，而李也提供了積極、肯定的意見。1927 年 11 月 7 日，《申報》發表了大學院各委員會委員的正式名單，林風眠、李金髮二人俱在藝術教育委員會、美術博物館籌備員名單之列。〔註23〕這之後，李金髮與林風眠在大學院藝術教育委員會內的工作基本上就是同步的了。

〔註20〕陳厚誠，《死神唇邊的笑——李金髮傳》（修訂本），第 110 頁。

〔註21〕林文錚，《蔡元培器重林風眠》，鄭朝、金尚義編《林風眠論》，浙江美術學院出版社，1990 年版，第 1～3 頁。另據彭飛《機遇與應戰——林風眠 1926 年出任北京藝專校長始末考略》（《美術研究》2003 年第 3 期）一文的考證，林風眠出任北京國立藝專校長，實爲各方權力鬥爭的結果，與蔡元培的關係並不大。並且蔡元培當時推薦出任北京國立藝專校長的，是與林風眠同船返國的徐悲鴻。

〔註22〕關於這一點，李金髮似從未言及，或語焉不詳，相關研究者也多有不察。李金髮在《憶蔡孑民先生》（《異國情調》，商務印書館，1942 年版）一文中說，「直至民國十五年（按：1926 年），在上海滄州飯店才第一次見到他（蔡元培）」。查 1926 年 2 月 7 日《申報》消息《藝專新校長林風眠昨由法到滬》：「北京國立藝專校長林風眠君偕夫人（法國籍），昨日下午四時，乘法國郵船愛納克到滬，在黃浦岸南滿鐵路公司碼頭上岸，由滬上友人等招待，暫寓滄州旅社，與蔡元培同寓。」所以很有可能李金髮是去滄州飯店看望剛剛返滬的林風眠時，得以與蔡元培相識的。此外，1926 年 2 月 18 日，田漢、黎錦暉假上海大東旅社爲蔡元培、林風眠舉行大規模之「梅花會」，同時出席有文學家、畫家、戲劇家、電影家等百五十六人。李金髮和夫人屐妲也在被邀請之列。見《申報》1926 年 2 月 20 日本埠增刊·藝術界消息《梅花會紀盛》（佩鏘）。

〔註23〕《中國大學院各委員》，《申報》1927 年 11 月 7 日第四版。

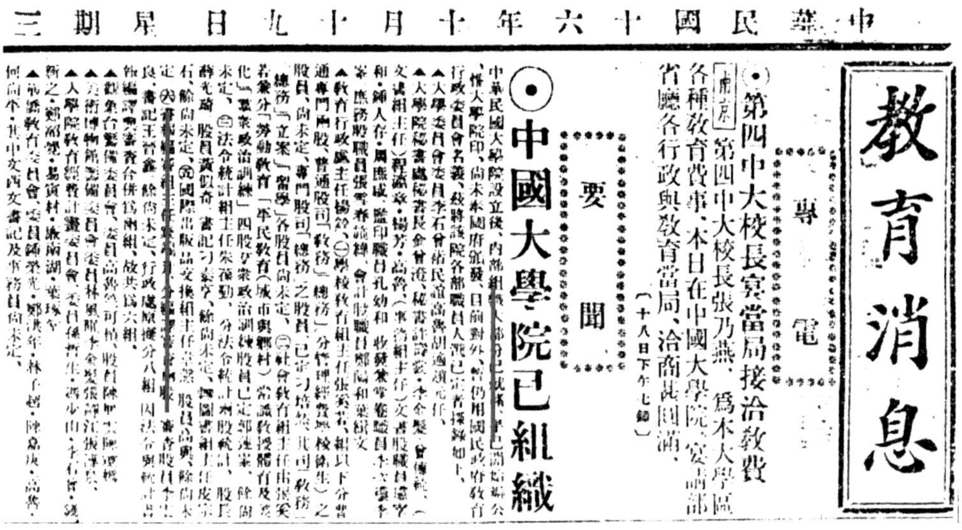
中華民國十六年十月十九日星期三

教育消息

專電

第四中大校長宴當局接洽教費

〔南京〕第四中大校長張乃燕、爲本大學區各種教育費事、本日在中國大學院宴請部省廳各行政與教育當局、洽商

（十八日下午七鐘）

要聞

中國大學院已組織

圖 5 《申報》1927 年 10 月 19 日消息《中國大學院已組織》

1927 年 11 月 27 日、12 月 27 日，以及 1928 年 2 月 26 日，大學院召開了三次藝術教育委員會的會議，這三次會議，林風眠和李金髮都參加了。三次會議的中心議題之一，就是討論創辦國立藝術大學案。其中，在上海馬斯南路 98 號召開的第一次會議上，議決由藝術教育委員會起草籌辦國立藝術大學的詳細計劃書及預算案。〔註 24〕在南京成賢街大學院會議廳召開的第二次會議上，則議決「在西湖創辦一國立藝術大學，先設繪畫雕塑建築及工藝美術四院，經常費暫定十二萬零九百六十元」〔註 25〕；而在上海召開的第三次會議上，秘書王代之報告了「杭州國立藝術院籌備經過情形」，會議並議決，藝術教育委員會會址遷設西湖國立藝術院，並推定林風眠、李金髮爲常務委員，另加聘林文錚爲委員，並加入常務委員。這樣，這三位同是來自廣東梅縣的客家同鄉、同期赴法留學的青年俊傑，就在蔡元培「以美育代宗教」的旗幟下會合了。1928 年 3 月，國立藝術院（1930 年改名爲國立杭州藝術專科學校）正式創辦，林風眠爲校長，林文錚爲教務長，李金髮則「義不容辭」調任該校雕刻系主任兼教授，離開了南京。〔註 26〕

〔註 24〕《大學院藝術教育委員會第一次會議錄》，《大學院公報》第一年第二期，1928 年 2 月編，第 58 頁。

〔註 25〕《大學院藝術教育委員會第二次會議錄》，《大學院公報》第一年第二期，1928 年 2 月編，第 59～60 頁。

〔註 26〕李金髮去杭州以後，1928 年 5 月，以非會員的身份向在南京召開的全國教育

在大學院任職期間，李金髮還寫了《吾國藝術教育之現狀與將來》一文，發表在 1928 年《申報》元旦增刊上，指出「教育是成了文化興衰的關鍵了」，「對於民眾要盡力鼓吹藝術教育，使他們於生計疲乏之餘，得到精神的慰藉」〔註27〕；同時他還抽空開始編《美育》雜誌第二期。某種程度上，這些都「可以算是對當時大學院重視、提倡和實施美育的一種呼應」〔註28〕。《美育》雜誌的編撰自然更是如此。1926 年李金髮在上海時，即開始籌備創辦《美育》雜誌。第一期本來在 1927 年初他去武漢之前即已初步編好，不料在啓程前一天忽然不翼而飛，所以他到武漢後只得又從頭開始，致使《美育》雜誌第一期推遲到 1928 年 1 月才出版。〔註29〕這個時候李金髮已在南京任職。《美育》第一期的版權頁上，投稿啓事一欄即寫明，「寄稿處爲南京『中國大學院』轉」。而據《申報》1928 年 4 月 7 日所發徵文啓事，《美育》第一期「發售三日，即銷去千二百本」〔註30〕。這個成績看起來是相當不錯了。

李金髮在南京的四、五個月時間裏，和蔡元培、金曾澄（大學院秘書長）、楊杏佛（教育行政處主任，後任大學院副院長）、高魯（事務主任）以及許壽裳（秘書）都住在成賢街大學院裏，每天吃飯也在一處，根據楊杏佛的主意，他們每天吃的是西餐，每人每月扣 25 元。蔡元培住的是最高的樓房，李金髮住的則是一闊佬備以消夏的湖心亭，環境幽美宜人。所以李金髮的回憶裏，當時過的是一種「奢侈」的生活。〔註31〕總的來說，這一時期李金髮的心情是比較愉快的，工作之餘，亦有閑暇寫詩。其中《回憶 Nikolasee 之遊》、《失望之氣》二首詩，後來發表於 1929 年《美育》第三期上。李金髮個人的感情生活及這一時期的心情，可藉此略窺端倪。李金髮在詩裏回憶了五年前在德國尼古拉湖（Nikolasee）與展姐初戀時的浪漫與癡情，感歎「幸我們之笑聲未因患難之斧而休止」，勸慰展姐「勿以失望之氣磊上眉頭／肅殺之冷冬正爲

會議第一次會議藝術教育組提交了兩份提案：《考驗全國藝術教育教師人才案》、《設立中法藝術界協會案》（見《全國教育會議特刊（第一號）提議案綱目全文》，《申報》1925 年 5 月 15 日第三版）。不過李金髮雖有提案，但不是此次會議的正式會員，應該並沒有來南京參會。

〔註27〕李金髮：《吾國藝術教育之現狀與將來》，《申報》1928 年 1 月 1 日元旦增刊。
〔註28〕陳厚誠：《死神唇邊的笑——李金髮傳》（修訂本），第 111 頁。
〔註29〕陳厚誠：《死神唇邊的笑——李金髮傳》（修訂本），第 120 頁。
〔註30〕《美育雜誌徵文》，《申報》1928 年 4 月 7 日本埠增刊。
〔註31〕參見陳厚誠，《死神唇邊的笑——李金髮傳》（修訂本），第 111～112 頁；李金髮，《憶蔡孑民先生》，《異國情調》，商務印書館 1942 年版。

我們準備更為燦爛的來春」，可見經過回國後兩年多的失業與失望，在南京的重新開始，給了他很多對於將來的信心，他迫切地想把這樣的對於將來的期待，傳遞給自己的愛人。

任職大學院秘書，雖然不是李金髮返國後從政之始（之前李金髮曾在武漢國民政府外交部短暫做過秘書），但是對他來說，此次似乎才是真正入了「仕宦之途」，即使時間不長，畢竟還是做了一些事的。李金髮自己也有一絲春風得意之感，「在大學院任職，許多同行窮文人，不免眼紅，以為我已入仕宦之途，時時表示醋意，說些閒話」〔註32〕。然而，因為家眷還在上海，李金髮回上海時可以用蔡元培的名義去定臥車，「叨他的光，可以不費分文……站長還要到車上來送行」〔註33〕。李金髮對此是不安的，他日後回憶說，「這種政治簡直是黑幕重重，國家哪得不窮」〔註34〕。總的來說，李金髮與南京初次相遇的時間實在太短，所以應該還來不及對南京這個城市留下太深刻的印象。不過在南京的這樣一種生活中，李金髮對於民國官場倒是有了具體的認識，他對之似有本能的反感，略略自得於步入「仕宦之途」之餘，其實多少還是有些格格不入的，因此到了1928年3月，一旦有機會回到本行（去杭州做雕塑教授），「義不容辭」的李金髮沒有太多猶豫，加之杭州國立藝術院講好給他的「薪金比舊職多一百元」〔註35〕（後未落實），很快就做了去杭州的決定。李金髮不會想到，再次踏上藝術之路，他在杭州卻與多年好友林風眠互生嫌隙，「鬱鬱不得志者三年半」〔註36〕，加之1928年11月大學院取消，改組為教育部（在此之前的8月，蔡元培已辭去大學院院長一職），李金髮不免與林風眠的「唯一伯樂」〔註37〕蔡元培漸行漸遠，從而也就很自然地遠離了全國藝術教育界的中心。這為李金髮後來轉去外交部埋下了伏筆。

1930年秋或冬，李金髮的夫人屐妲攜五歲的兒子李明心，與前一年來中國的母親一起，自上海搭船返回德國。兩人從此終生沒有再見。事業不順，人生多有磨難，李金髮乘1931年孫科、陳濟棠、汪精衛等在廣州通電反蔣、

〔註32〕李金髮：《浮生總記‧西子湖邊教授如雲》，《李金髮回憶錄》，第74頁。
〔註33〕李金髮：《浮生總記‧西子湖邊教授如雲》，《李金髮回憶錄》，第74頁。
〔註34〕李金髮：《浮生總記‧西子湖邊教授如雲》，《李金髮回憶錄》，第74頁。
〔註35〕陳厚誠：《死神唇邊的笑——李金髮傳》（修訂本），第113頁。
〔註36〕李金髮：《中年自述》，原載《文藝（武昌）》1935年10月1日第2卷第1期，《李金髮回憶錄》，第150頁。
〔註37〕徐泳霞：《蔡元培與林風眠交往與合作爬梳》，《南京工程學院學報（社會科學版）》2015年第2期。

成立廣州國民政府之機，決定返回家鄉尋覓機會，幸而於 1931 年冬季陸續接下孫科、陳濟棠委託他做伍廷芳、鄧鏗銅像的工程，成就了他的傳世之作。

3、1934 年，攜家再往南京無奈雕塑事業又折戟

1934 年，南京黃埔同學會發起做蔣介石銅像，李金髮完成伍廷芳、鄧鏗兩像後，「似乎再沒有什麼生意可做」，於是「趁此機會，一個人住南京活動」〔註38〕。《申報》1934 年 6 月 23 日報導，「（南京）黃埔畢業生以蔣領導革命勞苦功高，現擬集資爲蔣鑄造半身銅像多具，將來除呈贈蔣本人一具外，餘則分送各地，以資景仰。已由賀衷寒等負責籌辦，聘定留法名雕刻家李金髮來京，擔任鑄造。」〔註39〕李金髮到南京後，先住在「不脫南京舊日本式」〔註40〕的金沙井。到夏天，江蘇省立醫院院長汪元臣將自己在玄武湖建造的養園別墅的一部分租給李金髮，李金髮遂去上海接了全家遷往南京。

在此之前兩年，李金髮辭去杭州國立藝專教職南下，因做伍廷芳、鄧鏗兩像，以及爲陳友仁、黃少強、唐海芬夫人、古應芬等人塑像，賺了不少錢，更重要的是，李金髮不僅得以「不再與小人爲伍」〔註41〕，並且在 1932 年 9 月重新建立了家庭，新婚妻子是黃遵憲的外孫女梁智因。次年 7 月，次子李猛省出世。應該說，這個時期不僅是他在雕塑事業上最意氣風發的時候，家庭生活也漸趨穩定，自然心情也最爲暢快。然而，隨著中國政局的一再變化與動盪，廣州一時又無事可做了。——對於李金髮來說，也許這就是他所從事的雕塑工作面臨的一種典型尷尬，在當時，雕塑一行主要還是爲政治或政要服務的，政局一旦變化，專門從事雕塑工作的人經濟上可能就無著落。李金髮曾發出過那時候的藝術家「只以藝術的技巧，奔走於權貴之門，作爲個人的出處的武器」〔註42〕的感歎，應該說，這樣的感歎是有切膚之痛的。事實上，李金髮再來南京，試做蔣介石銅像，又何嘗沒有這樣一種「以藝術的技巧……作爲個人的出處的武器」的考慮呢？

重返南京，李金髮雖然前後「做了五六尊」蔣的銅像，「成績很不錯，但每個只值二三百元」〔註43〕。這個結果應該是很出李金髮意料之外的。從《申

〔註38〕李金髮：《浮生總記·南國風光布景一幕》，《李金髮回憶錄》，第 83 頁。

〔註39〕《爲蔣鑄造銅像》，《申報》1934 年 6 月 23 日。

〔註40〕李金髮：《在玄武湖畔》，《人間世》1934 年第 13 期。

〔註41〕李金髮：《中年自述》，《李金髮回憶錄》，第 151 頁。

〔註42〕李金髮：《二十年來的藝術運動》，《異國情調》，商務印書館，1942 年版。

〔註43〕李金髮：《浮生總記·南國風光布景一幕》，《李金髮回憶錄》，第 83 頁。

報》1935 年 2 月 28 日、《北洋畫報》1935 年 3 月 5 日發表的李金髮所作蔣
介石銅像的照片來看，確有「神采奕奕」之感（參見圖 6、圖 7），可見李金
髮忠於寫實的雕刻技藝此時已臻成熟，然而這些成績卻「於物質上不生裨益」
〔註 44〕，這多少是讓李金髮感到沮喪和失落的。

圖 6　《蔣委員長雕像》：「神采奕奕，　　圖 7　《李金髮最近為蔣委員長雕
　　　　為名雕刻師李金髮最近傑作」，　　　　像》，《北洋畫報》1935 年 3
　　　　《申報》1935 年 2 月 28 日　　　　　月 5 日

在李金髮為蔣做銅像的時候，1934 年 7 月，南京特別市黨部發起成立了
「首都各界建立總理銅像委員會」，籌備建造總理（孫中山）銅像於新街口，
各界行動起來積極募捐，蔣介石、戴季陶、傅作義、劉峙等要人都先後捐款，
委員會同時「向雕刻家發布徵稿公告，說明銅像建立位置定於新街口廣場中
心，銅像面向東，用穿中山裝、站立演講姿勢。並要求應徵雕刻家製作上繳
面像模型及全身姿勢，連同像基模型，經費預算，以五萬元為標準，限定應
徵者為本國國籍雕刻家」〔註 45〕。徵稿公告一經發布，「引得全國雕刻家躍躍
欲試」〔註 46〕。李金髮自然不甘其後。其餘參加競賽的還有江小鶼、王臨乙、

〔註 44〕李金髮：《浮生總記‧南國風光布景一幕》，《李金髮回憶錄》，第 83 頁。
〔註 45〕司開國：《孫中山銅像競賽與中國雕刻學會的成立》，《光明日報》，2014 年 5
　　　　月 28 日第 13 版。
〔註 46〕李金髮：《浮生總記‧南國風光布景一幕》，《李金髮回憶錄》，第 84 頁。

滕白也、郎魯遜、劉開渠、梁竹亭等人，包括李金髮的學生、助手張伯忠。李金髮為此事「前後足足花了兩年的時間，去做大及兩尺的中山頭」〔註47〕。到了 1935 年 10 月，此次銅像模型圖案徵求工作計進行了二次，有五人進入了初選名單，五位復選者「每人津貼 700 元」〔註48〕。1935 年 10 月 6 日《申報》報導：「〔南京〕首都各界建立總理銅像，二次徵求模型，經林主席戴傳賢孫科居正等選定李金髮等五人作品。為初選當選。惟仍須重製模型。限三個月完成。再行選定一人。」〔註49〕11 月 28 日，《申報》發表了李金髮所製孫中山先生的頭像，報導並評價說：「首都各界籌建總理銅像第二次徵求之結果，李金髮等五人初選獲選。再工作三月，然後取決。圖為李君所塑像之側面，神采如生，允為佳構。」〔註50〕（參見圖 8）可見在此過程中，李金髮的作品一直頗受關注。然而，到頭來卻是「作品最糟」（李金髮語）的滕白也獲了獎。〔註51〕為什麼會這樣？李金髮後來聽說是「因為某要人的太太，是跟他（按：滕白也）學畫的，只要一個電話打到市黨部給周伯敏常務委員，豈有不賣賬之理」〔註52〕。不論事實是否如此，這次競爭失敗，對於李金髮雕塑事業的打擊簡直是致命的。雖然滕白也的中山銅像最終因為抗戰爆發未能做成，但是李金髮的內心還是非常感慨的：「政治的黑暗，不幸竟延及我們藝人，豈不傷心」〔註53〕。這之後，李金髮再遇到類似機會時，難免就要慎之又慎了。

除了失意的雕塑工作以外，李金髮在南京的這兩年裏，還一直在嘗試著謀個一官半職。可是東奔西走，一無所獲。李金髮不免「意志消沉，大有『冠蓋滿京華，斯人獨憔悴』之感」〔註54〕。從而，這樣一段「好景不常盛筵難再的時期」〔註55〕，一方面讓李金髮對於民國政治的黑暗有了深刻的認識，另一方面卻也迫使他逐漸放棄了依憑雕塑技藝而成就人生的初衷，終與雕塑漸行漸遠，最終在抗戰末期完全放棄雕塑，而步入仕途。

〔註47〕 李金髮：《浮生總記·南國風光布景一幕》，《李金髮回憶錄》，第 84 頁。
〔註48〕 李金髮：《浮生總記·南國風光布景一幕》，《李金髮回憶錄》，第 84 頁。
〔註49〕 《當選人再重製模型》，《申報》1935 年 10 月 6 日。
〔註50〕 《總理塑像》，《申報》1935 年 11 月 28 日。
〔註51〕 《首都建立總理銅像，決由滕白也任造像》，《申報》1936 年 5 月 13 日。
〔註52〕 李金髮：《浮生總記·南國風光布景一幕》，《李金髮回憶錄》，第 84 頁。
〔註53〕 李金髮：《浮生總記·南國風光布景一幕》，《李金髮回憶錄》，第 84 頁。
〔註54〕 李金髮：《浮生總記·山窮水盡疑無路》，《李金髮回憶錄》，第 84～85 頁。
〔註55〕 李金髮：《浮生總記·南國風光布景一幕》，《李金髮回憶錄》，第 83 頁。

No. 173. P.2

圖 8　《總理塑像》，《申報》1935 年 11 月 28 日

　　這段時期，雖然李金髮個人稱之為是「最不快意的歲月」〔註 56〕，但是從李金髮與南京及文學的關係來看，李金髮恰恰因此有了比較多的閑暇時間來認識南京，或從事文學創作。這段時間李金髮寫了不少散文，在《人間世》、《天地人》、《宇宙風》、《論語》、《文藝》、《藝風》、《文飯小品》等刊物上發表。這些散文，有的是回憶個人生平及懷念友好親朋的，如《中年自述》、《我的巴黎藝術生活》、《法國的文藝客廳》、《埋頭苦幹之張書旗先生》、《憶劉夢

〔註 56〕李金髮：《文藝生活的回憶》，《飄零閒筆》，（臺灣）僑聯出版社，1964 年版，第 14 頁。

瑩與姚劍照》、《雁行折翼》等；有的則是犀利評價社會現實的，如《做大官的秘訣》、《記失敗的人》、《鬼話連篇》、《談交際舞》等；還有的，則記述與反映了他在南京的日常生活，如《試獵記》、《在玄武湖畔》。李金髮自己對這些文章的評價不是太高，稱之爲「雜稿」，「自覺得『唔啥精彩』」〔註57〕，不過，因爲其不加整飾、直言不諱的語言風格，及其人生道路的獨特性，對於後來的研究者瞭解李金髮思想情感的變化乃至民國南京的社會生活，還是相當有價值的，比如《在玄武湖畔》，不僅生動細緻地描寫了玄武湖的盛夏光景，和初秋的湖山雲月，對於玄武湖的研究者來說，也是不可多得的文獻史料和民俗畫卷。1928 年 9 月，李金髮離開南京之後，玄武湖曾定名爲「五洲公園」，並正式對外開放；1934 年，「五洲公園」改名爲「玄武湖公園」。〔註58〕一般概念，既爲公園，則開放後園內除了原有湖民外，似不可再建私宅並做營業場所。可是讀《在玄武湖畔》一文，可知李金髮所租住的養園，正是「中國式的西洋別墅……當年住過許多黨國要人的，因爲以前做過荷院俱樂部」，並且「它有一大客廳，可容六七十人跳舞，當年曾做過首都社交中心」。〔註59〕從這一敘述來看，則當時的玄武湖向現代公園的過渡、變化與沿革，是值得對於民國玄武湖感興趣的研究者深入考察的。

在寫於此一時期的《中年自述》一文中，李金髮曾感慨，自 1927 年冬入大學院做事後，到任職杭州國立藝專教授，「最可惜者，是人事紛繁，詩已少作，間有一二小篇爲應徵求者而作，然已非當年氣概。」〔註60〕再來南京，李金髮的詩歌創作亦不是很多，並且因爲從未整理成集，多有散佚。不過從近幾年關於李金髮後期詩歌的研究〔註61〕和一些線索入手，也許可以大致拼

〔註57〕 李金髮：《浮生總記·南國風光布景一幕》，《李金髮回憶錄》，第 83 頁。

〔註58〕 參見李源：《玄武湖趣史》，江蘇古籍出版社，2001 年版，第 91～92 頁；邢定康：《守望南京·民國旅遊尋尋覓覓》，南京出版社，2014 年版，第 27～28 頁。

〔註59〕 李金髮：《在玄武湖畔》。另：養園建於 1930 年左右，位於今玄武湖梁州，是江蘇省立醫院院長汪元臣私人建造的一幢洋房，商人莊慶恒、陳彬泉承租後，開設了「荷苑咖啡館」，即李金髮《在玄武湖畔》一文中所說的「荷院俱樂部」。養園在抗戰前又叫「美洲一號」，抗戰後改稱「白苑」。如今玄武湖裏可以見到的「白苑」，是 1976 年重建的。參見李源：《玄武湖趣史》，第 131～132 頁。

〔註60〕 李金髮：《中年自述》，《李金髮回憶錄》，第 150～151 頁。

〔註61〕 余應坤：《論李金髮後期詩歌創作》（中山大學 2010 屆碩士論文）；胡文建、唐海宏：《李金髮佚詩輯述》（《五邑大學學報（社會科學版）》2016 年第 4 期）；吳心海：《吳奔星主編〈半月文藝〉點滴》（《出版史料》2011 年第 3 期）等文梳理了李金髮這一時期的詩歌作品，余應坤、胡文海的論文中有個別考證或判斷有待商榷，擬另文討論。

湊出李金髮這一時期詩歌創作的基本面貌。1934 年至 1936 年，李金髮在南京創作的詩歌主要有：

《春到人間》（1934 年 5 月）、《給棠》（1934 年 6 月），《人間世》1935 年第 15 期

《重入都會》、《有題》〔註 62〕、《錯縱的靈魂》（1934 年 6 月），《文藝月刊》1934 年第 6 卷第 1 期

《中年的》（1934 年 6 月），《創作與批評》1934 年第 1 卷第 1 期

《園中繫念》〔註 63〕（1934 年 8 月），《創作與批評》1934 年第 1 卷第 3 期

《時之輇轄》（1934 年 10 月 9 日），《人間世》1935 年第 16 期

以上八首在相關刊物發表時，均注明了創作時間或創作地點（南京或金沙井〔註 64〕）。

《湖畔》，《創作與批評》1934 年第 1 卷第 2 期

《自語》、《末路的人》〔註 65〕，《文藝月刊》1935 年第 5 卷第 1 期

《深夜》，《每月詩歌》1936 年第 2～3 期

《飛機中即景》，《詩林》1936 年第 1 卷第 2 期

以上五首，發表時未標明創作時間，不過從發表時間和內容方面判斷，應是創作於南京。

這十三首詩，多是李金髮於 1934 年剛返南京時所寫，基本集中在 5 月至 8 月，1935 年之後他似乎就不怎麼寫了。這個時期，李金髮詩歌中生僻的意象少了，語言也較其前期詩歌更為直截，但是從他寫給夫人梁智因《給棠》一詩中的「捉住歡樂的今日罷／真實的現在，遠勝希望中的將來」〔註 66〕，再到反映其中年意緒的「中年的時光／像晚間的彩霞」（《中年的》），再到「我站立過的地面／花草便在枯萎，我頹廢之氣息／散佈冷氣在牠們的葉底」（《自

〔註 62〕 《有題》後發表於《北平新報》副刊《半月文藝》1935 年第 4 期，並注明創作於南京金沙井。

〔註 63〕 此詩收入《光華附中半月刊‧新詩專號》（1936 年第 4 卷第 4～5 期）時，題為《園中》，注明寫於八月（按：應是 1934 年 8 月）南京。

〔註 64〕 南京地名。

〔註 65〕 此詩發表於《新星（上海）》1935 年創刊號時，題為《罪人》，。

〔註 66〕 楊宏海：《對李金髮佚文及有關研究資料的說明》（《梅州日報》2000 年 10 月 27 日）一文提及，李金髮夫人梁智因，又名梁棠馨。《給棠》一首，自然應該是寫給她的。

語》），以及「你沒有力不能如他們般攫／失去半部的不夠呼吸的肺葉／毋再污濁幸福者頻吸之空氣」（《末路的人》）。這樣的詩歌中詩人情緒上的變化與逐漸委頓，是值得引起李金髮研究者注意的。1936 年上半年，李金髮先轉開封，再返廣州。從此告別了南京。

4、1941 年，一首以南京保衛戰爲背景的抗戰敘事長詩

雖然第二次來南京，李金髮幾乎走到「山窮水盡疑無路」的境地，而且此次一旦離開南京，李金髮就再也沒有回過南京，但是，這並不代表南京留給李金髮的盡是失意或惡感，也不代表南京就此離開了他的視線。1937 年 7月，李金髮在盧山受訓時，「蔣介石出來宣布，盧溝橋發生事變……不料竟是八年大抗戰的開端」〔註67〕。淞滬會戰結束後，從 12 月 1 日日軍下達攻佔南京的「大陸命第 8 號」敕令，到 12 月 13 日凌晨日軍進入南京城，注定要失敗的南京保衛戰以慘烈悲壯的結局，不僅顯示了中國政府積極抗日的決心，同時在「短期內客觀上延續了國民政府『引敵南下』並作持久戰的意圖」〔註68〕。然而，這之後，就是持續三個月的慘絕人寰的南京大屠殺。也許是屠城的悲情色彩過於濃重，遮蔽了南京保衛戰的意義與價值，也許是這一戰極其短暫，潰敗的過程也極盡恥辱，以致南京保衛戰「長期被『弱視』」〔註69〕。1941 年，李金髮發表了《無依的靈魂》，這是一首以南京保衛戰特別是以南京陷落時刻爲背景的敘事長詩，可惜的是，就像南京保衛戰被「弱視」一樣，這首長詩與南京保衛戰的關係，長期以來也被嚴重忽視了。

《無依的靈魂》敘述了外國傳教士之女、19 歲的赫爾泰在日寇的戰火逼近之際，隨傳教士父母從句容轉徙南京，遭遇到南京保衛戰潰敗的一幕，最終孤身一人僥倖衝出挹江門，在渡江時爲抗日戰士傅明東所救的故事。然而，在赫爾泰愛上了傅明東，「將無瑕的愛／交給這衛國的武士」、而「無信仰的明東，也劃著十字在夜神視線之下」、「靈魂得了依託」〔註 70〕之後，隨著日本人春季攻勢的到來，傅明東不幸戰死，赫爾泰則爲鐵片奪去了右臂。終於，因爲日本入侵中國而造成的殘忍痛苦的經歷，讓赫爾泰「孱弱的純潔的愛人類的心／從此憎恨魔鬼憎恨天主」，「她天眞的心成了化石／她知覺麻木成了

〔註67〕李金髮，《浮生總記·柳暗花明又一村》，《李金髮回憶錄》，第 88 頁。
〔註68〕羅娟編著：《南京保衛戰》，航空工業出版社，2016 年版，第 275 頁。
〔註69〕羅娟編著：《南京保衛戰》，第 274 頁。
〔註70〕李金髮：《無依的靈魂》，《異國情調》。

瘋殘」〔註71〕。某種程度上，這首殘酷的敘事長詩，就像張恨水的《大江東去》、崔萬秋的《第二年代》等小說一樣，也是一部「愛情＋抗戰」題材的虛構文學作品，但是因其緊張、集中、爆發式的情節推動，形成了對於侵華日軍更為嚴厲、悲憤的控訴。

詩歌的前半部分，從講述傳教士霍夫曼一家忍痛逃離「寂寞的句容」開始，到描寫這一家人跟隨「數十萬生靈」衝向揚子江邊「幾寬的城門」，反映出李金髮在當時對於南京保衛戰的戰事進展以及戰鬥細節的密切關注。

句容是一座歷史悠久的文化名城，是接近南京保衛戰外圍防線最重要的據點之一，南京城外圍陣地的戰鬥最早便是在句容打響的。然而，如美國記者德丁指出的，「句容防線及由南京輻射向外擴展的其他七道防線，每道防線均為一道和城牆對稱的圓弧線，並相隔幾英里，數月來一直宣稱固若金湯，準備充分。實際上，離南京 25 英里的句容的永久防禦工事粗糙得很，只有零星的碉堡，這可以由視察過這些防禦工事的中立國參觀者加以證實。其他防禦工事則是倉促用床架支撐成堆的沙包、雜物碎片和鬆土而構起的路障。」〔註72〕而《無依的靈魂》一詩，就是從霍夫曼一家逃離迅即失守的句容、奔往南京講起的。

> 該忍痛離開這如玩具的家園，
>
> 聖經挾在腋下，他的妻女，
>
> 像失了聰智似的
>
> ……
>
> 在遼遠的山腰叢林中
>
> 隨著如潮水奔騰的
>
> 沮喪如喪家之犬的
>
> 烏合的人群，朝向金陵。

然而，在霍夫曼一家顛簸來到秦淮河畔不久，南京保衛戰又以慘烈、倉惶的結局收尾。赫爾泰緊隨父母再次踏上逃亡之路。

〔註71〕 李金髮：《無依的靈魂》，《異國情調》。

〔註72〕 〔美〕德丁（Frank Tillman Durdin）：《南京陷落，日軍施暴》，《紐約時報》1938年 1 月 9 日。轉引自張憲文主編《南京大屠殺史料集》6，江蘇人民出版社，2007 年版，第 128 頁。譯文據經盛鴻：《西方新聞傳媒視野中的南京保衛戰》（《社會科學戰線》2010 年第 8 期）一文略有改動。

隨著人的步聲，在黑夜中
奔馳，墮突投至東城根
又折向渡江的大道，
……
兩旁的崇樓高閣，
已成火窟，炙人的熱焰
隨風施展她的威力，
車輛在人的腳跟上滾，
人獸翻騰，在機械的心臟，
折肱流血，焦頭爛額
不值一顧，數十萬生靈
衝向幾寬的城門，
無力的早已在人叢壓力中成了死屍，
遲緩的，已在腳下變為肉醬，
……
赫爾泰緊拉著父母的手，
要轉身向和平門，
但是沒有移步的可能，
正在思索，一個人性的畜生，
投了手榴彈在人群，
炸成一條血肉模糊的巷子，
……
天呀！赫爾泰已不能再望見父母，
他們散失了，她呼號，
她默禱，但震耳的哭聲，
使她昏暗流汗，
她不由自主被擁至揚子江頭。

　　雖然詩中並未說明這座「幾寬的城門」究竟是哪兒，但是瞭解南京保衛
戰的人知道，這裡就是 1937 年 12 月 12 日的挹江門。在當時，南京保衛戰
已近尾聲，南京城的守軍部隊漸次放棄陣地，全線後撤或突圍。因撤退組織
沒有秩序，「南京守軍部隊除了駐守烏龍山炮臺的第二軍團徐源泉部以及城

內的第六十六軍和第八十三軍外，幾乎全部湧向城北下關碼頭，力圖渡江北撤」〔註73〕，結果導致通向江邊的挹江門，成了「逃生之門」。然而，因爲把守挹江門的「第三十六師宋希濂部執行長官部命令，除長官部人員外，一律開槍加以制止。退到挹江門部隊與第三十六師發生衝突，被打死、踩死的人不少」〔註74〕。事實上，除了撤下來的部隊要在此出城外，還有南京城內出逃的難民，也都擁在此處。來自四川的抗戰老兵李子英親歷了南京淪陷，據他回憶，「我們被人群擠到挹江門城門洞。城門洞雖然也很寬，但比街道窄了許多，而又被沙包堵了半人高，正如奔湧的洪水，突然進入峽谷，而又宣洩不暢，就更加洶湧。人們到這裡，完全不能自主，力氣不夠的，腳下一虛，就會被踩倒在地。我被擠得喘不過氣來，身子被前後左右的人抬著往前挪，腳尖……偶一點地，覺得是踏在一個軟軟的物體上，意識到這是一個被擠倒在地的人。……時間一刻一刻地過去，人群仍然擠得水泄不通，被踩死的人屍體越堆越高……屍體堆積得快要塞滿城門洞了。」〔註75〕這一描述是與李金髮詩裏所寫的慘象相吻合的，可以想見南京保衛戰中挹江門發生的這一悲劇，一定給時刻關注抗戰局勢的李金髮留下了深刻的印象。

1939 年，阿壟寫下了第一部正面反映南京保衛戰的史詩般的小說《南京》，其中也寫到了南京守軍撤退時在挹江門發生的這一悲劇：

> 挹江門的三個城門只開著半個，其餘給沙包填塞起來。守城的部隊拒絕讓人通過，一槍一槍的向天空射擊。人群中充滿了詈罵和吵嚷。

> 但是，人們終於向城外衝出，前面的跌倒了，後面的馬上踏過去。

> 守城部隊向潰亂的人群射擊，機關槍掃來掃去。潰亂的人群裏也開了槍，城上城下到處都是槍聲，秩序更混亂，更擁擠。人倒下去，後面的腳馬上踏住了鼻子，湧出的血向咽喉倒灌，另一隻腳又踏到眼上來……人倒下去，倒下去，在腳下秋蟲一樣呻吟，在人堆裏嚎哭。人們拼命要衝出去，衝出去……

〔註73〕 羅娟編著：《南京保衛戰》，第 235 頁。
〔註74〕 王晏清：《南京保衛戰片斷》，《南京保衛戰：原國民黨將領抗日戰爭親歷記》，中國文史出版社，2015 年版，第 37 頁。
〔註75〕 李子英：《南京淪陷親歷記》，《文史春秋》1995 年第 3 期。

很快，那半個開著的城門給死人和半活的人填塞起來，愈積愈厚。〔註76〕

和李金髮一樣，阿壟的小說裏寫到了同樣的一個細節。「……士兵在後面看見排長陷入人堆裏，想來搶救，嘩噪起來。但他們自己也被擠在人群裏，無法走近。一瞬間排長看不見了，給新倒下去的人蓋住了，憤怒的士兵把一個手榴彈投在人群裏，接著又投出第二顆、第三顆。……『鏜！』『鏜！』……手榴彈爆炸著。『你們走開呀！』『我們的排長，——』士兵們在爆煙裏吼叫著；但是，這除掉引起了人們的仇恨和回擊外，一切都是徒勞的。」〔註77〕可是，這樣一個士兵們在城門洞裏投手榴彈的細節是否是眞實的？抑或是出自兩位詩人的想像或虛構？前述抗戰老兵李了英，當時和二十餘人一起跌落、困於挹江門城門洞裏的甕室，差不多目睹了踐踏悲劇的全過程，可是他的回憶裏並未提及這一細節，想來這一點還有待史料的進一步發掘以求證實。無論如何，民國南京，在李金髮筆下最後呈現出來的形象，竟是如此悲情，眞是讓人嗟歎不已。

雖然李金髮在南京這個城市前後只生活了不到三年的時間，但是對於李金髮來說，南京確實是一個不可或缺的關鍵，影響甚至決定了李金髮在政界、藝術家和教育家之間做出選擇。南京爲回國後的李金髮提供了最初從事雕塑藝術的動力，卻也因爲民國動盪的政局，以致李金髮攜帶著巨大的期待而來，最後還是不可避免地收穫了巨大的失落。從這個意義上來說，南京是李金髮雕塑生涯的起點，也差不多可以算是他雕塑生涯的終點，雖然他心心念念不忘自己的專業和本行，但是自他於1936年離開南京以後，兜兜轉轉，還是在抗戰末期走上了外交部從政之路。對於一個詩人和藝術家來說，做這樣的放棄究竟是非常不易甚至是痛苦的。李金髮曾描述自己遭遇幸事時的心態，「我現在以爲人生的窮通得失，一在個人的智慧及技能與人爲的處置，二在環境的巧合（COINCIDENCE）。」〔註78〕事實上，能得苟全性命於亂世，已相當不易。從詩人、雕塑家李金髮最終在文藝上取得的有限成績來看，所謂「環境的巧合」，也許只能算是動盪年代裏一種短暫的幸運吧。李金髮曾感歎，「政治是時代的罪惡，多少人在此種漩渦中喪命，視死如歸啊」〔註79〕，然而，

〔註76〕阿壟：《南京血祭》，寧夏人民出版社，2005年版，第162頁。

〔註77〕阿壟：《南京血祭》，第163頁。

〔註78〕李金髮：《浮生總記·僕僕京滬兩袖清風》，《李金髮回憶錄》，第71頁。

〔註79〕李金髮：《浮生總記·西子湖邊教授如雲》，《李金髮回憶錄》，第77頁。

視政治為時代罪惡的詩人，最終還是在離國之前，多少有些堅決地走上了從政之路，想來這就已經不能用「巧合」來加以形容了，多少還是一種時代的悲哀吧！

作者簡介：

趙步陽，1972 年生，男，江蘇洪澤人，碩士，金陵科技學院人文學院副教授，主要從事民國文學、南京地域文學與文化研究。

他的國：梁啓超 1902 年幻想小說譯介與創作漫談

錢曉宇

（華北科技學院）

摘要：

將梁啓超於 1902 年刊載的譯介作品《十五小豪傑》、《世界末日記》以及帶著一星半點幻想影子的小說《新中國未來記》一併納入梁啓超家國夢的整體框架，在進行文本細讀的過程中，不再糾結是何種幻想類型，而是進一步理解梁啓超一以貫之追求著的理想世界，從而深度瞭解晚清知識分子的政治參與意識和文化建構夢想。

關鍵詞： 幻想小說、譯介、憲政、共和

提到本土幻想文學，總不免想起科幻小說，進而牽扯出晚清的「科學小說」。然而，在百年前的中國，不少人對這些概念是模糊的，也並沒有準備在學理上、實踐上把這個類型文學發揚光大。他們更願意從整體上接受一種新的可能性，一些敏銳的學者、文人們，迅速利用這種形式表達著他們對外部世界的理解和政治理想，有的在外來虛構世界中找到對應物，有的乾脆自己開闢一個虛擬空間。無論是哪種嘗試，梁啓超均屬開先河之人。

有學者在統計晚清譯著時就發現梁啓超在日本「巧妙地將盛行於日本的西方啓蒙著作翻譯成中文版本，其中是梁首譯的不乏其者」。〔註 1〕從日文轉譯的凡爾納小說《十五小豪傑》（原名《兩年的假日》1888 年），以及法國天

〔註 1〕王萍撰，《晚清西方啓蒙巨著中文首譯初考》，載《蘭臺世界》，2013 年 07 期。

文學家兼文學家佛林瑪麗安日文版《世界末日記》就在首譯範圍中。而這兩部作品都被認爲是梁啓超的科學幻想小說譯介成果。《新中國未來記》則是梁啓超唯一一部原創幻想小說。

關於梁啓超先生與中國科幻小說的關係問題，一直不是人們研究梁啓超的核心話題，大多在描述晚清政治文化情態時一筆帶過，往大了說，普遍認爲梁啓超以及一些晚清知識分子希望通過這類小說「傳播科學」、「開啓民智」、「科技元素與政治想像相結合」〔註2〕。這一結論不是隨便得出的，因爲學者們通過整理研究發現，不僅僅是科學幻想小說，大凡是對治國有益的哲學理論、政論資源、文學作品，梁啓超都願意進行譯介。他曾經翻譯過達爾文，亞當·斯密等 50 多位世界著名學者的著作，而能夠進入他譯介視野的這些人物都是經過精選的，「其篩選過濾的標準當然是這些哲學家、思想家。文化學家的學說及思想能夠服務於他的益智啓蒙、政治革新的需要，適應於改變中國落後的政治，擺脫百姓愚昧思想的需要。他這『以譯舉政』的譯介價值取向，深藏著他的翻譯救國的政治動機」。〔註3〕

稍窄一些的，則認爲晚清科學小說是「產生於『格致興國』的科學浪潮中，是晚清『小說界革命』的重要成果之一」〔註4〕實際上，梁啓超倡導的「詩界革命」也好、「小說界革命」也罷，核心在「革命」、在除舊立新，但是不要誤會梁啓超所謂的「新」，他眞實的關注點不在新形式，而在新內容。

這一點，梁啓超曾在不同情境下反覆表達過，在大贊並推崇黃遵憲五言長詩《錫蘭島臥佛》時他直言：「古代《孔雀東南飛》一篇，千七百餘字，號稱古今第一長篇詩。詩雖奇絕，亦只兒女子語，於世運無影響也。中國結習，薄今愛古，文論學問文章事業，皆以古人爲不可幾及。余平生最惡聞此言。」，並表示：「吾重公度詩，謂其意，無一襲昔賢，其風格又無一讓昔賢也」，並認爲黃遵憲「有詩如此，中國文學界足以豪矣，以餉詩界革命軍之青年」。〔註5〕黃遵憲此作通篇使用五言格律，超群的古文功底可見一斑，不過，眞正征服梁啓超的不是那整飭而精妙的古詩形式，而是「其意」，其關涉「世運」的「新」

〔註 2〕劉媛，《論中國科幻小說科學觀念的本土特徵》，載《文藝爭鳴》2016 年 05 期。

〔註 3〕李靜，屠國元，《以譯舉政——梁啓超譯介行爲價值取向論》，載《中南大學學報》（社會科學版）2013 年第 19 卷第 06 期。

〔註 4〕轉引自姚蘇平撰，《晚清科學小說中的「末日」書寫》，載《甘肅社會科學》2014 年 02 期。

〔註 5〕梁啓超著，《飲冰室詩話》，人民文學出版社，1959 年，第 4，8 頁。

意。這也就是爲什麼他在不排斥舊形式的同時，對於詩歌、小說中的新名詞、新形式反而並不全以爲然。

比如他在翻譯《十五小豪傑》時，用的就是古典章回體形式。再如他很滿意在《新中國未來記》中自題的舊體詩句，認爲那兩句「『青年心死秋梧悴，老國魂歸蜀道難』亦頗爲平生得意之句」，在幻想小說裏穿插舊體詩句，本身就說明了他對於形式的不拘一格。小說第四回「旅順鳴琴名士合併 榆關題壁美人遠遊」中甚至有不小的篇幅整段引用拜倫 *Giaour*（《異教徒》）和 *Don Juan*（《唐璜》）的部分詩篇，還於文中直接英漢雙語對照排列（漢語部分是梁啓超的翻譯），借拜倫鼓勵並參與希臘革命的歷史，重申對自由的擁抱，並於小說中通過人物之口介紹：「拜倫最愛自由主義，兼以文學的精神，和希臘好像有夙緣一般，後來因爲幫助希臘獨立，竟自從軍而死，眞可稱文界裏頭一位大豪傑」。以上事實也恰好印證了梁啓超批評詩界時的態度：「過渡時代必有革命。然革命者，當革其精神，非革其形式。吾黨近好言詩界革命。雖然，若以堆積滿紙新名詞爲革命，是又滿洲政府變法維新之類也。能以舊風格含新意境，斯可以舉革命之實矣。苟能爾爾，則雖間雜一二新名詞，亦不爲病。不爾，則徒示人以儉而已」。〔註 6〕基於這種觀念，梁啓超對待科學小說譯介和原創的態度及處理方式也就不難理解了。

作爲一位令人尊敬的社會活動家、學者和文人，被稱爲「近代第一寫手」〔註 7〕留下海量文字的他，通過上千萬字的詩文、時評、傳記、翻譯甚至原創小說不斷輸出著他的觀念。當下，在審視中國本土幻想文學發展史之際，都會不約而同聚焦在 1902 年這一年。

爲什麼是 1902 年？這一年，梁啓超 30 歲，舊曆光緒廿八年。對於梁啓超本人，對於後來想瞭解梁啓超的人來說，這一年都是立體的。梁啓超在 1902 年前後用他的筆編織著一個虛構和現實的多維國度，他自己本人對這個國的認識也越來越成型。這一年《清議報》停刊，《清議報》（1898.12～1901.12 共發行 100 期）是梁啓超 1898 年參與「百日維新」，戊戌政變發生後逃亡日本時在橫濱參與編輯的。作爲《清議報》的主筆，梁啓超於其中發表過多篇政論文章，探討君主立憲、國家前途、國民素質、國家主義等問題。《清議報》

〔註 6〕梁啓超著，《飲冰室詩話》，人民文學出版社，1959 年，第 51 頁。
〔註 7〕馬勇編，《梁啓超 中國近代名人傳記叢編‧編者引言》，河北人民出版社，2005 年。

時期對於梁啓超來說，也是他平生政論思考及參與政治的重要積累階段。雖然對於《清議報》的停刊有後黨遣人焚燒報社的「火災」〔註8〕說，也有梁氏思想轉變，以《新民叢報》取代之等爭議，但總的說，《清議報》即使停刊，《新民叢報》和《新小說》的無縫對接，除了言論陣地的轉移，還是一種證明：梁啓超在倡民權、啓民智方面一貫的執著，並始終指向一個他心目中的「國」。顯然，在「公車上書」被拒、戊戌變法失敗後，他對家國形態、體制建設等問題有了新的思考，而他這個階段的幻想文學譯介與原創恰恰與其政見形成了互文關係。雖然，將《十五小豪傑》、《世界末日記》和《新中國未來記》統稱爲科幻小說並不是很準確，但是經梁啓超的推介，不論是對其他科幻小說的譯介、還是本土原創，甚至讀者接受，都產生了正面的影響。

至少，從讀者接受方來看，就有活生生的例子。端木蕻良回憶60年前，「生平看到的第一篇科學幻想小說，就是凡爾納的《十五小豪傑》，它是梁啓超翻譯的。……那時，我還是個不滿十歲的孩子，和所有的孩子一樣，充滿了幻想，還不知道『科學幻想小說』這個詞兒，我是把《十五小豪傑》和《魯濱遜漂流記》、《金銀島》等作爲一類的讀物來看待的。」老人回憶時已經記不清小說情節了，但對其久久不能忘懷，甚至在描述文革時在垃圾堆中看到此書時，依然十分動情，「我真想一把把它攬在手裏，重新閱讀它，像我小時那樣閱讀它。但，當時，我是沒有自由的。我既沒有拾東西的自由，更沒有隨著自己意志看書的自由。所以，只能用我的眼光撫摸著它，而失去重溫此書的機會」。〔註9〕可見，梁啓超譯介或原創的這些作品所產生的能量是持續在發酵著的。

《十五小豪傑》這部少年文學譯作被採用的目的很明顯。它的主題與梁啓超致力宣傳的政論有著千絲萬縷的聯繫，一群遇險少年的掙扎、成長和歷練完美地呼應了梁啓超的新民理念，自然也就很符合《新民叢報》針對「國民公德缺乏，智慧不開」，「以教育爲主腦，以政論爲附從」，「以國民公利公益爲目的」〔註10〕的辦刊宗旨。作爲未來理想國的支撐群體，理想少年的煉成無疑是梁啓超始終關注的話題，少年間的日常活動或爭執都會被梁啓超上升到政論的高度。像《十五小豪傑》的第二回，「逢生路撞著一洞天　爭問題

〔註 8〕杜新艷撰，《〈清議報〉停刊考》，載《雲夢學刊》，2008 年第 5 期。
〔註 9〕端木蕻良撰，《〈十五小豪傑〉和我》，載《民主》，1995 年第 11 期。
〔註10〕「本報告白」，《新民叢報》第 1 號，1902 年 1 月 1 日，第 1 頁。

儼成兩政黨」中，遇險的孩子們對如何靠岸生出了分歧。一方認爲等退潮後
靠岸；但是因爲潮水退卻緩慢，水位遲遲不能下降到安全高度，另一方就主
張冒險行動，用最後一艘舢板小船，先上幾個人，去岸上拴好大船，再返回
接送其餘孩子。這時候，「武安」等人反對，認爲這樣做太危險，小舢板船很
可能靠不了岸就遇險。雙方爭執的對話就被梁啓超翻譯成如下：

武安：你們幹什麼？

韋格：這是我們的自由！

武安：你們想上這舢板嗎？

杜番：是，你有權利禁止我們嗎？

武安：有呀，因爲你們不顧大眾！〔註11〕

「自由」、「權利」、「大眾」個個都是民主政治所涉及的關鍵詞。

第九回「舉總統俄敦初被選 開學會佐克悄無言」〔註12〕中，武安提議：
「我們既占這個孤島爲它起了名字，如今更要舉一總統治理才好」，並解釋：
「置一首領，凡事聽其指揮，庶幾號令出於一途，辦理庶務，更爲周到。」
其他孩子們皆同意，齊呼：「甚是，甚是！我們趕快選總統吧。」而一直與武
安不合的另一派孩子王杜番說：「選總統亦可，但須限定任期，或半年，或一
年。」武安回覆：「不過任滿之後，倘再被選，仍能復任。」杜番很怕大家都
選武安，沒想到武安推舉了他眼中最「賢明」的人——俄敦。俄敦本來是想
推辭的，但是想到：「武安、杜番兩黨，不時齟齬傾軋，全賴著我居間調停的。
今舉我坐了第一把交椅，似於和合他們，更爲容易。」各娃娃們拍手歡呼：「俄
敦萬歲！萬歲！」

短短一小節文字，使得我們聯想到袁世凱時期來來去去、幾經反覆的「大
總統選舉法」規定：「大總統由國會議員組織總統選舉會選舉之。總統候選條
件：中華民國人民完全享有公權年滿四十歲以上並居住國內滿十年以上者得
被選舉爲大總統。當選條件：以選舉人總數 2／3 以上之出席，得票滿投票人
數 3／4 以上者，爲當選；但兩次投票無人當選時，得就第二次得票較多者二
名決選之，以得票過投票人之半者爲當選。大總統任期五年，得連任一次。」

〔註11〕 （法）威爾恩著，飲冰子，披發生譯，《十五小豪傑》，上海文化出版社，1956
　　　　年，第 6～11 頁。
〔註12〕 （法）威爾恩著，飲冰子，披發生譯，《十五小豪傑》，上海文化出版社，1956
　　　　年，第 45～54 頁。

〔註 13〕小說中過家家似的描述顯然不夠嚴肅，流落孤島的孩子們輕輕鬆鬆地
居然選出了「總統」，顯得頗爲兒戲，但兩黨不合、民主推選、選舉任期、群
眾呼聲等政治生態樣樣不缺。最重要的是，被選上的總統「俄敦」並不是兩
派的靈魂人物，也未必才華出眾，但他溫和持重、善於居間調和，這不正符
合梁啓超等人對立憲制度下領袖、元首甚至君主形象的要求嗎？具體說，梁
啓超始終認爲立憲體制下的領袖，他們的價值就在於持中、公允、開明，他
們象徵性的符號價值大於操作性的實踐價值。

後來，1902 年 11 月《新小說》創刊，《世界末日記》被刊載在創刊號上。
1902 年 11 月 1 日至 7 日連載於《新小說》的則是梁啓超的原創《新中國未來
記》，前者末日、後者未來，看似分裂，實則三觀依然整一。人類滅亡的終極
命運與一國一民的生存鬥爭在梁啓超看來是不相悖的，乃於不同層級、不同
角度，進行著共同的、嚴肅的思考。

先來看看梁啓超心中的未來中國。事實上，最多只能算得上社會幻想小
說的《新中國未來記》，與科幻小說的路數相距甚遠，整部小說也沒有完成未
來中國圖景的細節呈現，只是籠統地把小說設置成維新成功後若干年的某一
個時段，某位人物對其進行的歷史回憶。梁啓超自己都聲明《新中國未來記》
是「專欲發表區區政見，以就正於愛國達識之君子」〔註 14〕。不過，於國事，
梁啓超整體上是樂觀的。在他的《康有爲傳》中就聲明：「二十世紀之中國，
必雄飛於宇內，無可疑也；雖然，其時機猶在數十年以後焉。」〔註 15〕《新
中國未來記》也恰巧發生在《康有爲傳》中展望未來的那個時段。不過，小
說時間設定的邏輯頗費算計——梁啓超先是按照孔子降生後 2513 年，文中加
注成「今年二千四百五十三年」，對應西曆 2062 年，又注爲「今年二千零二
年」——歲次壬寅正月初一。總之，就是按照小說 1902 年發表之後未來一百
年左右來設定的。

當時，「我中國全國人民舉行維新五十年大祝典之日」，又恰逢「萬國太
平會議」在中國召開，各國「全權大臣」恰逢此機會得以參加五十年慶典。

〔註 13〕耿雲志等著，《西方民主在近代中國》，中國青年出版社，2003 年，第 279～
280 頁。
〔註 14〕梁啓超著，《新中國未來記·緒言》，收錄於《小說零簡》，商務印書館，1924
年。
〔註 15〕馬勇編，《梁啓超 中國近代名人傳記叢編》，河北人民出版社，2005 年，第
214 頁。

當時的情景威風八面「諸友邦皆特派兵艦來慶賀。英國皇帝皇后，日本皇帝皇后，俄國大統領及夫人，菲律賓大統領及夫人，匈加利大統領及夫人，皆親臨致祝。其餘列強皆有頭等欽差代一國表賀意，都齊集南京，好不匆忙，好不熱鬧。」這個情景在 21 世紀的當代科幻小說創作中也有似曾相似的一幕。韓松的《火星照耀美國》同樣設定在若干年後，華夏再次崛起、美國衰落、日本沉沒。只不過，讀者可以明顯感受到兩者雖然同出於拳拳愛國心，梁啓超的「新中國」絕對是從正面構想的，韓松的未來中國則帶著戲謔、自嘲和警示成分。當然，梁啓超並沒有過多地沉浸在未來國度繁榮的幻想中，他立刻進入了政見發表最集中的部分：「第二回 孔覺民演說近世史 黃毅伯組織憲政黨」和「第三回 求新學三大洲環遊 論時局兩名士舌戰」。第二回通過孔覺民的演說，表達了梁啓超完美憲政的格局。第三回則通過黃、李兩人長達幾十個回合的論辯，伸張著梁氏對革命與改良的理解。

　　重視制憲是民國初期政治生態的主要特點，但是制憲主張卻各有側重。比如國民黨堅持「主權在民」，進步黨則主張「主權在國」，梁啓超是支持「主權在國」的，「正因爲強調國權，所以梁啓超在其『進步黨擬中華民國憲法草案』的『國民』一章中，先列國民之義務，次列國民之權利，且國民之權利取法律保障主義。」﹝註 16﹞這也就不難理解，在小說中，孔先生演講時，對臺下聽眾強調：「諸君啊，須知一國所以成立，皆由民德民智民氣三者具備，但民智還容易開發，民氣還容易鼓勵，獨有民德一椿，最難養成」。「民德」難養直接呼應梁啓超「主權在國」的觀念，因此，他認爲不能完全寄希望於普通民眾，如果沒有開明君主、開明專制，至少要有一個比較先進的、有號召力的政黨，這樣才能培民智、聚民氣、養民德，使國民素質整體提高，進而能夠促成或匯聚國民公意。因此，文中把未來新中國成功的一大因素歸於結束各黨林立狀態的「憲政黨」成立。接著，小說開始大量羅列憲政黨的若干重要章程，如「本黨以擁護全國國民應享之權利求得全國和平完全之憲法爲目的。其憲法不論爲君主的、爲民主的、爲聯邦的，但求出於國民公意，成於國民公議，本會便認爲完全憲法」，並把「教育國民」置於「憲政黨」各項工作中第二重要的位置，僅次於第一任務「擴張黨勢」，而對「教育國民」的任務細化到「預備師範」、「廣立學校」、「編教科書」、「譯書出版」、「實業教育」、「補習教育」、「改良文字」、「派遣遊學」八個子任務，每個子任務又

﹝註16﹞耿雲志等著，《西方民主在近代中國》，中國青年出版社，2003 年，第 282 頁。

有具體操作說明，如「廣立學校」要求「本黨凡有會所之地必附屬一學校漸擴充以立中學大學」，「實業教育」則強調「專教農工商等實業以殖國力」。與此同時，小說中還詳細地描繪了「憲政黨」的各級機構與相關編制，對會長、副會長、評議員、幹事長、幹事、文案、會計、會計監督、教育部、統理支部、黨外交涉與裁判黨爭，進行了職能設計與勾畫。

實際上，「在民」或「在國」就是共和立憲與君主立憲之爭，進而延伸到「革命」還是「改良」的老話題上。梁啓超一直以來就是「革命和改良兩條路線大論戰中的改良派主帥」〔註17〕。他在第三回虛擬了一個叫「黃克強」的廣東籍人士，雖然梁啓超於緒言中請讀者不要索引，但一路讀來，還是很明顯能感受到這個人物設定是在向黃遵憲等近代知識分子、擁護君主立憲制的一系列人物致敬。「黃克強」與「李去病」兩位一開始結伴去英國遊學，後來「分途而往」，李君去法國巴黎大學，黃君則去了德國柏林大學研究國家學，之後又結伴一起遊歷了歐洲數國，在從俄國聖彼得堡返回祖國的路上，他倆對歐洲革命、國內現狀、未來政體等問題進行了激烈的論辯。

黃君的君主立憲觀點很明確，他認為：「天下人類自有一種天然不平等的性質，治人的居少數，被治的居多數」，並認定多黨共存的共和制度是可以通過漸進方式達成的，「我中國人向來除了納錢糧打官司兩件事之外，是和國家沒有一點交涉的，國家固然不理人民，人民亦照樣的不理國家。……若能有一位聖主幾個名臣用著這權，大行干涉政策，風行雷厲，把這民間事業整頓得件件整齊，樁樁發達，這豈不是事倍功半嗎？過了十年廿年，民智既開，民力既充，還怕不變成個多數政治嗎？成了多數政治，還怕什麼外種人喧賓奪主嗎？我說的和平的自由，秩序的平等就是這麼著。」在黃君努力說服下，推崇法國大革命模式，激進的李君也充分闡述了他對共和制度理解，兩位好友之間的論辯一度火藥味十足。李君反駁黃君：「依哥哥來，豈不是單指望著朝廷當道一班人嗎？他們不肯做又怎麼樣呢？哥哥，你別要妄想了。他們若是肯做，經過聯軍糟蹋這一回，還不轉性嗎？你看現在滿朝人太平歌舞的樣子啊，他那腐敗比庚子以前還過十倍哩，哥哥，你請挺著脖子，等一百幾十年，等那平和的自由，秩序的平等罷」。

顯然，那些批評梁啓超《新中國未來記》作為科幻小說讀不下去的人士忽略了一點，雖然全篇皆為政論載體，但是，從小說創作、人物塑造上來說，

〔註17〕孟祥才，楊希珍著，《梁啓超》，江蘇人民出版社，1982年，第39頁。

梁啓超還是做了一些努力的，黃、李二人的說話腔調、用詞方式、態度激緩確實活脫脫描摹出了改良派與革命派兩類人士的氣質，當我們認爲梁啓超在小說中完全展示了執不同政見者的思想鬥爭時，不要忘了，他這也是在自己跟自己下棋、自己跟自己論辯。對於國家發展的道路，他在堅守中從沒停止過焦慮和調整。這也就是爲什麼黃李二人經過了四十四回論辯、共計一萬六千多字後，二君都有所妥協。李激憤的情緒被黃安撫了下去，而黃也認同李一定要去實踐一把的決心，認爲「講到實行，自然有許多方法曲折......今日我們總是設法聯絡一國的志士，操練一國的國民，等到做事之時，也只好臨機應變做去，但非萬不得已，總不輕容易向那破壞一條路走罷了」，兩派在身體力行、社會實踐的最終行動指向上握手言和了。黃李二君也於論辯結束後，約著結伴往俄羅斯佔領的旅順大連灣一帶遊歷一回。期間，他們隔牆欣賞到美少年陳猛演唱拜倫長詩，並與之結交，還與「廣裕盛」老闆交談，從他那兒瞭解到同胞們掙扎在外族統治下的艱難生活，比較成功地喚醒了讀者的愛國心。

至於《世界末日記》（又稱《地球末日記》），梁啓超更願意把它當成哲理小說，在融入了佛家諦聽、寂滅等價值觀的同時，繼續表達著他的核心政見。在他看來，此作品是「科學上最精確之學理與哲學上最高尚之思想」的產物，是「近世一大奇著」。針對有人問他：「吾子初爲小說報，不務鼓蕩國民之功名心進取心，而顧取此天地間第一悲慘殺風景之文，著諸第一號，何爲？」他的回答是頗具禪機的：「我佛從菩提樹下起，爲大菩薩說華嚴，一切聲聞凡夫如聾如啞。謂佛入定何以故，緣未熟故。吾之譯此文，以語菩薩，非以語凡夫、語聲聞也。諦聽諦聽，善男子善女子，一切皆死而獨有不死者存。一切皆死而卿等貪著愛戀嗔怒猜忌爭奪胡爲者。獨有不死者存而卿等畏懼恐怖胡爲者，證得此義，請讀小說報，而不然者，拉雜之、摧燒之。」〔註18〕「凡夫」無異於梁啓超眼中不受教化、愚昧無知的那部分國民；而「菩薩」，梁啓超取的是它本意，並非民間認爲高不可攀的神佛。佛教中的菩薩泛指有情有覺之人，或發願自度度人、或發願捨己救人，具體來說，只要選擇信佛學佛，從一開始發願算起，直至修煉成佛，這些信徒都可以被稱爲「菩薩」。

幻想世界的文學作品從來就不缺乏對末世的想像，對末日的描摹，有的出於對科學技術發展反噬力的擔憂、有的出於對未知世界，尤其是太空物種

〔註18〕梁啓超著，《新中國未來記》，收錄於《小說零簡》，商務印書館，1924 年。

的恐懼、有的基於對人性的失望，種種原因不一而足。梁啟超在眾多外來作品中選中它，並煞風景地刊於《新小說》創刊號的真正目的，不是要展示末日慘景，而是借毀滅前後，社會結構、自然生態、人類言行的變化，表達他對生生不息的宇宙運行規律的認同，對某種高尚、純粹的精神世界的嚮往和追求，而佛教思想正是他在現實世界用於提升國民素質做出的選擇。

恰恰在 1902 年，梁啟超寫過一篇《論佛教與群治之關係》，結合其中觀點，可以發現梁啟超認為：「中國必須有『信仰』，但基督教無法取代孔教，強調了佛教的高尚意義和有益群治的理由，認為佛教的智信、兼善、入世、平等、自立的精神非常值得提倡。」〔註19〕末日景象、佛家精神、公民素養、群治宗旨幾方匯合，始終沒有脫離，甚至相當契合梁啟超的思考和追求。無獨有偶，梁啟超全文輯錄並高度評價的黃遵憲《錫蘭島臥佛》長詩，最後也是落腳於民族、家國命運，「人人仰震旦，誰侮黃種黃？弱供萬國役，治則天下強。明王久不作，四顧心茫茫」。「明王」就是佛教中比金剛級別還要高，又稱忿怒尊、威怒王，帶著怒相，為教化愚眾而來的守護者。

那麼，這篇譯作究竟「殺風景」到什麼程度呢？那是一個冷酷與溫情並存的末世景象。2200 萬年高齡的地球已經開始老化，太陽也不再溫暖，地表溫度越來越低，羅馬、巴黎、倫敦、維也納、紐約……這些大都市早就被埋沒於冰下。有一個叫「桑達文」的共和國還有人類生存跡象，那裡的人壽命都只有 25 歲左右，面對日益惡劣的環境，生育願望逐漸消失，盛行的是只爭朝夕的末世貪歡人生觀。政府公布「有能為我地球產出最後之人民者，則以共和府全體之財產贈與之以為報酬。」儘管如此，依然沒人響應，「地上已無復新生繼出之人類」。人類的精神狀態也越加糟糕。「發癲狂病者日多一日」。此時，一位叫「阿美加」的男子建議政府造「電氣飛船，乘之以探求赤道溫暖之地，率國民而移住焉。」政府採納了他的這個建議，派出了遠征飛船。只是他們一路飛去滿眼廢墟，冰雪皚皚，了無生機。飛船上的船員也因為飢餓或寒冷死了大半。好不容易遇見一條沒有冰凍的河，降落後發現還有一老人，從而得知此河為「亞瑪遜河」，那裡已經沒有婦女，更沒新生兒，一片死寂，但是，老人告訴他們亞細亞錫蘭島還有婦女。遠征飛船向錫蘭島飛去，果然遇見了那裡幸存的五位女性。其中一女「愛巴」與「阿美加」一見鍾情，並隨飛船一起返航回「桑達文」。

〔註19〕姚蘇平撰，《晚清科學小說中的末日書寫》，載《甘肅社會科學》，2014 年第 2 期。

　　淒涼的是，當這對愛侶回到「桑達文」時，那裡愈加慘烈於飛船出發之前了：荒蕪的公館、累累的墳墓赫然眼前，親族朋友的屍體橫陳，只剩下最後一口氣的族人則在悲慘地喘息呻吟，人類數量由 15 人降到 10 人，再到 5 人，最後，只剩下「愛巴」與「阿美加」，「與數千萬年前之亞當夏娃相對峙」。「愛巴」與「阿美加」在生命結束的最後對話也引起了譯者的很大共鳴，尤其是少年「阿美加」說：「愛卿啊，我等實世界最後之人也。君看此世界中，國土何在？政治何在？學術何在？技藝何在？榮華何在？威力何在？今日全地球只贏得雪中一大荒冢而已。」

　　不過，梁啓超譯介的這部小說以人類最後一對彼此深愛的年輕情侶臨終俯瞰世界爲結尾，並非徹頭徹尾的死寂與絕望，因爲文末記錄：「無限之空中，依然含有無量數之太陽，無量數之地球。其地球中，有有生物者，有無生物者。其有生物之諸世界，以全智全能者之慧眼，微笑以瞥見之『愛』之花尚開」。一個地球滅亡了，一群人類死去了，對於更廣闊的宇宙來說，生氣尚在、智慧猶存、眞愛永恆。

　　以上三篇經梁啓超之手進入人們視野的幻想小說，今天重讀它們，再聯繫既往的外界評價，可爲讀者帶來更多不同的感受。懂梁者，欣賞他那近乎頑固的追夢執念和天眞的赤子之心；視其爲過氣人士者，有的甚至還在新的筆仗中把梁啓超當作反面例子。如在進行「兩個口號」之爭時，胡秋原在談到應該有選擇性地、有批判精神地學習蘇聯時，認爲：「今日崇拜波格達諾夫與布哈林，明日又扔將毛廁去，今日喊德波林，明日又批判；今日唱新寫實主義，明日又否定……這種梁啓超主義不大可爲訓」。〔註20〕這裡的「梁啓超主義」可不是什麼褒獎，帶有很明顯的嫌棄之意，嫌他幼稚、輕率、多變。其實，梁啓超爲何會給某些人多變的印象？這其中存在著隔膜或者誤讀。

　　雖然梁啓超自己承認過：「一人之見地隨學而進，因時而移，即如鄙人自審十年來之宗旨議論，已不知變化流轉幾許次矣。」〔註21〕他縱橫大江南北，遊歷海外，還把橫濱─加拿大─紐約─華盛頓─費城─芝加哥─舊金山……的行程編綴成了《新大陸遊記》，但是他在知行結合之際，不斷地用文字發出聲音，執著地表達著他的政治理想和文化追求。這個過程中，有形形色色的

〔註20〕 胡秋原，《唯物史觀藝術論》，轉引自曠新年著，《1928 革命文學》，人民文學出版社，2017 年。
〔註21〕 梁啓超著，《新中國未來記·緒言》，收錄於《小說零簡》，商務印書館，1924 年。

見聞，也有新舊各種理念的碰撞，然而不論如何變，梁啓超在本質上是形散神聚的。

就好像在《新中國未來記》文末的總批中，梁啓超明確說，他原本準備在小說中把拜倫的「《端志安》（即《唐璜》）的十六折全行譯出，嗣以太難，迫切於時日，且亦嫌其冗中，故僅譯三折，遂中止，印刷時，復將第二折刪去，僅存兩折而已」。讀過此小說的人都知道，就這麼兩折，也已經佔了不少篇幅，也就是說，就算是小說創作，他也並不是以編織合理的結構與情節為重，而是以表達意圖為重。如果不是他自己覺得難度大、略冗長，以梁啓超行文的特點，只要與其立意匹配，一定不會介意全文摘引的。

再以梁啓超的傳記文學對象為例更可見一斑。他曾為光緒皇帝立傳，第一章就推崇光緒帝「上舍位忘身而變法」，對於這位年輕君主評價非常高，也充滿了感情，但是並不妨礙他最後放棄絕對的君主立憲制理念，除了客觀現實的局限，還因為他眼中的光緒帝只是一個威權的理想代言人，隨著變法失敗，守舊勢力的日趨僵化，必須對國家未來發展的道路做出新的抉擇。

他為極具爭議的李鴻章作傳，在當時是勇氣可嘉的。他將未達以前的李鴻章、兵家之李鴻章、洋務時代之李鴻章、中日戰爭時代之李鴻章、外交家之李鴻章、投閒時代之李鴻章、末路李鴻章串了起來，客觀表達了他對李氏的「敬」、「惜」、「悲」，認為：「譽滿天下，未必不為鄉愿；謗滿天下，未必不為偉人」。〔註22〕

他還為戊戌六君子立傳，為康有為立傳⋯⋯貌似一直沉浸在舊式帝國的君臣、同僚關係中不能自拔，實則不然。儘管，他的《新中國未來記》依然以一場盛況空前的碩儒——「全國教育會會長文學大博士」演講開篇，借人物之口講述維新變法成功六十週年歷程，從光緒二十八年壬寅（1902）講到六十年後，題為「中國近六十年史」，但是，通篇下來，演講沒有腐儒氣，頗能提振精神。他於各方觀點之間做出的融匯與調和努力也是很明顯的，曾為君主立憲制的堅決擁護者，最終演變成一位也能接受共和思想，並撇開某一種立憲方式，專注於制憲本身的人物。這些恰恰是他一以貫之的另一面。對於新社會秩序的建立、對於君主與憲政的關係平衡、對於革命活動的解讀等等問題，梁啓超從未停止過思考，且不遺餘力地發言。只不過在發出聲音的同

〔註22〕馬勇編，《梁啓超 中國近代名人傳記叢編・編者引言》，河北人民出版社，2005年，第33頁。

時，他會有所調整——對政見理念，或微調或逆轉；對體裁形式，或削弱或犧牲。

顯而易見，梁啓超的堅守是樂觀與焦慮並存的堅守，雖然有自相矛盾的事實，卻始終如一地保持著對現存秩序的關注、對國民教育的關心，並對他自己以及他們那一代孜孜追求的未來新秩序發出熱烈的呼喚，種種這些均強烈左右著他的科幻譯介和幻想小説創作，也成爲今日重讀這些作品的重要精神支撐和價值所在。

作者簡介：

錢曉宇，1975 年生，女，籍貫：江蘇省吳縣，文學博士，華北科技學院文法學院，副教授，研究方向：中國現當代文學。

民國時期廣東女作家草明的中短篇小說創作

教鶴然

（北京師範大學 文學院）

　　草明是中國現當代文學史上從事工業題材文學創作的重要代表作家，她原名吳絢文，祖籍爲廣東省順德縣，於 1945 年 11 月隨曾任廣東省委常委兼統戰部長的古大存帶領的小分隊離開延安奔赴東北，1946 年 6 月到達哈爾濱，與羅烽、白朗、蕭軍等北滿作家進行創作、籌辦刊物、建立文協，是解放戰爭時期參與組織開展東北地區文學活動的唯一一位廣東籍外省作家。

　　草明的文學創作生涯始於 1931 年，當時她以 S.Y.爲筆名在學生雜誌及地方報刊上發表作品，從 1932 年開始，她以「草明」爲筆名正式進入廣東文壇。值得注意的是，學界既有的草明文學創作研究成果，主要集中在 1946 年她到達北滿解放區以後創作的東北工業題材中長篇小說作品方面，現有新文學史著及史論專著亦是如此〔註1〕，甚至於目前可考的草明研究資料專集〔註2〕也幾乎僅僅專門討論草明在 1946 年以後創作的以北滿發電廠爲背景的中篇小說《原動力》，以瀋陽鐵路工廠爲背景的長篇小說《火車頭》，以遼寧鞍鋼爲背

〔註 1〕如丁易：《中國現代文學史略》，北京：作家出版社， 1955 年版；劉綬松：《中國新文學史初稿》，北京：作家出版社，1957 年版；林誌浩主：《中國現代文學史》，北京：中國人民大學出版社，1980 年版；唐弢，嚴家炎：《中國現代文學史》，北京：人民文學出版社 1980 年版；逢增玉：《東北現當代文學與文化論稿》，北京：中國社會科學出版社，2012 年版。

〔註 2〕如余仁凱：《草明研究資料》，北京：知識產權出版社，2009 年版；余仁凱等：《草明葛琴研究資料》，北京：北京十月文藝出版社，1991 年版；遼寧大學中文系編：《中國當代文學研究資料·草明專集》，瀋陽：遼寧大學中文系，1979 年版等。

景的長篇小說《乘風破浪》及文革時期以北京機床廠爲背景的長篇小說《神州兒女》等。自 1990 年代以來，中國現當代文學研究領域出現的「再解讀」熱潮中，草明的《乘風破浪》也成爲被重新闡釋的重要文本，小說以「當時工業的象徵」，即新中國復建的第一個大型鋼鐵聯合企業和生產基地，遼寧鞍山鋼鐵爲故事背景，塑造了「重技術輕政治」的煉鋼廠廠長宋紫峰這一形象，成爲對於當代文學研究界「50~-70 年代中國文學中工業題材小說成就不高」這一既有評價的有力反擊〔註3〕。而遺憾的是，學界既往研究對於作家草明在 1932 年至 1946 年間創作百餘篇中短篇小說、散文、報告文學作品，以及 1946 年到達北滿解放區後創作的數篇短篇小說等作品的研究可謂寥寥，且都未有深入的細讀與分析。這些文本非常生動而具象地展現出女作家草明文學創作理念及實踐的轉變軌跡，能夠爲我們重新理解她的現當代文學史意義提供必要基礎，本文的論述就主要基於草明三四十年代的短篇小說而展開。

一、工業題材與女工形象

十九世紀中後期，清末洋務運動帶來了中國現代工業的出現與發展，工業文明已經開始影響著中國古典文學的創作、印刷、生產及傳播機制。進入二十世紀初期，尤其是「五四」運動以來對「人」和「人性」的發現，使得部分新文學作家開始自發地以工人形象、工業因素作爲文學創作的題材，如葉聖陶的《窮愁》、焦木的《工人小史》、胡風的《兩個分工會的代表》、蔣光慈的《短褲黨》等以國內工人生活或罷工事件爲內容的短篇小說作品已開始出現。二十世紀三十年代以來，隨著世界範圍內無產階級革命文學運動的展開，工人階級與工人運動進一步成爲文學家關注的重要對象，草明三四十年代的中短篇小說創作就是其中的主要代表。

因草明在北滿哈爾濱地區創作了學界公認的「中國第一部工業題材的中篇小說」《原動力》，既往研究者做出了這樣的推論：「把創作興趣和表現對象的主體一直放到工人身上，可以說自東北解放區文學開始。這應該是草明和東北解放區文學對現代文學、對共和國文學的貢獻」〔註4〕。從表層上來看，

〔註3〕李楊：《工業題材、工業主義與「社會主義現代性」——〈乘風破浪〉再解讀》，《文學評論》，2010 年第 6 期，第 46～53 頁。

〔註4〕逄增玉，孫曉平：《工業語境中的人物形象與譜系——草明與東北工業題材小說論之一》，《社會科學輯刊》2011 年第 2 期，第 155 頁。

關注工人的確是草明對於解放區文學及新中國文學的重要貢獻，然而值得注意的是，這種關注並不是自東北解放區文學才開始出現的。在草明離開延安進入東北之前創作的近六十篇短篇小說中，僅有二十餘篇與工人完全無關，餘下三十餘篇中仍有一部分作品中的個別次要人物有著工人的身份，或從側面呈現了部分工人活動，其中以工人為主要人物，以工廠、工業生態為故事背景的短篇小說超過半數，而且幾乎全部以廣東順德的繰絲工廠女工形象作為主人公，具有非常明確的創作興趣和表現焦點。結合對於這些文本的細讀與分析不難發現，草明這種對於工人，尤其是女性工人個體及群體命運的關注熱情和創作熱望是她最初開始進行文學嘗試時即已出現的。她自第一篇成熟的小說作品，即發表於歐陽山主編的進步刊物《廣州文藝》10 月 2 日第五期上的粵方言小說《繰絲女工失身記》（已佚失）起，就已經開始自發自覺地以家鄉順德縣的繰絲女工的生活與命運作為文學創作的關注點。

　　尤其值得注意的是，與同時期作家相比，草明文學創作的特殊情感質地與審美趣味一方面是持續性的對於工人形象和命運的關注，另一方面是她格外關注女工形象和女性工人的自我意識。工業題材作品與工人形象的文學呈現在最初嘗試期就帶有鮮明的陽性氣質，所謂的「工人身份」也似乎與男性性別劃了等號，機器化大生產中的男性工人成為該類作品最核心的關注節點。盧隱的小說《靈魂可以賣嗎》中的女主人公棉紗工廠的紡紗女工荷姑、郁達夫的小說《春風沉醉的晚上》中的女主人公紙煙工廠的包煙女工陳二妹以及茅盾的長篇小說《子夜》、夏衍的報告文學《包身工》中的紗廠女工等，是此類小說作品中少數鮮活的女工形象代表。而此後走上文學道路的女作家草明，則繼承著少數派的創作追求，專門著力塑造生動可感的女工形象，可謂是名副其實的「紅色女工作家」〔註5〕。

　　作家在 1932 年初入文壇至 1937 年抗戰爆發前之間創作的短篇小說中，主要著力表現了女工形象的三種轉變和成長過程。第一類，是從「繰絲女」到「自由女」。這是草明早期短篇小說中最突出、最鮮活的一類女工形象，她們堅忍、活潑、美麗，且富有反抗性和蓬勃的生命張力。目前可見的草明的第一篇描寫女工的作品短篇小說《不聽媽媽話的女孩子》（1932 年 10 月），就塑造了桂鄉永昌號絲場第 ·巷最漂亮的女工人阿鳳，她在受巡巷阿祥侮辱後

〔註 5〕李掖平：《20 世紀中國女性文學專題研究十六講》，濟南：山東文藝出版，2009
　　　年版，第 99 頁。

反抗逃走，成爲參加自衛軍的自由女學生並返鄉復仇，帶領桂鄉女工參加婦女協會、上街遊行，爭取個人權利和獨立平等人格。隨後，作者又創作了短篇小說《沒有了牙齒的》（1933 年 11 月），刻畫了珠江南岸布廠女工阿蘭的姑母，這位「沒有了牙齒」的老婦人的丈夫和女兒都在工人罷工中死亡，她像一頭暴怒的困獸，詛咒壓迫人的工頭和麻痹人的基督教，唯獨支持阿蘭和工友參加罷工抵制剋扣薪資，能夠認識到「人原是低不得頭的。忍得氣的人有什麼出息呢！」〔註6〕次年的短篇小說《萬勝》（1934 年 4 月）中，女主人公「我」同族的姐姐是順德絲廠的繰絲女工萬勝，她忍受著絲廠的烤炙、工頭的騷擾、父親的酗酒和病重，哥哥的賭癮與脅迫，投過幾次水卻仍然被救起來重新面對沒有希望的生活，最後神秘地失蹤了。這個故事的開放性結尾，暗示著作家希望也相信女工萬勝的確並沒有死去，順利逃離生活的重壓而重獲自由。

　　第二類，是從「繰絲女」到「妓女」。在 1935 年被魯迅、茅盾選入爲美國記者伊羅生編選的《草鞋腳》（英譯中國短篇小說集）中的短篇小說《傾跌》（1933 年 10 月）中，作者講述了阿屈、蘇七和女主人公「我」三位被順德鄉里絲廠開除的女工進城謀生活的故事，她們不論是去富人家做女傭，還是去化妝品製造公司裝潢部做工，得到的工錢除去薦頭錢和住宿費，伙食費與生活費幾乎都所剩無幾。阿屈和蘇七爲了生計都去做了妓女，她們一面爲溫飽暫時得到解決而感到平靜，一面又爲自己愈來愈向社會邊緣和黑暗面傾跌而感到苦痛，作者借她們之口發出了這樣的追問與呼喊：「你叫我怎樣活下去呢？不這樣幹，你叫我怎樣活下去！……什麼人要我們向這黑暗的甬道走呀！」〔註7〕「誰把我的心靈撕碎了？誰把我的血肉吃掉了？」〔註8〕次年的短篇小說《騙子們》（1934 年 5 月），也講述了從順德縣來到省會廣州市區謀生的繰絲女工淪爲妓女的悲慘經歷：「每天晚上從長堤那些旅館客棧裏拖出來的……二十……三十個裏頭，順德女工至少要占十幾個。她們都是到省城來打工，來試一試運氣的失業的繰絲女……可是過了一些時候就都變成騙子

〔註 6〕 草明：《沒有了牙齒的》，《草明文集・1・短篇小說》，北京：中國青年出版社，2012 年版，第 25 頁。

〔註 7〕 草明：《傾跌》，《草明文集・1・短篇小說》，北京：中國青年出版社，2012 年版，第 16 頁。

〔註 8〕 草明：《傾跌》，《草明文集・1・短篇小說》，北京：中國青年出版社，2012 年版，第 17 頁。

了！」〔註9〕顯然，這篇小說比《傾跌》更進一步討論到從「繰絲女」淪爲「妓女」以後，女工們必然不會重新回歸正常的勞動和生活，而是在黑暗和泥淖中越陷越深，最後又從「妓女」變成「騙子」，淪爲社會最底層的渣滓，在廣闊、繁華的城市之中永遠不得超脫。在這個故事結尾，作者借著在廣州當了七年警察的乾媽兒子富生之口，又一次發出了與《傾跌》相類似的追問：「沒有道德，沒有禮貌，沒有靈魂，唉，可是誰奪走了她們的靈魂？」〔註10〕小說《魅惑》（1936年4月）寫道曾經在絲廠裏做工的四妹到省城謀生後，穿金戴銀、豐腴豪放地風光返鄉，卻被全村的人叫做「賊婆」。作家雖然並沒有明白清楚地寫出四妹在省城究竟做的是怎樣的工作，但從她「充分地帶著淺薄的豪放」的語言，及提議主人公阿明與她一同去男人密集的順興樓飲茶的行爲來看，似乎與女工身份相去頗遠。尤其是她與阿明的一段對話：「阿明，你讀過兩年學堂，也許懂得多一點，但是一個人終歸要吃飯的……摘桑，挑蠶，繰絲，當私娼，做強盜……任你說吧，你從這裡面給我挑選一樣較爲高貴的事業吧！」〔註11〕由此可見，除卻對「妓女」的理解之同情外，草明非常敏銳地揭示出繰絲女工悲劇命運的根源。在順德縣異常繁榮的繰絲工業，其本身既沒有真正形成正向的良性工業經濟循環，又沒有將完整有效的工業技術傳授給工人，更與以廣州爲代表的現代化城市經濟生態脫軌。女工們帶著摘桑、挑蠶、繰絲等手工經驗技巧來到並不需要繰絲的現代都市，倘若不通過接觸進步思想和學習知識來改變自己，必然只能做下等女傭、僕人以及性工作者，最終被現代文明所淘汰。

第三類，是從「繰絲女」到「反抗者」。短篇小說《我們的教師》（1936年7月），借助小說女主人公「我」的表姐，一位守寡的前順德繰絲女工，之口講述了順德縣第五區龍涎村絲廠二十餘位女工在「職業婦女補習夜校」補習的經歷和當時任教的女教員的故事。文中有這樣一段話：「這個時代是我們順德蠶絲業的全盛時期。龍涎村的世界，就是女人的世界。她們每個人都充滿了力氣、聰明，也充滿驕傲；她們什麼都沒有看見，或者把什麼都忘記了，

〔註9〕草明：《騙子們》，《草明文集・1・短篇小說》，北京：中國青年出版社，2012年版，第53頁。

〔註10〕草明：《騙子們》，《草明文集・1・短篇小說》，北京：中國青年出版社，2012年版，第56頁。

〔註11〕草明：《魅惑》，《草明文集・1・短篇小說》，北京：中國青年出版社，2012年版，第108頁。

甚至忘記自己是一個女人。她們用最尖銳的疑忌，衝動地疑忌一切能妨害或搶奪她們的活路的人。」〔註12〕繅絲女工在繅絲業興盛時期，對試圖向她們傳授文化知識及女性解放思想的女教師充滿敵意。不足三個月的時間，以女工蓉姑爲代表的十二三個女工因工頭恐嚇、身體孱弱或個人懈怠等原因紛紛退學，以此作爲對女教師的反抗。當蠶業衰落之後，女工紛紛失業，「我」的表姐只能通過做更低下的手工活計和去港澳務工的親戚救濟以維持生活。此時，表姐非常深切地懷念起跑到「不說空話的奇怪的地方當女兵」的女教員，而且表示自己「眞想有一天也能到那奇怪的地方去看看」〔註13〕。不難推斷，此處「不說空話的奇怪的地方」指的應是中共革命根據地，因此，小說的結尾暗示著女工的思想開始覺醒，反思和反抗意識也已初露頭角。在作家草明的筆下，不久的將來，繅絲女工很有希望同女教員一樣投身共產黨組織並參加革命。抗日民族戰爭爆發後，作家的文學創作關注的重點開始向戰爭題材轉移。與此同時，草明仍然持續創作著以廣東順德繅絲女工爲對象的短篇小說，並將此類故事也置於民族戰爭的宏大社會背景中。短篇小說《受辱者》（1940 年 6 月）就塑造了順德縣第十區桂洲鄉忠信絲廠的女工梁阿開，她意外被攻陷桂洲的日本士兵輪奸，隱瞞受辱眞相併重新回到被日本軍隊統治的桂洲鄉生活。她拒絕表姐讓她離開桂洲去白麻鄉的勸解，忍辱負重期待著絲廠復工的阿開，在得知忠信號絲廠決定將「那部五十匹馬力的蒸汽發動機」移交給日營復興絲廠以後，拿著硝酸水溶液倒進蒸汽機活塞杆上，腐蝕、摧毀了陪伴她工作二十餘年的機器。顯見的是，草明在這篇小說中創作的繅絲女工形象，已經從「自由女」進一步成長爲「反抗者」，從離開陳腐而凝滯的繅絲工廠以追求個人精神的解放與身體的自由，發展到寧願犧牲個人自由也要爲阻礙集體經濟財產遭受日本侵略者搶奪而貢獻力量。

　　而在 1946 年草明進入北滿解放區後，作家接觸到東北重工業基地的生產和生活實際，使得她關注了十餘年的文學焦點從具有半手工業性質的繅絲女工，轉向了操作重型發電機器或在鐵路工廠等大型國有工廠務工的男性工人，如爲學界反覆探討的中篇小說《原動力》，主要人物形象全部都是電廠男

〔註12〕草明：《我們的教師》，《草明文集・1・短篇小說》，北京：中國青年出版社，2012 年版，第 138 頁。

〔註13〕草明：《我們的教師》，《草明文集・1・短篇小說》，北京：中國青年出版社，2012 年版，第 142 頁。

工，其小說作品中現代文學史少見的女性工人群像，在進入北滿解放區以後逐漸消泯與黯淡。

二、女性身份和女性意識

承前所述，在草明 1946 年以後的文學創作中再難見到此前豐富可感的女工群像，但是從她最初在左聯時期的創作，到 1937 年抗日民族戰爭爆發時期的戰爭題材寫作，再到 1942 年延安文藝座談會講話以後的文藝觀念轉換，進一步發展到赴東北哈爾濱以後的中短篇小說創作，草明都保持著對於女性身份和女性意識的關注與敏感。

回到草明三四十年代的小說作品中，我們不難看出 1937 年和 1942 年是作家創作的兩個重要轉折節點。1937 年抗日戰爭爆發後，從 1937 年 12 月草明創作的短篇小說《阿衍伯姆》開始，作家開始關注民族戰爭給普通百姓，尤其是女性和兒童，帶來的日常生活的干擾、人際關係的混亂及不可磨滅的心理、生理創傷，普通民眾對於戰爭、革命認識的茫然、混沌及日常生活性也成爲她小說敘事的重要表現部分。而 1942 年 5 月毛澤東《延安文藝座談會上的講話》問世，對於草明的文學生涯而言，可謂「舉足左右，便有輕重」。共和國時期，草明寫過很多篇回憶了她與中央領導交往的文章，尤爲著重提及《講話》前毛澤東與她的三次通信：1942 年 4 月 9 日，草明與時任中研院文研所負責人的丈夫歐陽山收到毛澤東寄來的第一封親筆信，內容爲「來信收到。擬面談一次，如同意，請於今日惠臨一敘，並盼與草明同志偕來」〔註14〕。歐陽山此前寄信給毛澤東，即是提議針對目前文藝的諸多問題與複雜情況，中央應制定系統、明確的文藝政策以便文藝工作在統一的標準下有序展開。毛澤東此次覆信邀請他與時任中研院文藝研究室特別研究員的草明同去會面商議，由此，草明直接參與了延安文藝座談會的理念討論與思想準備，並提出了此後影響重大的文藝「宗派主義」問題〔註15〕。4 月 13 日，毛澤東又致第二封信給草明、歐陽山夫婦，書信內容爲：「前日我們所談關於文藝方針諸問題，擬請代我搜集反面的意見，如有所得，祈隨時賜示爲盼」〔註16〕。4 月 17 日，草明夫婦收到了毛澤東寄來的第三封信，仍然在強調反面材料的收集：

〔註14〕歐陽代娜編：《歐陽山訪談錄》，北京：中國文史出版社，2008 年版，第 5 頁。
〔註15〕參見草明：《世紀風雲中跋涉》，北京：人民文學出版社，2001 年版。
〔註16〕草明：《毛澤東同志致歐陽山、草明的兩封信》，《草明文集·5·散文、報告文學、隨筆》，北京：中國青年出版社，2012 年版，第 305～306 頁。

「如果你們在搜集材料，那很好，正反兩面都盼搜集，最好能給我一個簡明的說明書，不知文藝室同志有暇為此否？」〔註17〕隨後，草明將整理完畢的材料送交中央批示時，還與毛澤東就生活的困難進行了交談。5月，草明、歐陽山夫婦受邀參加延安文藝座談會，可以說，草明是全程參與了《講話》的草創、成形和最終發表的少數作家之一。《瘋子同志》（1942年4月）成為草明在《講話》前創作的最後一篇小說，直到1944年7月《平凡的故事》間，兩年有餘的時間內都再未有短篇小說面世。《講話》以後的草明短篇小說創作，進入對既往創作的自我否定、批判和懷疑的循環之中，在1957年出版的《草明短篇小說集》後記中，作家寫道：「本來對自己現在所寫的作品都覺得很不滿意，對自己在延安文藝座談會以前寫的東西缺乏信心就可想見了。」〔註18〕在嚴格自我規訓的意識形態寫作狀態中沉浮多年，草明在《講話》以後的大部分文學創作，都已再無當年神采。因此，有學者將草明在1947年由東北光華書店出版的小說集《今天》作為現代女性文學的反面教材，也的確不無道理：「當女作家駕馭上述的散文、報告文學體裁時，她們得心應手……而一旦她們運用小說形式表現新生活時，主客體之間的矛盾便暴露出來了。草明的小說集《今天》便存在政治性與藝術性的矛盾……」〔註19〕。

　　但是我們不能因此而輕視草明創作的女性作品的文學意義與藝術價值。此前學界曾有研究者在將草明在二十世紀三四十年代創作的中短篇小說納入現代女性文學研究範疇內進行討論，也將她作為「失敗案例」來進行批判性分析。現代中國女性文學研究的經典之作《浮出歷史地表》第八章中，將草明與新文學第二個十年中的女作家代表謝冰瑩、馮鏗等並置：「與冰瑩，馮鏗們並肩作戰於另一領域的是那些走向鄉土大眾的女作家羅淑、草明、白朗。這是一片與政治緊緊相傍的、間接的戰鬥天地。如果說冰瑩和馮鏗們是在戰士的武裝下，背叛傳統的女性之軀，那麼草明、白朗、羅淑們則借助筆和文字為工具，背叛了象徵意義上的女人形象，拋卻了由廬隱、冰心等上一代女性奠定的幻夢少女的性別面具。」〔註20〕雖然在女性生活史及社會文化史的

〔註17〕草明：《毛澤東同志致歐陽山、草明的兩封信》，《草明文集·5·散文、報告文學、隨筆》，北京：中國青年出版社，2012年版，第307頁。

〔註18〕選自草明：《草明短篇小說集》，北京：作家出版社1957年9月版，後記。

〔註19〕遊友基：《中國現代女性文學審美論》，福州：福建教育出版社，1995年版，第100頁。

〔註20〕孟悅，戴錦華，浮出歷史地表——現代婦女文學研究，河南人民出版社，1989年07月第1版，第145頁。

層面，肯定了草明等女作家相較於前代五四女作家而言的能力與魄力，但她們都必須「放棄小我，走向大眾」來在現實社會文化環境中博得一席之地，這一分析是具有相當的學理性與說服力的。但當研究者進一步論述草明的具體文本時，就出現了一些不甚準確的判斷：「這批女作家固然沒有象馮鏗那樣自覺地否定性別概念，但其性別意識卻顯然被時代框架所同化或淡化了。這一點在草明，白朗這兩位在黨周圍成長的女作家那裡尤為觸目，在這種環境中，性別意識或許根本就沒有生長形成。草明在 30 年代初期開始創作，寫有《傾跌》、《沒有了牙齒的》等短篇小說，以及中篇小說《絕地》。她這時期的作品不外以不同的方式講述同一故事或同一敘述模式，大眾的苦難深重與最後覺醒。她作品裏雖然有些人物是女性身份，但由於故事主題與女性無干，因而只是些沒有性別特點的女性苦難者。」〔註 21〕研究者認為，羅淑、林徽因等似乎還有更可深究的複雜性，但草明不過在「密合於社會主義革命的神話模式」下進行重複性的機械寫作。

筆者以為，這樣的評判對於草明來說是不太公平的。首先，草明繼承了以盧隱、冰心、凌淑華等為代表的第一代女性作家「個性解放」、「民主自由」的性別追求。草明在 1935 年 3 月創作的短篇小說《進城日記》，與盧隱的《海濱故人》相似，同以四五名適齡女性小群體作為描寫對象。女主人公「我」曾與桂英、五姐、四嫂三位朝氣蓬勃的姐妹住在一起，四嫂曾說「我知道一個女人不嫁人是幸福的」〔註 22〕，桂英「她一點也不曖昧地主張摒棄一切男人」〔註 23〕，五姐也宣稱「也有女人為著自己而活的！」〔註 24〕。在 1936 年9 月創作的短篇小說《小玲妹》中，也借厭倦被酗酒、貧窮且暴怒的父親毆打的十一歲女孩小玲妹之口表達了想「與男人一樣」的願望：「再過幾年，我就把自己扮作一個男人，和他們一道走上龍舟，而且我一定要當中間打鼓的那一個。」〔註 25〕但是草明筆下對女性身份和女性意識的探索並沒有止於此，

〔註 21〕孟悦，戴錦華，浮出歷史地表——現代婦女文學研究，河南人民出版社，1989年 07 月第 1 版，第 146 頁。

〔註 22〕草明：《進城日記》，《草明文集·1·短篇小說》，北京：中國青年出版社，2012年版，第 87 頁。

〔註 23〕草明：《進城日記》，《草明文集·1·短篇小說》，北京：中國青年出版社，2012年版，第 90 頁。

〔註 24〕草明：《進城日記》，《草明文集·1·短篇小說》，北京：中國青年出版社，2012年版，第 93 頁。

〔註 25〕草明：《小玲妹》，《草明文集·1·短篇小說》，北京：中國青年出版社，2012年版，第 150 頁。

更值得注意的是她在呼籲女性解放和個人自由以後，進一步進入到女性命運的文學性反思。在《進城日記》的結尾，女主人公「我」發現曾經與她共話自由、解放的姐妹們在現實生活的浸染面前已經紛紛忘記理想，走入庸常的婚姻生活，並在賭桌上消磨起婚後時光。所謂的「個性解放」、「自由平等」在社會現實面前，只能像肥皂泡一樣一戳就破，在陽光下閃耀著短暫而美麗的光澤以後重回虛無。其次，草明與蕭紅等第二代女性作家一樣，具有女性苦難意識和悲劇意識，更具有對女性群體本身的理解之同情。如作家在 1934 年 5 月創作的短篇小說《阿梅》中的女主人公「阿梅」，在幼年喪母後又被父親以五十塊洋錢的價格賣給村裏的一家富戶做傭，因為同情佃戶招致主人恨罵，在十九歲的年紀被嫁給最窮的耕家做妻子。懷孕後因婆婆丈夫的要求而在「觀音寶誕」日「跳梯」以求菩薩保佑健康德子，阿梅吃了「一碗從去年『七月七』那天留到現在敬過『七姐』的聖水」之後，挺著孕肚爬上高搖的竹梯，試圖再從另一側翻下來的時候不幸墜落。阿梅的形象，與備受女性文學研究者所推崇的走出「最後的拯救之路」的女作家蕭紅在1941 年出版的長篇小說《呼蘭河傳》第五章中塑造的「小團圓媳婦」形象有著相似性。阿梅的婆婆，也與小團圓媳婦的婆婆一樣，都是抱著「愚昧的良善」〔註 26〕以拯救之名向她施暴，帶著「得勝的微笑」勸慰自己猶豫的兒子阿漢：「懂事的女人常常不顧這些的。淑婆和四娘都說我想得好主意哩……我們不能讓窮苦、蠢笨纏繞我們的子孫，後一代要緊呀！」〔註 27〕這其中，既暗含了對於女性施壓的不僅是男性，而往往是女性群體本身，同時，更是在指責沿襲多年的陳規陋習與愚昧無知在折磨、摧殘著女性。尤其值得注意的是，對於《呼蘭河傳》中的小團圓媳婦而言，作者安排她生命的結束對她而言反而是一種解脫，但在《阿梅》的故事結尾，她被當做「一隻老病了的狗一樣」，被婆婆和丈夫完全忽視而長久地耽溺在無止境的苦痛生活中。顯然，在這篇比《呼蘭河傳》的出版時間要早了七年有餘的小說中，我們可以看到對於女性身份和悲劇命運的深刻反思。

　　而且，討論草明小說作品中是否未能形成女性性別意識，不應單純因其與黨組織關係的密切程度而論。雖然草明在四十年代中後期的確存在過於主

〔註 26〕艾曉明：《戲劇性諷刺——論蕭紅小說文體的獨特素質》，選自章海寧主編：《蕭紅印象研究》，哈爾濱：黑龍江大學出版社，2011 年版，第 51 頁。

〔註 27〕草明：《阿梅》，《草明文集‧1‧短篇小說》，北京：中國青年出版社，2012 年版，第 50 頁。

動迎合黨組織文藝理念而進行主流意識形態寫作，導致文學成爲傳達政治思想認識的媒介物和附屬品而其藝術水平不高，甚至幾乎每篇結尾都會出現「有這樣的好軍隊，自然有這樣的好老百姓」（《平凡的故事》1944 年 7 月）、「沒有我們的八路，我的仇哪一天才報得了！」（《史永平》1945 年 7 月）、「他們的精神沒有死，他們活在廣大人民的心裏」（《他沒有死》1945 年 12 月）、「人民有了共產黨領路，還怕什麼？」（《今天》1947 年 1 月）、「只有共產黨，一心一意爲咱」（《延安人》1947 年 5 月）等高唱讚歌、口號標語式的政治語言，可以說名副其實成爲了「毛澤東時代的女兒」〔註 28〕。但是我們需要注意，草明在《講話》以前創作的短篇小說同樣具有複雜的闡釋空間和可能。1940年 7 月草明在重慶由沙汀等人介紹加入中國共產黨，此後創作的兩個短篇小說《辯論喜劇》（1940 年 9 月）、《瘋子同志》（1942 年 4 月）雖然已經帶有鮮明的意識形態色彩，但仍然在女性性別意識方面有著持續性的藝術探索和文學反思。小說《辯論喜劇》講的是抗戰大後方山城重慶防空洞一群躲警報的青年，關於婦女應不應該回到家庭中的問題進行討論，是二十世紀四十年代國統區關於「婦女回家」問題論戰的文學呈現。小說中的對話充滿了「男女平等」、「女性獨立」的性別意識，如「男人是人，女人也是人，男人能做的事情，女人哪一件做不到？……法律也規定男女平等，婦女也有參政權，但那到底是少數……」〔註 29〕、「女人，她是一個人，她有完全的智力和自由，她喜歡幹什麼就幹什麼……」〔註 30〕等。這篇小說的結尾將社會論辯的「大家」矛盾回歸到女隊員和男隊長情侶兩人的「小家」語境中，男隊長表示：「我不是反對你的意見，是反對你……你以爲我將來和你結婚之後，會讓你在外面去亂攪的嗎？」〔註 31〕女隊員則非常意味深長地說了這樣一番話：「將來你要我怎樣，那是我個人的問題，那時候我也許不會反對你；但是，婦女，大多數的婦女畢竟不該回到家庭去的呵！道理不是這樣說的麼？」〔註 32〕在抗

〔註 28〕 吟鋼：《行行出狀元——評〈姑娘的心事〉》，選自余仁凱：《草明研究資料》，北京：知識產權出版社，2009，第 333 頁。

〔註 29〕 草明：《辯論喜劇》，《草明文集‧1‧短篇小說》，北京：中國青年出版社，2012年版，第 237 頁。

〔註 30〕 草明：《辯論喜劇》，《草明文集‧1‧短篇小說》，北京：中國青年出版社，2012年版，第 238 頁。

〔註 31〕 草明：《辯論喜劇》，《草明文集‧1‧短篇小說》，北京：中國青年出版社，2012年版，第 238 頁。

〔註 32〕 草明：《辯論喜劇》，《草明文集‧1‧短篇小說》，北京：中國青年出版社，2012年版，第 238～239 頁。

日民族戰爭的實際活動中，反對「婦女回家」論的進步人士迫於戰爭實際的
經濟財政狀況而並沒有持續下去，因此事實上對「生理決定論」的傳統思想
與守舊文化觀念的批駁很不徹底。一方面，草明的小說創作是遵從於當時的
社會現實，而另一方面女隊員和隊長的對話非常深刻地揭示出矛盾的本源，
即是女性本身一面在呼籲著個性解放，另一面卻在內心服從著家庭中男性主
導女性的傳統倫理。因此這場社會範圍內的「辯論喜劇」最終必然只能潦草
收場。

　　在小說《瘋子同志》中，塑造了一九三五年的「瘋人」共產黨員李慕梅，
女主人公「我」與她同被關押在上海近郊司令部看守所。她接連經歷了打胎、
與丈夫分別和三歲女兒病故等多重打擊，每天對主人公「我」重複著自己對
於母親身份和革命工作間矛盾的認識：「女人，幹革命就不能生孩子，要生孩
子就只好不幹革命」、「種痘不出天花，革命不出母親」、「革命裏面有母親的
份嗎？」〔註33〕李慕梅並沒有背叛革命，卻被審訊、被關押，更為革命犧牲
了女兒的性命，由此，她永遠琢磨著革命、母親、孩子三者的關係而陷入神
經錯亂之中。小說的結尾更具諷刺意味，這樣一位為革命奉獻的母親最後卻
「到底由那位嘴裏談革命、出入乘汽車的妹妹想法保釋了……」〔註34〕。更
進一步揭示了政治革命迫使革命女性拒絕母親身份之後，卻只能依靠背叛或
利用革命的人們來保全個人生命的安全，女性的犧牲最終只能指向荒誕與虛
無。這篇小說顯然反映了第二、三代女性作家在「幹革命」與「做母親」之
間作何抉擇的普遍焦慮，在同代女性作家作品中我們可以看到多篇有著相似
女性身份認知困惑的寫作實踐。如謝冰瑩 1932 年創作的短篇小說《拋棄》，
講述了革命夫妻珊珊和若星在懷孕後經歷打胎、流產而都未生效，而不得已
將孩子產下又送到育嬰院去寄養的故事，小說結尾時丈夫對妻子說：「女人不
等到新社會產生時連孩子都不能生的」〔註35〕。又如葛琴在 1940 年創作的短
篇小說《生命》，也描述了在戰火中獨自生產的孕婦戚瑛，她的丈夫子明是抗
戰地下工作者，她在精疲力竭地生下嬰孩以後，卻產生「一種絕大的恐怖壓

〔註33〕 草明：《瘋子同志》，《草明文集‧1‧短篇小說》，北京：中國青年出版社，2012
　　　　 年版，第 282 頁。
〔註34〕 草明：《辯論喜劇》，《草明文集‧1‧短篇小說》，北京：中國青年出版社，2012
　　　　 年版，第 283 頁。
〔註35〕 謝冰瑩：《拋棄》，選自中國現代文學館編：《謝冰瑩代表作》，北京：華夏出
　　　　 版社，1999 年版，第 363 頁。

著她……灼紅的臉頰上，掃過一種幾乎看不見的兇惡的殺氣」〔註36〕，甚至一度想要用枕頭悶死自己的孩子。既往部分研究者會認為，這種帶有意識形態傾向性的文學表述不能夠視為作家獨立的女性意識表現，顯然草明在此時段的文學嘗試帶有鮮明的對於意識形態的反思與超越。

草明是被中國現當代文學史忽略已久的女作家，她身上有著太多複雜的標籤，如文學史上唯一一位將籍貫由廣東遷至遼寧的粵籍作家、新中國工業題材小說的奠基者、延安文藝座談會思想準備和意見收集的主要參與者等等。也正是由於這些標籤，使得她早期充滿靈性和思辨的文學創作被深深埋沒。正如作家陳建功在《草明文集》序言中所說的那樣，草明長久以來「遭遇到被誤解的痛苦」〔註37〕。限於篇幅，本文僅僅從作家對於工業題材的自覺選擇和女工形象的執著關注，及女性身份和女性意識的深刻挖掘這兩個側面入手，對於她三四十年代的早期短篇小說進行粗疏闡釋。而關於草明，我們還有太多話可以說。

〔註36〕葛琴：《生命》，葛琴創作集》，新新出版社，1937年版，第13頁。
〔註37〕陳建功：《草明文集・序》，北京：中國青年出版社，2012年版。

病與藥：從吳趼人的「艾羅補腦汁」廣告談起

胡安定

（西南大學文學院）

　　1910 年 10 月，年僅四十五歲的吳趼人在上海病逝，朋友送了他一副輓聯：

語不驚人死不辭，賣文海上病難支，李南亭後吳南海，容易傷生筆一枝；伯道無兒志未舒，銜悲寡鵠復何如，佛山晴翠濃如昔，誰訪筠清館裏書。

　　吳趼人病骨支離、賣文海上的形象就此定格。確實，「病」是吳趼人晚年面對的一個重要困擾，去世前幾個月他曾提到自己的健康問題：「精神暫困」、「文思苦澀」、「少動即疲」〔註 1〕。由「病」而探求「藥」，艾羅補腦汁由是而和吳趼人有了聯繫。《申報》自 1910 年 6 月 20 日起，一連十天刊載了艾羅補腦汁的一則廣告，以一文一函並行排列，中間是吳趼人半身照，題爲《大文豪家南海吳趼人君肖像及墨寶》。據吳趼人自言，他向來精神旺足，但筆耕日久，出現了困疲乏累的狀況，雖自知關鍵在於「節勞」，但事關衣食，無法休息。黃楚九得知後，送他半打艾羅補腦汁。服用初時只覺味道不錯，久而久之，竟在不知不覺中，「文思不澀矣，勞久不倦矣，以視往昔之精神且有加焉」。高興之餘，就寫了一篇《還我魂靈記》寄給黃楚九，說明是遊戲文字，但黃楚九將之刊於《申報》之上，爲艾羅補腦汁大作宣傳。

　　《還我魂靈記》一文首先探討魂靈與軀殼的關係，總結目前幾種關於軀殼滅後魂靈延續的說法：有人專心著述，希望藉嘉言懿行傳之後世；有人則力求宗支衍蔓、子孫繁茂；以及宗教家討論的死後魂靈昇天堂及下地獄之類。吳趼人對此皆不以爲然，因爲這些說法都是將魂靈與軀殼二分，實則「軀殼

〔註 1〕吳趼人：《還我魂靈記》，《申報》1910 年 6 月 20 日。

我所有，魂靈亦我所有也，以一我而統是二者，是二者必相依附而不可須臾離者也。」所以，魂靈與軀殼相依相存，存亡與共。但魂靈無法得見，如何知道它存在與否，就是通過精神。我們可以通過精神的壯足與否來觀察魂靈的情形。魂靈與軀殼並存，精神與軀殼也片刻不離。但有時精神會因損耗過度而出現消失不見的情況，所謂「精神未必果與軀殼離，然有時或困乏焉，或消滅焉，其去離也亦不遠矣。」吳趼人自己前一陣子「文思苦澀」、「少動即疲」，就是精神虛耗、魂靈將離的徵兆。所幸服用艾羅補腦汁後，精神已恢復健旺，所以才將該文命名爲《還我魂靈記》。吳趼人雖提及基督教的靈魂說，但綜觀全文，主要還是依據中國傳統的「精、氣、神」及「魂魄」等概念的混合。而在中國傳統中醫理論中，無論「神」「魂」，其所居位置都在「心」，「心」是一身之主，是所謂有耗費心血、心力交瘁等說，傳統中醫「養心」「補心」類處方相當豐富。但吳趼人卻悄悄的將居於君位的「心」做了轉移，移到了傳統中醫五臟六腑之外的「腦」，「吾於是悟夫魂靈者，必借腦力以役使之，然後發爲精神。腦力既不能操役使之權，則雖有魂靈，與無魂靈等，以魂靈不能發爲精神之故也。今而後，還我魂靈矣，謂非補腦之功，得乎？」因此，這篇《還我魂靈記》就別有意味，吳趼人診斷自己疾病依據的是傳統中醫理論：精氣損耗，神魂將離，但療病方案卻不是「補心」「養心」，而是通過「補腦」：腦力足則精神旺、百病消。而「腦爲一身之主」的概念來自西方解剖學、醫學，據考證，這一概念自 1851 年《全體新論》引入後，先藉由醫書的翻譯，以及西學、新學的推波助瀾，逐漸普及至知識階層，再藉著藥商的發明以及新式教育的推行，繼續往下傳播，終於改變中國對體內器官統御關係的看法。如艾羅補腦汁這類補腦藥在十九世紀末大量出現，既是新身體觀普及至知識階層的結果，也是此一觀念向下傳播至一般大眾的開始。〔註2〕在晚清，西醫的觀念、技術、制度傳入中國，與中國傳統中醫相遭遇、碰撞，產生了一些奇特的雜糅中西的醫學話語和理論言說，《還我魂靈記》即屬此類：依據中醫方法診斷出症候、病因，服用按西洋「補腦」科學炮製的良藥，能讓這具東方病體「魂兮歸來」。

除了《還我魂靈記》，吳趼人關於病與藥、中醫與西醫的思考，在其小說《新石頭記》中有更詳細的敘述。小說以賈寶玉重入紅塵爲開端，前半部分

〔註2〕張寧：《腦爲一身之主：從艾羅補腦汁看近代中國身體觀的變化》，《中央研究院近代史研究所集刊》第 74 期，民國 100 年 12 月。

敘寶玉在晚清上海、武漢等地見識的種種怪現狀，後半部分寫寶玉來到一個科學先進、制度昌明的烏托邦——文明境界。文明境界的醫學十分發達，人民得疾病者極少。吳趼人對其間醫療設施的想像顯然參考了晚清傳入的西醫技術手段，如驗性質鏡，凡境外初來之人，皆先到驗性質房，醫生在隔房用驗性質鏡驗過。性質文明的，才有資格招留在此。寶玉在驗病所見到各種驗病設備：驗骨鏡，專驗骨節上毛病，從鏡子裏看人，只看見雪白的一具骷髏。「清清楚楚的一身骨頭，連那對縫合節的地方，都看得十分明顯。」還有驗髓鏡、驗血鏡、驗筋鏡，以及驗臟腑鏡、驗氣鏡、驗分部鏡等，可不經解剖而知人體內部血氣、經絡之運行。很明顯，驗性質鏡、驗骨鏡、驗臟腑鏡等等，其原理皆借自 X 光鏡。從晚清著名的《點石齋畫報》可以看出 X 光鏡傳入中國的情況，《點石齋畫報》1897 年 12 月 29 日刊載了一幅新聞畫《寶鏡新奇》，配文敘蘇州天賜莊博習醫院的柏文樂醫師聽聞美國研製出了一種醫療儀器「可以照人臟腑，其鏡長尺許，形式長圓，一經鑒照，無論何人，心腹胃腸昭然若揭」，故「不惜千金購運至蘇」。這個「寶鏡」其實就是 X 光鏡。這位醫師借助 X 光鏡，極大的提高了診斷的準確率，「藥投之，無不沉病立起」。〔註3〕不僅醫療設施的想像受西醫影響，吳趼人對文明境界的醫療制度的設想也可看出西醫的影子，文明境界有專門的醫院：「一所高高大大房子，上面飄飄揚揚的豎著一面旗子」，醫院設有驗病所、製藥房。時至晚清，中國的社會醫療仍以個體為主，以家庭為基本單位。而隨著傳教士的引入，西式醫院開始在中國設立，這一新的醫療空間對於中國人而言是陌生的，是在家庭之外嵌入的現代醫療系統。〔註4〕其特徵就是確立比較固定的醫治場所，集醫療、護理於一體。西式醫院這一制度顯然比中國傳統的延醫診治、家人護理更有效率，吳趼人對文明境界醫療制度的設想應該來源於此。

但是，儘管借鑒西方的醫療技術與制度良多，吳趼人還是處處提醒讀者，中國的傳統中醫更高一籌：「中國向來沒有解剖的，而十二經絡分別得多少明白。西人必要解剖看過，便詡詡然，自以為實事求是。不知一個人死了之後，血也凝了，氣也絕了，縱使解剖了驗視，不過得了他的部位罷了。莫說不能見他的運動，就連他的顏色也變了，如何考驗得出來？」甚至為了突出中醫

〔註3〕翟昕《從〈點石齋畫報〉看晚清西醫在中國的傳播》，福建中醫藥大學 2016 年碩士論文。
〔註4〕楊念群《楊念群自選集》，廣西師範大學出版社 2000 年，第 412 頁。

的價值，他還把當時盛行的中西之間野蠻／文明的對立關係加以顛倒：「我們中國本有接筋續骨定痛的古方妙藥，近來更接改良了。不像那野蠻殘忍之人，看見人家斷了一手一腳，他沒有本事治得好，便索性把那手腳鋸截下。」由截肢手術而得出西醫／西方更野蠻的結論。對那些揚西醫貶中醫的論調，他毫不留情的加以駁斥：「那種學西醫的，也不知他學了多少，便先要把我們原有的中醫說的個一文不值，還要說中國的醫學將來要斷的」。因此，文明境界的醫學之所以發達，其原因就在於融合中醫的思維和西醫的制度、技術，奠定此間醫療格局的東方德先生即是「幼年專攻中國醫學。學成之後，方才考究西醫。兩面的都舍短取長，所以卓然自成一家。又參以化學，所以無窮不通。」即如醫院這樣的醫療空間，也不是照搬西方，而是加以東方化的改造，醫院的旗子是「白底子裏面滿鑲了一個大醫字」，而沒有採用所謂「媚外之人」主張的國際通行紅十字旗。這樣別樹東方特色旗幟的醫院，其中的藥品自然是中藥居多，藥圃中植有各種奇花異草，還有預備入藥的水族禽鳥與獸類。因此，在文明境界內中醫是根本，西方的醫療技術、制度不過是補充。

　　吳趼人堅持中醫本位的思維，也讓他對病藥關係的思考自然而然地延伸到對國族危機的應對探索。因為按照中醫觀念，身體並不局限於肉體，所謂天人合一，整個宇宙都是身體場，人向宇宙生成。這不僅使得中醫能夠超越疾病本身，達到治未病的層次，正如《黃帝內經》所云「聖人不治已病治未病，不治已亂治未亂」(《素問・四氣調神大論》)。治病治天下的大身體觀也相應而生。〔註5〕「治病」與「治國」「治天下」是一致的，所以傳統士人「不為良相，則為良醫」(范仲淹語)。為官固是經邦濟世，在醫則稱懸壺濟世。當然，治病不過是末技，所謂「上醫治國，中醫治人，下醫治病。」如有「上醫」能治國安邦，保證了天地和諧、國泰民安，則人民自然就會身心安適，少生疾病，就如《新石頭記》中的文明境界。「病」與「亂」是對應的關係，身體的疾病寓示的正是宇宙天地的不和諧。因此，病藥關係在危機顯露的晚清被大規模的挪作國族存亡話語。《老殘遊記》就藉由一個走方郎中為敘述主軸，以醫治黃瑞和(寓指黃河)渾身潰爛的奇病開場，讓老殘不僅幫助病人重見光明(寓指祛除蒙昧)，更以返魂香讓十三具屍體(寓指當時中國十三省)起死回生，其作為醫治中國的隱喻企圖十分明顯。正如嚴復所云：「夫一國猶

〔註5〕張桂赫、王春紅、郭偉：《中西文化映照之下的中醫身體觀》，《醫學與哲學》（人文社會醫學版）2007 年第 10 期。

之一身也，脈絡貫通，官體相救」。考察晚清報刊如《東方雜誌》、《新民報》等，會發現「病國」隱喻在政論文中十分流行，諸多論者非常嚴肅認真地把晚清中國看作一個深受疾病困撓的「病人」，一副需要加以療救的「病體」，並煞有介事地對其症候、病機、病因進行分析診斷，或提出「脈案」，或開出「藥方」，或辨別藥性、藥制、藥效。〔註6〕可以說，晚清大量的「病國」隱喻和「醫國」妙論基本上都是出自中醫思維。當然，並不是說所有持「病國」、「醫國」論者都是「中醫粉」，一些推崇西醫甚至極力反中醫的人士也一樣會接受類似隱喻，如梁啓超、吳汝綸等，即如五四一代的魯迅等人，所謂「療救」的努力，仍然可以說是這種「醫國」隱喻的類似表達。當西醫作為一個外來他者進入晚清中國之時，中醫必然是它不可漠視的對象。晚清知識界無論是對西醫倍加推崇還是心存疑慮，都會面對佔據主流的中醫無所不在的影響。

　　吳趼人也有不少關於「病國」「醫國」的書寫，他深知中國「因積弱不振，遂致今日賠款，明日割地，被外人指笑我為病夫國。」〔註7〕和晚清梁啓超、劉鶚等人一樣，吳趼人也通過他的文字對這些病症詳加診斷，並試圖開出藥方。吳趼人一生著述豐富，十幾年的文字生涯，留下了三百多萬字的作品，包括十七部中長篇小說（其中六部未完），十三篇短篇小說，筆記六種，笑話三種，寓言一種，詩集一種，文集一種，戲劇二種（均未完）。僅就小說創作而言，他涉足的類型很多：社會小說、寫情小說、歷史小說、滑稽小說……著名的有歷史小說《兩晉演義》、《雲南野乘》等，社會小說《二十年目睹之怪現狀》、《糊塗世界》、《發財秘訣》等，寫情小說《恨海》、《劫餘灰》等……這些小說呈現了「病夫之國」的種種病態，其中一種重要的病態就是鴉片的泛濫。伴隨著帝國主義的堅船利炮而叩開衰朽古國大門的鴉片，給中國社會造成了巨大的危害，在《二十年目睹之怪現狀》中，小偷在輪船上行竊，所得贓物中最多的居然是煙槍。天津衛附近一個凋敝的小村莊，居然開有兩家煙館。鴉片泛濫已成晚清社會的頑疾，吳趼人的《黑籍冤魂》之所以把鴉片冠以「黑」字，不僅指鴉片煙的顏色，也指鴉片吸食者的病態煙容——癮君子往往面目黧黑，形骸枯槁，如同黑獄中的鬼魂。沉迷鴉片還會導致人性的

〔註6〕《晚清政論中的「病國」隱喻與中醫思維——以東方雜誌政論為例》，《山東大學學報》2012年4期。

〔註7〕吳趼人：《雲南野乘》第一回，《月月小說》第十一號，1907年。

墮落，《恨海》中伯和，因染上鴉片癮，由一個溫厚守禮的青年變成了一個面瘦肩聳、無可救藥的浪子。正如時人痛心疾首的：「自鴉片煙流毒以來，人心風俗，日益敗壞，不復可問」。〔註8〕因此「病夫國」，不僅意味著國民身體的羸弱，還寓示著政治、文化、道德的全面危機。尤其隨著專制之毒愈結愈深，所顯現的病症也越來越複雜。透過吳趼人的文字，我們可以看到「病夫國」的症候主要分為內憂與外患，二者其實是相輔相成、互為表裏的。內部的昏君、女禍加權奸誤國，自然導致國力衰頹，面對西洋的堅船利炮，不免陷入亡國滅種的危機中。國族危機又進一步加巨了積習深重的老大帝國各種毛病的暴露：由崇洋懼洋而導致文化自信的失落，並進而引起傳統道德的淪喪與崩潰。因此，呈現於吳趼人筆下的是一個「糊塗世界」：人際倫常乖違、官場仕宦腐敗、市井拐騙迷信……所見皆為「怪現狀」，所遇都是魑魅魍魎、牛鬼蛇神。

　　如此昏眊衰朽的「病夫國」，什麼才是起死回生的靈丹妙藥呢？自晚清以來，中西醫之爭背後關涉的其實是對於西方文明取捨迎拒的文化立場問題，有人極力主張輸入新文明，而堅持中醫本位的吳趼人則認為恢復舊道德更迫切：「以僕之眼，觀於今日之社會，誠岌岌可危，固非急圖恢復我固有之道德，不足以維持之。」〔註9〕這副「恢復固有之道德」的良藥究竟是怎樣的呢？《新石頭記》中開出了詳細的方案，寶玉初進文明境界：

　　　　遠遠望見一座牌坊，牌坊上發出了好些祥光瑞氣，便只管向前
　　行去。走到牌坊底下，天已大亮多時。向上一望，只見上面寫著「文
　　明境界」四個大字……便步了進去，回頭望那牌坊裏面的額，卻是
　　「孔道」兩個大字……

　　「文明境界」牌匾的背面卻寫著「孔道」，意思是再明顯不過了：文明境界內底裏還是「孔子之道」。而文明境界的空間規劃與布局，更是基於儒家理論的設定，第二十二回老少年說明境內的安排：

　　　　敝境共是二百萬區，每區一百萬里，分東、西、南、北、中五
　　大部。每部統轄四十萬區，每區用一個字作符識。……中央是「禮、
　　樂、文、章」四個字，東方是「仁、義、禮、智」四個字，南方是
　　「友、慈、恭、信」，西方是「剛、強、勇、毅」四個字，北方是「忠、
　　孝、廉、節」四個字。

〔註8〕郭嵩燾：《郭嵩燾日記》第四卷，湖南人民出版社1981年，第416頁。
〔註9〕《上海遊驂錄》自跋，《月月小說》第八號，1907年。

　　這些區域的劃分命名很明顯就是根據中國的傳統道德信條，雖然境內共有二十區，重點描述的是「強」、「勇」、「忠」字區，或許正是對現實「病夫國」的反饋，吳趼人特別強調軍事武力裝備的先進，不斷通過寶玉的見聞展示各種高科技設施，其中坐飛車到中非洲獵獲大禽和乘海底獵艇捕捉鰍魚的橋段佔了很大篇幅，狩獵的過程與其說在捕獲奇珍異獸，不如說是展現跨越時間、空間的戰術技巧。能在極短的時間內往來極地與赤道，依靠的是高速度的現代交通工具：飛車和海底獵艇，而這兩件裝備的想像顯然來自西方：「只見那獵艇做的，純然是一個鯨魚款式，鬣翅鱗甲俱全，兩個眼睛內射出光來，卻是兩盞電燈。」不用說「電燈」這樣的物品，是由歐美傳入中國的「洋」玩意，即如獵艇的樣式也是參考了《點石齋畫報》上的空中飛艇。小說中隨處可見的諸如天文鏡、無線電話筒等物品，以及赤道、澳大利亞州等地理方位的知識，皆是來自西方。吳趼人就這樣把來自西方的現代科技文明置入了中國傳統的「剛強勇毅」「仁義禮智」框架中，以「固有之道德」而容納西方先進技術，這樣一副良藥是否能讓「病夫國」重現活力健康呢？

　　應該說，吳趼人表面上是相信這副靈丹妙藥能使「病夫國」煥發活力的，他曾言：「我中國幅員之廣，人民之眾，若能振起精神來，非但可以雄長亞洲，更何難威儡全球。」〔註10〕在《新石頭記》中，「文明境界」科技發達、軍事先進，最終以「東方文明」而為世界的領袖。但實際上，這副良藥究竟如何調和配方，他又顯得辭不達意、左支右絀。因為，西方的科技文明並不僅僅是技術層面的奇巧淫技而已，背後是文藝復興以來西方重科學、尚理性的制度文化、思維方式，而這些與「固有之道德」往往是方枘圓鑿。為解決二者之間可能的齟齬，吳趼人一般訴諸「傳統的發明」策略：那些罕見的物種、先進的設備，我們的老祖宗都早已明曉，無論是赤道的珍禽、海底的異獸，還是日行萬里的飛車、潛艇，在《山海經》、《拾遺記》等中國古代典籍中都有記載。這種發明傳統的策略，實際上就是面對西方這一強大他者的衝擊，通過對自己歷史文化的追認或創造，來確認自我國族身份的一種努力，不脫文化民族主義的立場。同時，吳趼人又設想這一擁有悠久文化的國族稱雄於世界之林，實則以達爾文的方式證明孔子的最適性。

　　事實上，吳趼人不僅對這副靈丹到配方不甚了了，對如何施用也語焉不詳。文明境界需要驗明來者性質才容許入內，性質野蠻者予以拒絕，半野蠻

〔註10〕吳趼人：《雲南野乘》第一回，《月月小說》第十一號，1907年。

半文明的需改造後再入內。由文明健康之國民組成的烏托邦文明境界，與充斥愚弱野蠻之奴隸的現實中國，完全不可同日而語，因此，這副靈丹妙藥能讓文明境界稱雄世界，卻未必能讓「病夫國」起沉痾煥新顏。而且，對於吳趼人這樣的晚清讀書人來說，「醫國」的抱負與理想已經很難有機會去實現。孔飛力曾以政治參與、政治競爭、政治控制為主軸，將中國現代國家形成與發展的建制議程歸結為三組相互關聯的問題或矛盾：第一，政治參與的擴展與國家權力及其合法性的加強之間的矛盾；第二，政治競爭的展開與公共利益的維護和加強之間的矛盾；第三，國家的財政汲取能力同地方社會財政需求之間的矛盾。〔註 11〕到了晚清，這三組矛盾其實越來越加劇且愈發無解。就政治參與而言，像吳趼人這樣受過儒家傳統教育的讀書士子，對於參與公共事業向來很有一種使命感，但科舉致仕之途越來越狹窄，只有極少數的讀書人有機會躋身政界、參與政治。這些供過於求的在野士子目睹晚清社會的各種亂局弊病，卻無法施展自己醫國濟世的抱負，只有深深的受挫感。正如吳趼人所言的：「救世之情竭，而後厭世之念生」，懸壺濟世也罷，安邦濟世也罷，在失望中這份熱切的治病醫國之心會轉向諷刺與諧謔，尤其是伴隨著生存方式的改變，會讓吳趼人以一種遊戲的姿態看取世界。

　　隨著現代都市的形成，大眾傳播媒介的興起，吳趼人這批讀書人找到了新的謀生道路：編輯報刊、寫稿賣文。這種邊緣處境與生存方式不可避免的會讓他們帶有商業性的利益追求。就艾羅補腦汁廣告一事而言，魯迅曾提到吳趼人「嘗應商人之託，以三百金為撰《還我魂靈記》頌其藥，一時被訾議。」〔註 12〕各種資料已經證明，艾羅補腦汁不過是中法藥房老闆黃楚九推出的一種保健藥，所謂發明者美國艾羅醫生本無其人，純屬杜撰。其功效被誇大到可以包治百病，但實則諸多現身說法者不過是為利益而存心誤導讀者、欺騙消費者。就如吳趼人為三百金的收益而不惜吹噓艾羅補腦汁有「還魂」之效，但四個月後他就因病撒手人寰了。其實，這並不是吳趼人第一次為藥品現身說法、大演雙簧，1897 年，初登文壇的他就曾為華興公司孫鏡湖的燕窩糖精寫文章——《食品小識》，該文亦是借吳本人的所謂服藥體會來表彰燕窩糖精的神奇功效，採用先抑後揚的方式，逐步鋪陳出燕窩糖精的療效與作用。很

〔註 11〕孔飛力《中國現代國家的起源》，陳兼、陳之宏譯，生活讀書新知三聯書店 2013
　　　　年，第 11 頁。
〔註 12〕魏紹昌編《吳趼人研究資料》，第 2 頁。

顯然，為燕窩糖精及艾羅補腦汁撰寫現身說法的保證廣告，於吳趼人都是因利所誘而言不由衷。這種文人諛藥現象在晚清不為少數，除吳趼人之外，俞樾、孫家振、李伯元也都與孫鏡湖、黃楚九等滑頭藥商有過合作，為之撰寫諛藥文字。其實是一種借聲名賣文謀利，蓄意造假騙人的行徑。〔註13〕

　　但是，吳趼人一邊寫文為滑頭藥商大吹法螺，一邊又在小說、文章中予以揭露諷刺。例如在小說《二十年目睹之怪現狀》中，吳趼人就揭露來沈經武（影射孫鏡湖）人品極為低劣：騙取吞沒別人的本錢開當鋪，拐騙富家侍女私奔到上海，假冒北京同仁堂之名賣藥，得知被查後連夜更換招牌，甚至到妓院行竊。（第二十八回　辦禮物攜貲走上海，控影射遣夥出京師；第二十九回　送出洋強盜讀西書，賣輪船局員造私貨。）中國古有俗語：醫者父母心。為醫製藥者，必須有如同父母疼愛子女一般的仁慈，才能切實造福病患。而如此唯利是圖、品行不端的藥商，其藥品療效也就可想而知了。因此，吳趼人直言：「藥房多捏造偽信，以作保證書。」〔註14〕之所以會如此左手撰文諛藥，右手寫小說揭露黑幕，很大程度上是緣於一種遊戲的立場。

　　「遊戲」一詞在中國古代多指感性的取樂，是一種虛浮不實的，與道統的鄭重、嚴肅的存在相抵悟的生活處世態度。晚清以來，吳趼人、李伯元這批批逸出傳統科舉之途的文人多以遊戲而自命，李伯元公然命名報紙為《遊戲報》。遊戲既是一種借戲諷之名匡刺世事的為文姿態，也是一種不務正業（相對於傳統科舉仕進）的生活態度。中國古代的文人學士若感到懷才不遇、對世界不滿但無力改變時，常常以這樣一副面目示人。因此，「遊戲」態度也成了一個容易被人認出的符號。對於而言，遊戲是一種書寫姿態，更是一種展示身份的表演姿態。他們以這種姿態宣告他們對世界的不滿，也為他們放下身段捲入市場尋找到藉口。〔註15〕吳趼人就以這種遊戲姿態一方面對自己的「諛藥」行為進行自嘲與解釋，一方面也對醫國救世無門而表示憤懣不滿。

〔註13〕張仲明：《近代上海的名人醫藥廣告——以文人諛藥為中心》，《學術月刊》2015年第 7 期。）

〔註14〕吳趼人：《滬上百多談》，《吳趼人全集》，第 8 冊，第 242 頁。）

〔註15〕葉凱蒂《上海·愛——名妓、知識分子和娛樂文化 1850～1910》，生活·讀書·新知三聯書店 2012 年，第 18 頁。

中共中央長江局戰時政策與穆木天的詩歌創作

陳瑜

（四川大學文學與新聞學院博士生）

　　武漢抗戰時期的穆木天，是以武漢詩壇領袖的身份出現的，現在研究一般偏重於他對於朗誦詩的推廣和大鼓詞的創作，但實際上武漢時期，也是他和政治結合最爲緊密的時期，當時在武漢有影響力的報刊，在推出較爲重要的政治主題時都刊登了穆木天的抒情詩作〔註1〕。

　　1942年，穆木天結集出版了抗戰初期寫作的抒情詩歌，由重慶文座出版社出版，題名《新的旅途》，武漢時期創作的抒情詩有9首收錄在《新的旅途》中，但此時期創作的抒情詩歌仍有4首沒有收錄進這本集子（見圖1），它們分別是：1938年1月15日《新華日報・團結》上刊登的《一定受了日本帝國主義的津貼了》，《全民週刊》第1卷第7期《保衛大武漢專刊》上的《保衛大武漢——給一個青年朋友》，1938年9月4日《雲南日報》「南風」第754期的《南國的花火一樣的紅》，1938年9月25日《戰時知識》第8期的《武漢！中國的馬德里》。

〔註1〕作爲共產黨官方報刊的《新華日報》刊登的第一首詩歌爲穆木天的《一定受了日本帝國主義的津貼了》，由愛國人士沈鈞儒、李公樸在武漢創刊的《全民週刊》發表的第一首爲馮玉祥將軍的詩作，第二首就是穆木天的《保衛大武漢——致一位青年朋友》，1937年遷往武漢的《大公報》在同年11月8日發表了穆木天的紀念蘇聯革命的詩歌《今天我眞是歡喜若狂》，由國民黨中宣部主辦的《文藝月刊》於1938年2月21日發表了穆木天的《去打游擊戰》（鼓詞），全國文協主辦的《抗戰文藝》第1卷第1期發表了穆木天的《「五四「文藝的戰鬥性》（論文）。

錄入詩歌	末收錄詩歌
《全民族總動員》	《一定受了日本帝國主義的津貼了》
《全民族的生命展開了》	《保衛大武漢——給一個青年朋友》
《東方的堡壘》	《南國的花火一樣的紅》
《民族敘事詩時代》	《武漢！中國的馬德里》
《武漢禮讚》	
《今天我真是歡喜得若狂》	
《我們要作眞實的詩歌記錄者》	
《贈高蘭》	
《四月二十九號下午》	

圖 1

是什麼原因讓穆木天在結集的時候沒有選擇這四首詩歌呢？回到這四首詩歌創作的歷史語境，分析這四首詩歌的話語方式，還原穆木天當時的創作心態，我們發現末被收錄的 4 首詩歌都是緊跟當時中共中央長江局的主要政策而創作的，詩人創作的主要話語資源來自於《新華日報》和《解放》週刊，詩人作出這樣的」傳聲筒」的選擇與詩人進入左聯後的文藝思想有關，也與詩人三十年代的生活經歷相關，因而雖然是「傳聲筒」之作，詩人的創作狀態卻是積極而又熱情的。隨著戰爭形勢的發展，中共中央長江局當時的一系列政策被認爲是錯誤的，穆木天的這些作品自然不能繼續傳播，封存這些作品是詩人最好的選擇。這段經歷對於詩人後期的創作也有一定的影響，1942 年後，詩人基本上很少創作詩歌，只有幾首問世；新中國建立以後，詩人除了在 1949 年作了 1 首《在自由的天地中歡呼》外，再無作品，他埋首於文學翻譯和文學教學，詩人穆木天徹底轉變身份爲文學研究者、文學教育者、文學翻譯者。

一、《保衛大武漢——給一個青年朋友》——青年動員

《保衛大武漢——給一個青年朋友》，這首詩寫作於 1938 年 1 月 13 日，後來發表在《全民週刊》第 1 卷第 7 期上。《全民週刊》第 7 期是《保衛大武漢特輯》，編者在「社論」中申明《全民週刊》發起「保衛大武漢運動」的主要目的：「達到動員十萬民眾參加到正規軍隊中去，數十百萬華中民眾武裝的建立」〔註2〕。發動十萬民眾到軍隊去，實際上主要是發動青年人到軍隊去，

〔註 2〕全民週刊編輯部：《社論》，《全民週刊》第 1 卷第 7 期，第 98 頁。

1937 年底，大約有十萬知識青年彙集武漢〔註3〕，他們充滿了抗日的熱情，如何利用這股力量爲戰爭服務是武漢當時關注度極高的政治話題。因而此次輿論宣傳深層導向是進行青年動員。

在當時，一個突出的問題是國民黨正規軍隊招不到適齡青年，就像《大公報》報導的那樣「軍官訓練班和飛行員訓練班的招生報名應考者不及平時踴躍」〔註4〕，一邊是正面戰場招不到青年人，一邊是當時大量雲集武漢的青年感覺有力無處使，就如《全民週刊》第 5 期在其名欄目「信箱」中刊登了文章《到軍隊裏去——答羅張徐三君》，羅張徐三位青年學生就表達了這樣的困惑和苦悶，他們中有一部分人最後就選擇離開武漢，去延安或者山西臨汾民族革命大學。

對於穆木天這位左翼作家來說，爲了配合《全民週刊》的這個主題，他面臨著一個挑戰：那就是在勸說青年人參加正規軍隊，參與正面戰場的同時，如何擺放延安和臨汾的革命位置。穆木天在此採用了一系列的文學修辭手法來淡化這個問題，首先，在詩中，作者採用了回信的方式來討論這個問題，這樣問題的提出者就不是作者，而是詩中的「那個青年朋友」；其次，他充分肯定了青年人選擇去延安、臨汾的革命熱情，也充分肯定了延安、臨汾的革命成就：

> 朋友，在臨汾，在延安，
> 到處的鄉村中都是布滿了民族革命的歌聲，
> 到處的鄉村中都是燒滿了民族革命的火焰！

再次，在肯定延安、臨汾此刻已經建立起了革命的「長城」，「堅固的國防線」的基礎上，指出延安、臨汾不需要青年人了，而更需要青年人的是武漢——「全國的心臟，政治上文化上和軍事上的中心，我們的國防中心「。最後，號召青年「要把我們的家鄉，作成爲第二個臨汾和延安」。

穆木天採取這樣言說方式，一方面是因爲《新華日報》上面的報導給了他政策上的支持和引導。1938 年 1 月 12 日，也就是《新華日報》創刊的第二天，《新華日報‧大眾信箱》，發表了編輯吳敏（楊放之）的《不必往西北去（上）》。當時有漢口和南昌的兩位苦悶的青年朋友寫信到《新華日報‧大眾

〔註 3〕麥金龍：《武漢，1938——戰爭、難民與現代中國的形成》，武漢：武漢出版，2008 年 10 月第 1 版，第 116 頁。
〔註 4〕張伯瑾：《爲愛國青年進一解》，《大公報》，1938 年 1 月 2 日第 3 版。

信箱》，訴說自己想去革命聖地延安，爲抗日戰爭貢獻自己的力量。吳敏在這篇文章中提到：青年人都去延安、臨汾是不現實的，「應當把全國各地的工作都做好，把每一個地方，每一個省區，都變成山陝，而且超過山陝」〔註5〕。吳敏的這篇文章基本上代表長江局當時對於青年動員工作的態度，一直到1938年2月，在中共中央代表團和長江局聯席會議上才開始討論要組織招生委員會，來爲陝北抗大、魯藝、陝北公學的招生服務，但這項工作顯然也不是長江局認爲重要的工作，招生委員會一直到同年3月中下旬才組織起來〔註6〕。許多研究者都認爲在青年動員工作中，中共長江局當時並不是特別積極和有作爲〔註7〕。在這篇文章發表後的第二天，穆木天寫作了這首《保衛大武漢——給一個青年朋友》〔註8〕，在主旨上這是把「保衛大武漢」的觀點和「不必往西北去」的觀點結合起來的一個拼貼性作品，在寫作形式上，穆詩也採用了書信方式，同時最後的結尾明顯借用了吳敏《不必往西北去（上）》的號召句式，即是把「應當把全國各地的工作都做好，把每一個地方，每一個省區，都變成山陝，而且超過山陝」，變成「要把我們的家鄉，作成爲第二個臨汾和延安」。

穆木天這樣的言說方式，另一方面也源於他當時的處境和心境。因爲1934年入獄的事件，穆木天很長一段時間是沈寂的，他不與外界接觸，只埋首於翻譯工作，隨著抗日高潮的到來和全國政治空氣的活躍，穆木天又開始從事左翼文化工作，一九三七年四月，中國詩人協會在上海宣布成立，當選爲理事的有穆木天、許幸之、柳倩、任鈞、艾青、關露、王統照七人，這個協會在某種程度上是當年中國詩歌會的繼續，八一三之後，穆木天到了武漢後，但是他的詩歌工作並沒有停止，馮乃超讓他和蔣錫金一起開展詩歌大衆化運動，穆木天的熱情十分高。據蔣錫金回憶，「木天那時對詩社的活動和事務既熱情且勤奮，事必躬親，不避煩瑣」、「木天出資最多」〔註9〕。當時，衆多文

〔註5〕吳敏：《不必往西北去（上）》，《新華日報》，1938年1月12日第4版。
〔註6〕《董必武年譜》編輯組：《董必武年譜》，北京：中央文獻出版社出版日期，1991年5月第1版，第131頁。
〔註7〕麥金龍：《武漢，1938——戰爭、難民與現代中國的形成》武漢：武漢出版社，2008年10月第1版，第128頁。
〔註8〕因爲國民黨特務的干預，1938年1月13日的《新華日報》開了天窗，《不必往西北去（下）》在1938年1月14日才刊登出來，穆木天在寫作時就只參考了這篇文章的上半部分。
〔註9〕錫金：《穆木天研究論文集序》，長春：時代文藝出版社，1990年12月第1版，第4頁、第5頁。

化人雲集武漢，很多人都還沒有找到自己的位置，柳湜寫過一篇文章《雲集武漢的文人應該何處去？》，這一標題頗能反應當時的情況。而此時的穆木天因替中法文化基金委員會翻譯巴爾扎克《人間俗曲》，因而無生計之愁；他又創辦了《時調》雜誌，並積極推動詩朗誦運動，成為武漢詩壇的領袖人物。穆木天的這種興奮之情在他 1937 年 11 月發表的詩歌《武漢禮讚》中表達的淋漓盡致：

> 這裡，在這去，雖是一片荒涼的沙漠；
>
> 可是，在不久將來，卻要成為水草豐富的綠洲；
>
> ……
>
> 在你的天空中，民族的生命，在展開了他的翅膀，
>
> 在你街衢中，民族戰士的進行曲使萬眾的心合而為一了。
>
> 藝術和科學的未來的中心呀！
>
> 民族抗戰的大本營呀！

同時他熟悉的文人圈子中，也有一部分奔赴到山西臨汾和陝西延安。寫作這首詩歌的時候，武漢文化界的一件大事是民主人士李公樸在武漢為山西臨汾民族革命大學奔走，不僅號召大批青年入學，還為「民大」聘請了一批進步學者、教授，這其中包括著名作家蕭紅、蕭軍等東北作家。穆木天對此應該非常瞭解，不僅是同為東北流亡作家的緣故，還因為二蕭在武漢的落角點，正是雜誌《時調》合作者錫金為其提供的；而他的詩歌戰友，許多《時調》的供稿者，都在八一三後奔赴了延安，比如杜談、舒群。所以他是真誠的在為「保衛大武漢」而吶喊，也是真誠的希望更多人能夠留下來，保衛大武漢、建設大武漢。

但到了中共中央六屆六中會會上，形勢急轉，在這次大會上，毛澤東提出，黨還必須擴大自己的組織，向著真誠革命、信仰黨的主義、擁護黨的政願意服從紀律、努力工作的廣大工人、農民和青年積極分子開門，使黨成為一個偉大的群眾性的黨〔註10〕。這實際上就否定了之前武漢長江局在武漢對於青年動員工作的態度和方針。

〔註10〕中共中央黨史研究室：《中國共產黨歷史，第 1 卷，1921～1949 下》，北京：中共黨史出版社，2011 年 1 版，第 523 頁。

二、《一定受了日本帝國主義的津貼了》——反託運動

1938 年 1 月 11 日，《新華日報》在漢口創刊，並開設了《團結》副刊，1月 15 日《新華日報・團結》刊登了它的第一首詩歌——穆木天的《一定受了日本帝國主義的津貼了》。它不僅是《新華日報》刊登的第一首詩歌，也是《新華日報》刊登的第一篇反托主題的作品。

《新華日報》當時的領導者爲王明。眾所周知，1937 年 11 月，王明被斯大林和共產國際派回中國，一個非常重要的任務就是配合蘇聯正在進行的「肅托」運動，在中國開展打擊托派的運動。因而《團結》副刊「開場白」中，明確提到「在今日，軍隊不及敵人不必愁，武器不及敵人不必愁，經濟交通不及敵人不必愁，暫時的戰爭失利也不必愁，所愁的倒是自己的團結不夠，人力不能發揮反上了敵人的陰謀，所以如何健全民族的團結，如何打擊親日漢奸、托派匪徒的阻擾戰事，破壞團結，是抗戰的重要工作，是每一個戰士所應最先努力的工作。由於這樣的意義，產生於這抗戰時期的我們這日報的副刊，就取名爲『團結』」〔註 11〕。

顯見得，在這樣的政治形勢下，這首詩歌它的主旨一定是醜化打擊托派，它是政治意圖的表達，而非文學性的創造。但更有意義的追問在於：穆木天的這首詩歌在哪些細節上配合了王明他們的托派政策？穆木天又是怎樣接觸到這些托派政策的？

在這首詩歌中，穆木天主要涉及到當時反託運動兩個層面的問題：

第一，「一定受了日本帝國主義的津貼了」。

這首詩歌的標題開門見山，指出了中國托派就是領取「日本帝國主義的津貼」的漢奸！

實際上，對於托派是漢奸的指控，在抗戰時期有一個變化的過程。最早關於托派是漢奸的指控是 1936 年中共中央作出的《中央書記處給北方局及河北省委的指示信》，信中認爲在抗戰形勢日益嚴峻，抗日統一戰績日益形成的時期，托派「用盡了一切惡劣的字句，咒罵領導抗日的共產黨，咒罵抗日主力的紅軍」〔註 12〕，因而中共中央還擊托派，認爲「他們實際上已成了日寇的代言人，他們不光是共產主義的叛徒，而且是整個被帝國主義壓迫到吐不

〔註 11〕 新華日報編輯部：《開場白》，《新華日報》，1938 年 1 月 11 日第 4 版。
〔註 12〕 中央檔案館編：《中共中央文件選集》第 11 冊，北京：中共中央黨校出版社，1989 年 8 月第 1 版，第 62 頁。

出氣的中華民族的漢奸」〔註 13〕。儘管如此，這封信裏面對於托派中的眞正革命的分子還是採取爭取方針的，所以此時中共中央認定托派是漢奸，更多是一種政治上的聲討，而非證據上的判定。

1937 年 1 月 23 日至 28 日，在莫斯科進行了對所謂「反蘇托洛茨基平行總部」案的公開審訊，審訊結果認定上述人員的重要罪名之一是：「答應幫助日本侵佔中國」。因此，「托洛茨基分子也是中國人民不共戴天的死敵」〔註 14〕。共產國際通過了《關於與法西斯主義的奸細——托洛茨基分子作鬥爭的決議》。在此影響下，許多報導都開始指控中國托派領取津貼爲日本特務機關服務，1937 年 4 月，《解放》週刊的創刊號上發表了高烈的《肅清托洛茨基主義——日寇侵略的別動隊》就提出了「托派之社長之、張慕陶、徐維烈等早已出入於天津特務機關之門中，而受領共津貼與指令了」〔註 15〕。但與此同時，爲了維護抗日統一戰線，中共中央還在積極爭取陳獨秀，直到 1937 年 11 月 20 日，《解放》週刊還發表了題爲《陳獨秀先生到何處去》的時評，希望陳獨秀「在數年的牢獄生活裏虛心地檢討自己的政治錯誤，重振起老戰士的精神，再參加到革命的行列中來。」

捏造莫須有的事件，捏造中國托派領受日本人的津貼，成爲王明等人歸國開展托派運動的一個主要手法。在 1937 年 12 月 4 日，《解放》週刊轉載了王明 1937 年 9 月在《救國時報》上發表了文章《日寇侵略的新階段與中國人民鬥爭的新時期》，在這篇文章中，王明宣稱張慕陶、徐維烈等人「每月從日寇的華北特務機關部領取五萬元的津貼」，雖然之前高烈的文章已經對張慕陶等人領取津貼有過指控，但王明這篇文章加之以具體數據的支撐，在宣傳中有更容易「坐實」托派的漢奸之名。

那麼穆木天對於當時反對托派的情況又瞭解多少呢？據蔣錫金的回憶，儘管當時國共處於統一戰線之下，武漢的許多書店都不敢售《解放》週刊，只有他們「戰鬥書店」獨家銷售，還因此被國民黨當局查抄過一次。穆木天一家是 1937 年 8 月到達武漢的，然後就在馮乃超的牽線下，穆木天和蔣錫金

〔註 13〕中央檔案館編：《中共中央文件選集》第 11 冊，北京：中共中央黨校出版社，1989 年 8 月第 1 版，第 62 頁。

〔註 14〕中共中央黨史研究室第一研究部譯：《共產國際、聯共（布）與中國革命檔案資料叢書》第 15 卷，中共黨史出版社，2007 年，第 278 頁。

〔註 15〕高烈：《肅清托洛茨基主義——日寇侵略的別動隊》，《解放》週刊第 1 期，第 12 頁。

一起在武漢開展革命詩歌工作〔註 16〕，因而可以判定穆木天是有條看到《解放》週刊上的這兩篇文章的，至於蘇聯審判托洛茨基的情況，在當時是各大有實力報刊爭相報導的內容，也是國際政治關注的熱點，穆木天對此應該非常瞭解。

所以穆木天非常敏感的抓住了反託運動此階段的特點——日本人的津貼是證明托派爲漢奸最直接的證據，因而在這首詩歌的開篇和結尾，穆木天都用了同一個句子：「一定受了日本帝國主義的津貼了」。

第二，中國布爾賽維克‧列寧派。

在這首詩歌後面的附注中，穆木天交待了他創作這首詩歌的緣由：「一九三七年八月作，這是一篇舊作，八一三以後寫的，當時看見一個托匪的傳單上邊的是 '中國布爾賽維克‧列寧派』一時非常不快，因寫諷刺詩」〔註 17〕

爲什麼托派自稱「中國布爾賽維克‧列寧派」，會引起作者的不快，在詩歌開頭幾句中，作者這樣交待：

　　　　說起來眞奇怪！

　　　　現在又出現了，

　　　　「中國布爾塞伯維克列寧派」！

　　　　眞的新鮮！

　　　　變來變去花樣眞是多！

　　　　爲什麼

　　　　你們不拿出你們的

　　　　「墮落死雞」……

　　　　老招牌！

撇去這段詩歌中激進的口氣，實際上它表達了兩層意思，首先，作者認爲「中國布爾塞伯維克列寧派」是托派的一個新名字，其次，這個新說法是托派在耍花樣。

其實，「中國布爾塞維克列寧派」不是托派的新名稱，而是早期托派成立中央之後就一直沿用的一個名字。這個名字來源於一九二九年夏天托洛茨基爲中國托派寫的《中國布爾什維克——列寧派（反對派）的綱領》，在托派組

〔註16〕 蔣錫金：《抗戰初期的武漢文化界（1935 年 11 月～1938 年 8 月 21 日）》，《新文學史料》2005 年第 2 期，第 45 頁、第 46 頁。

〔註17〕 穆木天：《一定受了日本帝國主義的津貼了》，《新華日報》，1938 年 1 月 15 日第 4 版。

織幾次大的變動中，這個名稱一直都被保留，從來沒有換過。而且在公開的發行物中，也是以這個名字來落款，比如 1933 年號召群眾參加遠東反戰大會的宣言落款皆爲「布爾什維克列寧派」，在 1938 年 8 月 15 日，托派在上海發布了《武裝保衛上海！發動全面抗戰》的傳單，落款仍爲「布爾什維克列寧派」，穆木天詩中寫到的傳單極有可能就是這一張。穆木天是否眞的不知道托派這個名稱此處是存疑的，畢竟托派統一後活動範圍主要在上海，穆木天是左聯早期共產黨員，當時也在上海；當然托派活動範圍非常有限，人數較少，而且一直受到國民黨的打擊，所以穆木天是否眞的不知道托派的這個名稱在沒有更多史料出現前沒法判定，寫在此處聊備一說。但就寫作邏輯上來說，先認定「中國布爾塞伯維克列寧派」是托派的一個新名稱，然後由取新名稱來推斷換名動機的確更加符合受眾接受心理，在當時的武漢，《新華日報》的絕大多數讀者只知道托派，不知「中國布爾塞維克列寧派」。

　　列寧作爲偉大的無產階級革命導師，在世界範圍內享有崇高的聲譽。他的名字附在一個黨派名稱上，在宣傳上能夠給人以革命正統的印象。詩中認爲托派的這一新名稱是「變來變去花樣多」。這無疑是在剝除托派和列寧之間的關係，證明托派不僅與列寧沒有關係，反而手段極其不上了檯面，進一步醜化了中國托派的形象。這種寫法注重的是宣傳效果，至於列寧和托派之間到底是什麼關係，理論上有無繼承或衝突，完全不在作者的思考範圍之內了。

　　就在穆木天這首詩歌發表的兩天前，1938 年 1 月 13 日，延安的《解放》週刊，第 29、30 期上發表了康生的《剷除日寇偵探民族公敵的托洛茨基匪徒》。在這篇文章中，康生費了很多篇幅來劃清托洛茨基與列寧之間的關係，這兩篇文章在內容上形成了一種微妙的呼應關係。但這並不是說穆木天這首詩歌受到了康生這篇文章的影響，雖然兩篇文章一前一後，但一個在延安出版發表，一個在武漢出版發表，在當時的交通條件下，穆木天看到這篇文章的概率基本爲零，穆木天也不太可能與康生有直接的交流，所以一種更可能的情況是穆木天根據自己對於文化宣傳的理解和手頭上掌握的材料，選取了這樣一個表達角度。

　　《一定受了日本帝國主義的津貼了》，這樣的口號詩歌是穆木天主動寫的還是迫於壓力寫的呢？詩人再一次提到托派，是在發表於 1938 年 9 月 25 日《戰時知識》第 8 期的《武漢！中國的馬德里》這首詩歌中。這首詩歌或許能夠給我們提供一些線索。

三、《武漢！中國的馬德里》──以城市爲中心軍事路線

1938 年 6 月，武漢會戰開始，大批文人離開武漢，穆木天也攜家人南下。但與此同時，「保衛大武漢」的動員工作也全面開展起來，文藝工作者用各種方式來開展「保衛大武漢「的宣傳工作。

此次，穆木天「保衛大武漢「話語資源來源於西班牙的馬德里戰場。抗日戰爭爆發以後，與法西斯頑強抗戰的西班牙迅速成爲中國關注的焦點。其中一個重要的關注議題是如何借鑒吸取西班牙戰爭的經驗和教訓來爲抗日戰爭所用。比如，在《全民週刊》連載了 12 期的《在西班牙》通過張鐵生在西班牙的所見所聞，總結西班牙戰爭的經驗和教訓。

而對於共產黨來說，「人民陣線」保衛首都馬德里更是他們關注的焦點所在。當時佛朗哥領導的叛軍蓄意佔領馬德里，從 1936 年 11 月到 1937 年 1 月先後發動了四次大規模進攻，1936 年 11 月「國際縱隊」進駐馬德里，與「人民陣線」一道誓死保衛首都並取得了勝利。在他們看來，馬德里保衛戰的勝利給保衛武漢提供國際經驗。

早在 1937 年底，董必武就指出：「半年抗戰，中國許多有名的大城市可以成爲中國的馬德里的，結果無一實現。武漢快要受到日寇鐵蹄的蹂躪了，我們武漢的民眾應使武漢成爲中國的馬德里」〔註18〕。1938 年 6 月 15 日王明、周恩來、博古在《新華日報》上聯名發表的一篇文章《我們對於保衛武漢與第三期抗戰問題底意見》，文章引用馬德里兩年保衛戰的事實斷言，武漢可以有效地拒敵於城門之外。

穆木天在創作《武漢！中國的馬德里》之前，創作了另外一首詩歌《南國的花火一樣的紅》，《南國的花火一樣的紅》載於 1938 年 9 月 4 日《雲南日報》上，這首詩歌是在讚美昆明的飛行隊，他們駕駛著鐵鷹，翱翔在藍天，衛家護國，不讓強盜在我們的領土上橫行。在結尾處，穆木天加上了「保衛大武漢」的口號：「保衛大武漢，我們的馬德里，強盜法西斯，我們要把它掃平。」詩歌這樣結尾略顯生硬，但詩人喊出了這個口號，把保衛武漢和保衛馬德里緊緊的捆綁在了一起，這是當時許多保衛大武漢宣傳詩歌的通用寫作手法，比如當時運用這一口號最爲有名的就是武漢傳唱一時的沙旅爾東《保衛大武漢》，其中寫到：「武漢是全國抗戰的中心，武漢是今日最大的都會，我們要堅決保衛著她，像西班牙人民保衛馬德里。」

〔註18〕董必武：《武漢的民眾動員和組織》，《群眾》週刊，第 1 卷第 8 期。

在《武漢！中國的馬德里》這首詩歌中，詩人顯見得下了一番工夫來詮釋武漢與馬德里關係，不僅詩歌標題開門見山，在正文中，也對馬德里與武漢二者之所以並置在一起，作出了自己的闡釋：因爲武漢打破國際形勢的悲觀估計，在對日戰爭中堅守了八個月，這樣的奇蹟使得武漢有望成爲中國的馬德里，進而成爲東方的革命中心，成爲「德謨克拉西」的聖地。

不唯如此，詩人在此處還提到了托洛斯基：

> 弗蘭哥！法西斯蒂的走狗！
>
> 以及他們的走狗的走狗——托洛斯基！

此處還是在進一步應和王明的反托政策，這也說明當初發表在《新華日報》上的那首詩歌《一定受了日本帝國主義的津貼了》並迫於壓力，如果迫於壓力，此時穆木天遠在雲南，實在沒有必要在此詩中再一次作違心之言。

但穆木天在這首詩歌中並非在應和王明的軍事政策，《我們對於保衛武漢與第三期抗戰問題底意見》是在保衛大武漢的口號下，堅持以城市爲中心進行速決戰、運動戰，反對毛澤東持久戰、游擊戰爲主的軍事路線。這些軍事路線是穆木天沒有關注的，也不是他一個文人能夠思考的問題，就拿游擊戰這個問題來說，穆木天曾在國民黨中宣部主辦的《文藝月刊》第 1 卷第 7 期上「戰時特刊」發表過一篇《去打游擊戰》的大鼓詞，作爲一介文人，他並不懂得游擊戰還是運動戰更能夠最終戰勝日本，他只是希望能夠緊跟政策，做好宣傳工作，所以在這篇《我們對於保衛武漢與第三期抗戰問題底意見》文章中，眞正吸引穆木天還是王明他們把保衛大武漢和保衛馬德里聯繫起來了，在全國輿論界都在爲「保衛大武漢」造勢的情況，穆木天認爲這是一個新的宣傳角度。

四、《新的旅途》——詩人道路的終結

穆木天，是以象徵主義詩人的名號進入詩壇的，也因爲要追求純文學，在剛回國的時候，他遠離了革命，在北伐戰爭如火如荼舉行的時候，他隻身北上，回歸故里，還是希望能夠在純詩的土地裏耕種。這種追求，讓他一度遭受到同伴的不滿，當時創造社同人，同爲象徵主義詩人的王獨清就曾直言：「這期底內容除了木天底介紹文字以處，幾乎全體有了一種共同的傾向，這大概可以說是同人努力精進的表現。」〔註19〕

〔註19〕 王獨清：《今後的本刊》，《創造月刊》，1927 年，第 1 卷第 9 期第 99 頁。

　　回歸故鄉，農村的破產、日本的侵略，讓穆木天感受到「詩人的社會的任務」是「眞地反對帝國主義侵略」〔註 20〕，自此穆木天轉變詩風，眞誠爲自己選擇純詩道路而進行懺悔，在現代詩壇史上，也許少有人像穆木天這樣對自己選擇純詩的道路不斷進行懺悔和白白。左聯時期於他是一個過渡，他完全和政治步調保持一致還是在武漢抗戰時期，他時刻以一個左翼詩人的身份來要求自己，在詩作中保持和黨一致的步調，但是政治本身的複雜性卻是他難以把握的，1942 年《新的旅途》詩歌的選擇就是證明。這種傳聲筒創作不僅在政治上失敗了，而且對他藝術生命的傷害也是巨大的──口號呼喊已經成爲他創作詩歌的慣性，其實在 1938 年以後，穆木天也創作了一些轉向自己內心的詩歌，比如《寄慧》，這是詩人寫給自己妻子的，情感眞誠，某些段落讀來頗讓人動容，但就是在這樣的詩歌中，穆木天都還要加上口號式的呼喊。

　　三十年代的時候，穆木天徹底否定了自己純詩的道路；四十年代，穆木天發現自己這條與政治結合的詩歌創作道路也是步履維艱。

　　1942 年 9 月，詩人創造社的老朋友鄭伯奇，爲他出版了他最後一本詩集《新的旅途》，自此之後，詩人詩歌創作數量銳減，只有少數幾首作品問世；新中國建立以後，詩人除了在 1949 年作了 1 首《在自由的天地中歡呼》外，再無作品，在 1971 年去世前，他把所有精力都放在文學翻譯和文學教學上，詩人穆木天徹底轉變身份爲文學研究者、文學教育者、文學翻譯者。

〔註20〕穆木天：《我主張多學習》，上海：生活書店，1934 年，第 318 頁。

凌叔華小說的錯位現象研究

曾仙樂

（廣東建設職業學院）

摘要：

　　受社會背景與特殊成長經歷的影響，凌叔華的小說從外來衝突和內在矛盾的視角敘述了異質文化、意識形態與人性本能、性別文化、認知結構與認知框架等多種錯位現象，形成其小說的獨特魅力。在具體的錯位探究中，作者也反思了文化隔閡、女性和兒童的生存困境、意識形態對人性的影響等現代性命題。

關鍵詞：錯位　異質文化　意識形態　女性　兒童

　　凌叔華發表於 1925 年的《酒後》，被譯爲日文刊於日本雜誌《改造》，又經丁西林改編爲同名喜劇，轟動一時，模仿者眾多，竟形成「酒後派」。魯迅在《中國新文學大系.小說二集導言》中評價她「適可而止的描寫了舊家庭中的婉順的女性，使我們看見和馮沅君、黎錦明、川島、汪靜之所描寫的絕不相同的人物，也就是世態的一角，高門巨族的精魂」〔註1〕。這種評價與凌叔華本人的創作觀不謀而合。1923 年尚在燕大讀書的她致信周作人，言及「中國女作家也太少了，所以中國女子思想及生活從來沒有叫世界知道的，對於人類貢獻來說，未兔太不負責任了」「立定主意要作一個將來的女作家」，並懇請周作人收作學生，「援手女同胞於這類的事業」〔註2〕。向世界展示中國女性、寫「中國女子思想及生活」，使凌叔華的創作除具女性文學的特色外，還有反思社會文化的世界意義。

〔註1〕魯迅：《中國新文學大系小說二集・導言》，引自趙家璧主編《中國新文學大系》，上海文藝出版社，1981 年版，第 11 頁。

〔註2〕凌叔華：《致周作人》，引自凌叔華著、陳學勇編撰《中華兒女——凌叔華佚作.年譜》，上海書店出版社，2008 年版，第 182 頁。

一、錯位現象的形成

「舊家庭中的婉順的女性」是凌叔華著力表現的類型，但她筆下的「舊家庭」並不是傳統意義上的封建家庭，而是受過新思想洗禮或是暴露在新思潮之下的「舊家庭」。因此，這些女性不再只是深閨的傳統女性，也包括走出家門參與社交、學習以至出國留洋的女性。這類女性身處特殊的家庭背景之中，有著新思想追求又受制於禮教，「婉順」的性格要求使她們融入社會的步伐更加艱難。對此，作家本人有深刻的生活體驗。「高門巨族」「舊家庭」的生活背景有著巨大的反差性，她一方面看到以父親為代表的傳統家庭妻妾成群、爭寵奪利、重男輕女，另一方面又在父親的默許下發現女性的自由與未來的可能。需要提出的是，接觸並接受新思想的並不只有「五四」青年，他們父輩中也有部分或因開明、或因環境所迫，也身處西學東漸的思潮洗禮中。京城特有的文化圈、大家庭的生活氛圍、父親的特別重視等，構成了凌叔華獨特的生活環境，也造就了創作題材與視野的獨特性。

除小時候隨兄妹赴日本上學外，當時的凌叔華並沒有出國留學經歷。但她的生活圈子不乏西方現代思想的浸染，徐志摩、陳西瀅、泰戈爾等文壇名流，陳師曾、齊白石、王夢白等各大流派畫家等出入「小姐的大書房」，舉辦各種文化沙龍，比林薇因的「太太的客廳」早將近十年。以至有人認為，凌叔華選擇陳西瀅的原因之一是留洋博士的頭銜。上大學、學作畫、以未婚女子的身份與社會名流交往等，凌叔華突破了人們對傳統大家閨秀的認知。受西方思想影響的她，不但接受了現代新式教育，也逐漸產生了現代思想的萌芽。

女性意識及個體意識的覺醒，使凌叔華敏銳地意識到生活中的各種矛盾與錯位，並與女性解放、兒童解放、民族大義、中西文化相聯繫。凌叔華不僅描述了具體的錯位現象，還反思了現象產生的原因。「五四」前後的中國社會正處於動盪之期，西方主流思想的大規模滲入，除少數精英知識分子外，大多國人的中西文化理念並不對等。輔之以特殊的政治氛圍及中國傳統文化固有的不平等不均衡因子，錯位顯然已成為某一階段的生活常態。這造成了文化與人際的隔閡，也造成了部分民眾的生存困境。這一現象並不僅僅存在於凌叔華的小說中，也出現在大多數作家作品中，只是凌叔華不以階級鬥爭、政治立場或婚戀追求的方式展現，僅從日常的生活原態入手反映某些生活的原貌。

錯位一般是受歷史語境、文化習俗、意識形態、思維方式等影響產生，屬於方法論或傳播學的範疇。在凌叔華的小說中，錯位現象由不同人群的認知、動機、意願、訴求的差異引起，既有宏觀層面的意識形態或精神文化的差距，也有微觀層面的對具體事物認知的不同。它主要可分為兩類：來自外在的衝擊和源自內部的衝突。外在衝擊與時代背景相關，內在衝突則與人類常存的社會現象有關。與同期女作家相比，凌叔華從來沒有反抗過父親的家庭，也沒有受到來自傳統家庭的嚴厲制約。由此造成她的小說沒有反抗、沒有絕望、沒有離家的決然，也沒有經濟的困頓和社會的壓迫，只有在默默接受各種錯位、在錯位中生存的各類人群。與她有著類似家庭背景的冰心，也多以溫存的語言熱切地關注兒童生活，成為「五四」女作家的獨特存在。因此，凌叔華缺少同期女作家那種對自由的渴望和吶喊、對民主和自由婚戀的強烈嚮往，缺少文化衝突下旗幟鮮明的主體自覺。與其溫婉文風相匹配的是，錯位現象也不以激烈的形式出現，但正是這種不衝突、不解釋或難以解釋的風格，使文本呈現了多樣的錯位類型，既豐富了文學的表現形式，也體現了作者對「五四」的反思和對人性本能的思考。沈從文曾這樣評論：

> 叔華的作品，在女作家中另走出了一條新路……使習見的事，習見的人，無時無地不發生糾紛，背靜地觀察，平淡地寫去，顯示 人物「心靈的悲劇」，或「心靈的戰爭」，在中國女作家中，叔華卻寫了另外一種創作。作品中沒有眼淚，也沒有血，也沒有失業或飢餓，這些表面的人生，作者因生活不同，與之遠離了，作者在自己所生活的一個平靜世界裏，看到的悲劇，是人生瑣碎的糾葛，是平凡現象中的動靜，這悲劇不喊叫，不呻吟，卻只是「沉默」。〔註3〕

二、異質文化語境與文化習俗的隔閡

不同民族的歷史發展和社會文化的差異，使不同文化背景下的社會成員對同一信息或相同客觀事物產生不同認知，引起文化錯位。中外文化、東西文化的差異，使人們對文化因子的具體表現形式有不同的認知形態與認知理念，外來的文化習俗、價值觀念、意識形態等通過微觀層面的個體行為或具體信息釋放與傳遞。一些國人可部分接受這種新式行為與理念，但理解又存

〔註 3〕沈從文：《論中國創作小說》，引自《沈從文全集第十六卷》，北嶽文藝出版社，2009 年版，第 195～222 頁。

在偏差。特別是剛被啟蒙的「五四」時期的中國女青年，對這些新鮮的外來觀念難免會懸疑、獵奇與不解。特別是當現代西方的表達模式與話語規則突兀地出現在傳統中國閨秀面前時，文化錯位很可能淪為一場鬧劇，引人或嘲笑或同情或反思。

被動接受西方文化的中國民眾有著很多信息維度的錯位，這使異質文化錯位成為一種普遍存在的「類」現象。無論是傳統閨閣女性還是新式現代女性，在突變的社會環境中都面臨異質文化的錯位問題。《吃茶》的芳影順應社會潮流的「變」，學習近年流行的「男女都可以做朋友」的風氣，開始與青年男子來往。但長期身處閨帷的她並不清楚社會變革的真正面目，誤把受西方文化影響的男性行為——尊重與照顧女性，當作是對她個人的殷勤與示好，因而陷入情感波動，造成心理失落。同小說的另一女性——黃家二小姐也因男主角的「外國規矩」發生誤會，成為人們閒談的笑資。文化錯位並不偶然，直到四十年代女作家張愛玲的小說，這種現象也依然存在。受西方文化語境「浸淫」的青年紳士行為，被在中國傳統文化束縛下的東方小姐理解為示愛，並視其為理想男青年，進而演化為閨房女性的「意淫」鬧劇。「浸淫」與「意淫」的錯位不僅彰顯了文化語境的隔閡，也揭示了異質文化在傳統中國的離散結果導向。

問題的根本在於中西習俗與觀念的偏差。「男子服侍女子，是外國最平常的規矩」，但在傳統中國文化語境中，女子服侍男子才是天經地義，與異性交往的目標指向只有、且必須是婚姻。這種完全相悖的行為準則，在缺乏文化理解與溝通的背後，加深了女性的困境。男性的現代行為究竟是不是對傳統深閨女性的真正尊重與理解，仍值得深思。《茶會以後》阿英因不瞭解西方入座禮儀隨意就坐，遭到眾人的非議和嘲笑；按照禮儀與男性交談卻又被家人追問。在當時文化差異懸殊的社會語境中，正如作者所感歎的，「講男女社交公開，不夠程度，常常叫女子方面吃虧的」〔註 4〕。「五四」時期打破傳統努力立下的新規矩，因文化習俗的差異缺少在傳統中國土壤生長的適宜養分，使女性的處境和出路都遭到質疑。

異質文化的隔閡、形式主義的皮毛、留洋公子與中國小姐的信息不對等、知識結構的差異、文化形式的強烈衝突等，都是中西文化與異質習俗的錯位

〔註 4〕凌叔華：《女兒身世太淒涼》，引自《凌叔華經典作品 繡枕 愛山盧夢影》，當代世界出版社，2003 年版，第 106 頁。

體現。社會中既有在時代變更中堅守舊規矩的老一代女性，如章老太太（《有福氣的人》）厭惡新式結婚儀式，不滿新娘的臉讓人看，不滿意新官人穿黑衣帶黑帽，覺得「活像送喪的哀服」，固守傳統不理解西方習俗；也有主動追從西方習俗的國人，卻因家庭的壓力、旁人的閒話、男性的不可靠等難以實現女性自身的現代轉型。女性困守閨房是傳統、是守舊，接受新思想、去留洋同樣被質疑。《女兒身世太淒涼》的表姐受新思想洗禮，與三位少年做朋友，不料被他們故意污蔑名聲，最終在父母的抱怨與輿論的非議中死去。即便是受過西方文化浸淫的「現代」女性，也只是做了形式上的改變。伍局長夫人（《開瑟琳》）作爲受過西方教育、留洋歸來的現代女性，有著西式的生活品位和時尚的生活形式。她喝咖啡、吃烤餅，注重孩子的穿搭，給孩子起英文名，在日常語言中夾雜「match」「brown」等英文單詞，透著幾分由語言帶來的優越感，但骨子裏的舊中國性並不因留過洋而超俗。等級觀念、愛好打扮、訓斥女兒、責罵傭人、重男輕女、家長里短等傳統中國太太的某些習慣，在她身上完好地留存著。西方文化給了國人外在的形式追求，卻無法改變他們意識裏潛存的頑固觀念。這深刻地揭示了異質文化的內涵錯位，也顯示了作者對「五四」新思潮的另一種反思與叩問。

三、意識形態與人性本能的錯位

國家意識形態是「一國之中的主流意識形態」，它是「統治階級的意識形態理論家或階層創立的反映統治階級政治主張和政治見解的理論體系」，除了具有階級性外，還有「行使國家公共權力、擔負公共管理的職能」〔註5〕。與這種占主導性的政治意識相對的，是處於社會層面的公民政治意識，它們之間通過「相互作用的互動關係」達到某種契合，形成「一種交集空間」〔註6〕。《千代子》和《異國》是兩篇與日本有關的小說，講述了普通公民在國家意識形態的宣傳與引導下，產生的意識形態與人性本能的錯位。這裡既有二者之間的矛盾，也有因國家立場和政治維度錯位引發的人性思考。

在特殊的政治背景中，作爲個體的「人」是應遵循國家立場還是人性本能，作者提出了思考。她巧妙地以兒童視角來觀察、解決這一具有政治性的

〔註5〕李國忠等：《黨、國家、社會關係視角下的中國共產黨馬克思主義大眾化歷程、經驗及對策研究》，天津人民出版社，2015年，第229～230頁。

〔註6〕李朝祥：《嬗變與整合 公民政治意識和國家意識形態》，世界圖書出版廣東有限公司，2013年，第162頁。

問題。在經濟壓力面前，現實經歷告訴日本國民，中國的料理「很可口」，東西「又多又便宜」，中國是一個富有吸引力、物產豐饒的國家；同時這又是一個封建、保守、落後與愚昧的國度，「男的國民整天都躺在床上抽鴉片煙，女的卻把一雙最有用的腳纏得寸步難移。實在說，這不等於全國人都是癱子嗎？」在帶有侵略眼光的日本人眼中，他們可以輕而易舉地佔領「全國人都癱子」但資源豐富的中國。因此，《千代子》的中國老闆娘的小腳也就頗具政治意味，從男人到女人、老師到學生、父母到兒女，都對這對小腳抱有敵視或遊戲的姿態。在全民諷刺、揭密、嘲笑的背後，是日本人對古老中國的想像和入侵中國思想的植入。借由「小腳」嵌入的政治意識是中國的落後與不堪一擊，隱藏的是侵華與辱華的真實意圖，並暗含了三層意識導向：打贏中國非常容易、攻入中國可以解決日本的物質貧乏與經濟困難、攻打中國是解救中國女人的正義行為。這既論證了侵略行為的可行性，也賦予了侵略的正義性。但當這種意識形態與全人類共通的母愛情懷、兒童本性相衝突時，政治意識也就脆弱得不堪一擊。在女性與兒童的友善笑聲中，一切回歸到人性本能，矛盾也得以暫時化解。

這種錯位還體現在《異國》中。這是一篇以兒童視角反映戰爭、國家等宏大主題的小說，講述了一群女孩因國家立場和政治維度的錯位引起的誤解和矛盾。最初日本看護嚮往中國的一切，像母親一樣悉心照顧惠，為她準備美麗的插花，留意她的飲食喜好，主動要「一同祈禱中國太平」。但在戰爭、國恨、政治導向的影響下，短暫的跨國友情很快化為民族仇恨，「溫柔沉靜，細心周到，愛美愛詰」「服從謙卑」「柔和」「具有十足的女性美」的日本女人完全變了樣，她們大聲控訴著「支那人還配殺日本人」，並「投過難看與憎惡的眼色」。因一則報上的消息，同一群看護在半天之間徹底變成兩副不同的面孔，完全改變了對中國和中國人的態度。作者採用對照手法記錄了矛盾的突變，使無人看護、故意惡劣的飲食、空寂冷漠的病房與原來的熱鬧喧囂成鮮明對比。壓抑的氛圍迫使女主角「在床上想來想去的是明日怎樣出院，怎樣回國」。這種意識形態化的誤導式宣傳，人為甚至故意地造成了國家及兩國友人的間隙和仇恨，人的本性也因此發生錯位。

四、性別文化的失調

凌叔華的父親娶了多房妻妾，母親生了四個女兒。大家庭生活使她清醒

地知道男女的性別與身份差異，也深深感到妾的悲哀與無子的隱忍。傳統文化的夫妻綱常與男性觀念，在小說中則表現爲性別文化的失調。《一件喜事》父親娶妾的歡愉與五娘的難過，《八月節》沒有孩子或兒子的女人在高門巨族宗法制度下的不幸，《寫信》中擔心丈夫在外找「女學生」、抱怨卻不敢向丈夫言明的妻子，《吃茶》男性主動與女性被動的意識對立等，都與性別文化直接關聯。性別文化失調並不是現代中國獨有的現象，它有著根深蒂固的文化淵源。燕京大學校長司徒雷登在凌叔華入學那年的迎新會上談的就是性別問題，他希望女生「與男生受同等的教育，將來在社會上服務和發展，也是和男生相等」〔註7〕。

凌叔華「因女子問題而作」的處女作《女兒身世太淒涼》，寫「中國女子的不平等」〔註8〕，大膽直接地講出了男女的性別差異及女性在婚戀方面的困難處境。「中國女人太容易叫人糟蹋了」「女子沒有法律實地保護，女子已經叫男人當作玩物看待幾千年了」。要改變女子被當玩物、被糟蹋的處境，她理性地認識到要從法律制度入手，也就是通過對社會形態和社會制度的改造來建立女性的社會地位。

首先是閨閣女性——小姐。在以男性爲主導的社會價值觀念下，女性的主體存在感低，她們的心血被徹底無視。《繡枕》中與女性的深情、期許相對的是男性的踐踏與輕視，大小姐繡了整整半年、在「悶熱」的天氣忙著趕工完成的靠墊——嫩黃的線繡了 3 次、嫩粉的線「洗完手都不敢拿，還得用爽身粉擦了手」、綠線「足足配了十二色」、繡完「害了十多天眼疾」——在送去的當晚就被糟蹋了。這被大小姐當作展露才藝、求婚嫁的樣品，一隻被吐髒了一大片，一隻被當作腳踏墊子「滿是泥腳印」。這一切（包括是否婚配）無人告知大小姐，直到兩年後才偶然得知。從表面看男性糟蹋的是靠枕，實際上它只是深閨女性的一種物化形式。被無視和踐踏的不僅是這一物體，更是女性的尊嚴和地位，以及女性作爲主體的存在價值。《茶會以後》有一段關於海棠花的出色文字，寫的正是待字閨中的年輕女性的心理憂傷：

> 「她記得她拿回家，插在瓶裏，放在靠窗的桌上，日光照著那
> 失調醉紅欲滴的半開花蕾，很是嬌媚，她還不禁的癡對了一會兒。

〔註7〕林彬：《秀韻天成凌叔華》，作家出版社，2008 年，第 51 頁。
〔註8〕凌叔華：《致周作人》，引自凌叔華著、陳學勇編撰《中華兒女——凌叔華佚作.年譜》，上海書店出版社，2008 年版，第 184 頁。

現在只過了一天，這些花朵便已褪紅零粉，蕊也不得鮮黃，葉也不復碧綠了。黯淡的燈光下，淡紅的都是慘白，嫣紅的就成灰紅。情境很是落漠。」

從「醉紅欲滴」到「褪紅零粉」，再到「慘白」「灰紅」，就是對當時女性青春易逝的真實寫照。

其次是已婚女性──太太。在傳統家庭倫理觀念中，「男尊女卑」「母憑子貴」「重男輕女」等思想普遍存在，少爺的地位高於小姐、有兒子的太太的地位高於沒兒子的。凌叔華的母親在生完第四個女兒後隱瞞了全家好幾天，只因擔心又生女兒招人嘲笑。這種成長環境對凌叔華產生了一定影響，也拓展了創作的題材。《八月節》的小英被仗著少爺名義的姐姐欺負，母親因為沒有兒子受到嘲笑和欺壓，透過天真無知的兒童視角，更讓人感受到宗法制度下性別文化的巨大差距。《一件喜事》同樣以兒童視角為切入點，在父親娶第六房太太的喜慶氛圍中，更加突顯了母親、五娘等女性的隱忍與悲哀。傳統性別文化中的男性家長擁有絕對權威，他們可以任意談情說愛，娶多房妻妾，甚至無需徵求妻室的意見。女性在三從四德觀念的束縛下，在心靈受傷時還需保持「服從」的賢惠形象。

最後是正在身份轉移的新婚女性。角色變化及夫權文化對新婚女性的影響，是凌叔華在性別文化領域探討的又一話題。她敏銳地捕捉到女性自身角色的突變，以及這種變化可能導致的悲劇。由「喜」到「悲」，是《小英》三姑姑婚事的寫照。婚前，祖母歡天喜地的為女兒準備嫁妝，小英也滿心期盼三姑姑快點「裝新娘子」、期盼「我還有多少日子才做新娘子」，結果不出三日變成了「三姑姑拉著祖母的手坐在床上哭」「祖母也擦淚」。雖然他們是在教堂舉行的新式婚禮，男方也經常到女家來，但舊禮教制度在這個表面新式的家庭得到了徹底執行，三姑作為兒媳要服侍丈夫、婆婆和家人，吃飯時「不許坐到桌上」，要「站在一邊伺候」，晚上也要站著伺候到很晚。三姑姑離開前「一滴一滴流下來」的眼淚和全家「快快的情緒」，使小英感到「冷靜得難過」。才五歲的小英已明確感知三姑婚姻的不幸，發出了「不做新娘子」的疑問。從快點、期盼到「不做新娘子」，只有短短的數天時間，舊禮教僅用三日就輕易毀掉了青年女性對終身幸福的嚮往，也毀掉了全家三代對新式婚姻的期待。小說借由兒童的視角與言語，發出了中國女性對婚姻的無奈。小說流露了不滿情緒，卻也表達了無從改變的悲哀。夫家的威嚴，禮教的束縛，女

性的低等，造就女性婚姻生活的艱難與困境。這或許也從某種意義上反映了凌叔華本人的婚姻觀與婚姻經歷。據瞭解，她婚後曾與陳西瀅回無錫小住兩個月，她對需服侍公婆非常不滿。凌叔華回京後迴避了舊式家庭生活，但小說裏的人物卻無從逃脫。

五、認知結構與認知框架的年齡差距

從處女作開始，凌叔華開啓了構建「中國女子的思想及生活」的藍圖。《繡枕》《花之寺》《酒後》《茶會》《茶會以後》等都是以女性為描寫對象的小說。與《花之寺》《女人》兩本小說集不同，小說集《小哥兒倆》收集的是十餘年間作者寫的「關於小孩子的作品」〔註9〕。從女性到兒童，以兒童視角為落腳點，其內在的聯繫是當下中國女子的日常生活，即女子的傳統社會生活經驗——家庭、婚姻、孩子。作者在談創作時認為，「最好的創作，大約準是伴著真摯情感來的」〔註10〕，《小哥兒倆》「書裏的小人兒都是常在我心窩上的安琪兒，有兩三個可以說是我追憶兒時的寫意畫」〔註11〕，「在工作時回想到自己的童年以及聯想一些可愛的小朋友，覺得心身都輕鬆許多。這許是一種享受」〔註12〕。因此，童年經歷與親身感受，使兒童成為凌叔華小說的永恆主題。但兒童與成年人之間由於認知結構與認知框架的差異，天然地存在著錯位關係，這又構成凌叔華小說的另一種錯位類型。

《搬家》是凌叔華為數不多的提到祖籍廣東的作品，也是作者所說的「追憶兒時的寫意畫」。小說以枝兒與四婆相互依戀為重點，無意中引起了一場兒童情感的爆發，在溫情中再現了兒童與成年人的視角隔閡。枝兒喜歡、信任四婆，離別時把自己的寶貝雞送給她，希望能得到好的照料；四婆因喜愛枝兒所以殺雞給枝兒加菜，作為送別的禮物。兒童與成年人的認知隔閡，使枝兒無法接受這一現實。這種美麗的誤會如同《麥琪的禮物》一般，讓人深感遺憾。

〔註 9〕良友書評：《小哥兒倆》，引自凌叔華《小哥兒倆》，中國國際廣播出版社，2013年版，封面。

〔註10〕凌叔華：《我的創作經驗》，原載上海《女青年月刊》第十三卷第三期，轉引自凌叔華著、陳學勇編撰《中華兒女——凌叔華佚作.年譜》，上海書店出版社，2008 年版，第 90 頁。

〔註11〕凌叔華：《小哥兒倆.自序》，引自《小哥兒倆》，中國國際廣播出版社，2013年版。

〔註12〕凌叔華：《在文學裏的兒童》，引自凌叔華著、陳學勇編撰《中華兒女——凌叔華佚作.年譜》，上海書店出版社，2008 年版，第 93 頁。

　　年齡的差距使不同的人群對同一問題產生不同的認知，形成不同的見解與處事方式。父母與兒女、大人與小孩、兄姐與弟妹因缺少必要溝通產生的心理隔閡，可以說是當時中國普遍存在的一種社會現象。《弟弟》中弟弟喜歡林先生，把他當作「好朋友」，不料林先生卻把弟弟當作打聽姐姐消息的渠道，沒有信守承諾，既沒有按時送來《水滸》的小人畫，也洩露了偷開姐姐抽屜的秘密。弟弟不懂大人的世界，只覺得心靈受到傷害；姐姐的婚事無人告知弟弟，大人冷漠的態度也令他難過不解。《鳳凰》中枝兒片刻之間把可能是騙子的陌生人當作最好的朋友，「『我不回家，我要去……』枝兒帶著哭聲要求，她拼命的掙扎，想從王升身上跳下來」，絕望的呼喊更是說明了枝兒與成年人的認知錯位。現象出現的深層原因是枝兒與家人的長期隔閡，缺少來自成年人的真正關愛，陌生人的稍許關心和耐心，立即贏得了小女孩的信任。

　　凌叔華反映的兒童與成年人的認知錯位問題，與「五四」時期文學研究會提倡的「兒童文學運動」是一脈相承的。受西方文化影響，「五四」先驅們極力呼籲人的覺醒，包括個人、婦女、兒童的發現與覺醒。胡適、魯迅、周作人、郭沫若等發表了一系列文章，討論兒童地位及對社會發展的重要性，呼籲建立以兒童為本位、重視兒童發現和兒童個體發展的觀念，大力提倡兒童文學，完全背棄了中國傳統以老為尊、以長者為本位的倫理觀。這種新型的兒童觀與教育觀，是社會思潮變化的著力點，被賦予了更多的社會意義與歷史意義，也被寄予了作家的社會與人生理想，成為一種新型的社會思想與文學觀念。據統計，當時專門的兒童文學刊物有《兒童世界》《小朋友》《兒童文學》以及《小說月報 兒童文學》《晨報副刊 兒童文學》等。受「五四」思潮與啟蒙老師周作人等人的影響，兒童文學進入了凌叔華的創作視野。與描寫兒童問題或兒童苦難的小說不同，凌叔華的兒童小說大多具有以兒童為主人公、以兒童視角為敘事線索、以成人為閱讀群體的特點。「用童心寫出一批溫厚而富有暖意的作品，正是凌叔華為京派做出的貢獻」〔註13〕。但即使是被視為「近年中國兒童文學的最理想的墊本」「跳動著的天真孩子的故事」〔註14〕的小說集《小哥兒倆》，也不可避免地描寫了兒童與成年人的視角錯位。

〔註13〕 嚴家炎：《中國現代小說流派史》，人民文學出版社，1989年版，第222頁。
〔註14〕 良友書評：《小哥兒倆》，引自凌叔華《小哥兒倆》，中國國際廣播出版社，2013年版，封面。

　　凌叔華認爲，「文藝的任務在於表現那永久的普遍的人性，時代潮流雖日異而月不同，文藝的本質，卻不能隨之變化」〔註15〕。雖然文化隔閡在特定歷史條件下不斷消除，但隔閡總還在一定程度上存在，錯位現象也長期存在。轉化錯位、彌合差異的應對策略是合理轉換，深入領會不同的文化內涵，改變自身或改變環境，增加合理因素並消除差距。從凌叔華所表現的社會與文化的錯位現象深層蘊含領略其小說的文本特色與藝術魅力，可見作者溫婉敘事風格背後對文化錯位的焦慮、對人性的深層關懷和對女性、兒童問題的永恆觀照。凌叔華的小說寫出了錯位現象，提出了文化錯位與耦合現象，發出了時代的新聲。這種發現與當時的社會整體環境有關，是凌叔華本人現代思想的萌芽，也是作者在現代環境中提出的現代性反思。

作者簡介：

曾仙樂（1983～），女，湖南人，文學碩士，廣東建設職業技術學院講師，主要從事中國現當代文學研究。

〔註15〕凌叔華：《武漢日報.發刊》，引自凌叔華著、陳學勇編撰《中華兒女——凌叔華佚作.年譜》，上海書店出版社，2008 年，第 232 頁。

第三編：民國廣東與當代廣東詩歌

梁宗岱對「象徵」中國化的獨特解讀

張仁香

（肇慶學院文學院）

摘要：

　　中國現代詩學家梁宗岱在其比較詩學的力作《象徵主義》一文中，通過對源於西方的「象徵」這一概念術語的中國化詮釋，提出「象徵」與「興」的關聯性，反對將「象徵」視爲單純的「象」與「理」的結合，認爲這不過是修辭學上的「比」，「意」自「意」，「象」自「象」，而推崇「意」與「象」所達到的渾然一體的藝術境界。梁宗岱認爲「象徵」不是興味索然的抽象觀念，而是豐富、複雜、深邃，眞實的靈境，追求象徵的靈境是梁宗岱一生的詩學理想，要達到這樣的境界，主體必須具備一種非功利，忘我，無我地與客觀物融爲一體的審美態度。這一審美態度恰是對中國古典詩學審美意象「比德」說的批判反思，目的是建立一種不同國別，不同種族，不同文化下可以匯通的世界詩學範疇，具有一種世界視野與包容的襟懷。這不僅是現代詩學家們所努力尋求的詩學目標，而且對我們今天的詩學發展具有重要的啓示作用。

關鍵詞：梁宗岱，詩學，象徵，中西匯通

一、「象徵」與「興」的關聯

　　中國現代詩學家梁宗岱（1903～1983）在其比較詩學的力作《象徵主義》一文中，對「象徵」這一概念術語有過解讀。他開篇便以摯友朱光潛在《文藝心理學》中對「象徵」概念的闡釋爲靶子：「所謂象徵就是以甲爲乙底符號，甲可以做乙底符號，大半起於類似聯想。象徵最大的用處，就是把具體的事

物來替代抽象的概念……象徵的定義可以說是：『寓理於象』……。」〔註1〕
梁宗岱認為將「象徵」視為單純的「象」與「理」的結合，這不過是修辭學
上的「比」，即最普通的擬人託物，或借草木鳥獸來影射人情世故，或把抽象
的觀念如善惡、愛憎、美醜等穿上人底衣裳，大部分只是寓言，夠不上象徵。
接下來，梁宗岱提出了「象徵」與「興」的關聯。他以劉勰《文心雕龍》對
「興」的闡釋「興者，起也；起情者依微以擬義。」來詮釋「象徵」：「象徵
底微妙，『依微以擬義』這幾個字頗能道出。當一件外物，譬如，一片自然風
景映進我們眼簾的時候，我們猛然感到它和我們當時或喜，或憂，或哀傷，
或恬適的心情相彷彿，相逼肖，相會合。我們不摹擬我們底心情而把那片自
然風景作傳達心情的符號，或者，較準確一點，把我們底心情印上那片風景
去，這就是象徵。」〔註2〕

「象徵」一詞源起於古希臘，「是希臘人用以表示木板的兩個等分，他們
分開這些木板作為友愛待客的一個誓約信物。後來象徵被用於指任何的符
號、公式，或者儀式……慢慢這個詞擴大了它的含義，最後表示任何通過形
式對思想的習慣表現，它是非肉眼所能看見的。」〔註3〕這裡，「象徵」的意
義是雙重的：「說出的與未說出的」，或「有限的與無限的」，在這個意義上，
世間一切事物都存在「象徵」。

梁宗岱在《象徵主義》中提示：「『象徵』一詞底特殊意義，到近代才形
成的」〔註4〕近代，顯然是指法國象徵主義詩學運動。這派作家群是因法國詩
人莫亞雷斯於1886年發表《象徵主義宣言》而形成一個派別的。他們是以反
叛傳統的姿態出現在詩壇上的：波德萊爾、魏爾倫、藍波、馬拉美等等，其
中馬拉美被推舉為象徵派領袖人物。馬拉美對「象徵」所下的定義最能說明
象徵派詩本質的：「與直接表現對象相反，我認為必須去暗示。對於對象的觀
照，以及由對象引起夢幻而產生的形象，這種觀照和形象——就是歌。……
指出對象無異是把詩的樂趣四去其三.詩寫出來原就是叫人一點一點地去猜
想，這就是暗示，即夢幻。這就是這種神秘性的完美的應用，象徵就是由這
種神秘性構成的：一點一點地把對象暗示出來，用以表現一種心靈狀態。反

〔註1〕《梁宗岱文集》（II）北京：中央編譯出版社，2003年，p60。
〔註2〕《梁宗岱文集》（II）北京：中央編譯出版社，2003年，p63。
〔註3〕柳揚編譯《花非花——象徵主義詩學》北京：旅遊教育出版社，1991年，p64。
〔註4〕梁宗岱《詩與真.詩與真二集》，北京：外國文學出版社，1984年，p64。

之也是一樣，先選定某一對象，通過一系列的猜測探索，從而把某種心靈狀態展示出來。」〔註5〕象徵主義所追求的「象徵」、「暗示」等表現方法，是「花非花」，是「任何花束中都不存在的花」。它強調詩歌追求超驗的藝術觀念，具有濃厚的神秘主義色彩。

因此，象徵派主張純粹的「音」與「色」，一切都是暗示出來的：「讀者通過作者精心安排的暗示、烘托、對比、渲染和聯想，感悟到其中大於花本身的含義即某種類似馬拉美說的，『任何花束中都不存在的花』。」〔註6〕象徵主義詩人作品中「具體的意象已不再是詩人心中特定的思想和感情，而是一個巨大而普遍的理想世界的象徵。」〔註7〕「意象只是指向某種神秘的形向上的理念的手段」〔註8〕，正因象徵主義對超驗性追求，又帶有個人精神神秘性，其意象晦澀含混。就像我們看哥特式教堂，它是通過直指蒼穹的尖頂以及晦暗多彩玻璃窗來暗示宗教的神秘，象徵主義詩人正是將內心的神秘，借助於不尋常的外在形式暗示出來。

正因為象徵有暗示作用，梁宗岱將西方詩學中的「象徵」做了中國化的解讀，認為它與中國古典詩學中的「興」頗近似。「興」與「象徵」的關聯何在呢？劉勰提出「興」與「隱」的關係。「隱」本身是「藏」，有令讀者猜想之意，就是暗示。比如《詩經.邶風.柏舟》：「泛彼柏舟，亦泛其流.耿耿不寐，如有隱憂。」鄭玄注說，柏舟在水中漂浮，暗示不被「仁人見用」。水泛孤舟與人之隱憂有什麼關係呢？後者是不好言說的，於是借助「興」來象徵。南宋的朱熹就將「興」與《周易》中「立象以盡意」之「象」聯繫起來「興乃起興之義。凡言興者，皆當以此例觀之。《易》以言不盡意而立象以盡意，蓋亦如此。」〔註9〕

中國現代學者聞一多在《說魚》中提出，「比」是「喻」，「興」是「隱」。「喻」是借助另一事物把不明白的說明白，「隱」是借另一事物把本可以說明白的變得微妙隱晦些。他認為「興」又相當於《易》中的「象」都具有象徵與暗示性，不過「象」的暗示有神秘性，而「興」是某種社會需要，比如《詩

〔註5〕伍蠡甫主編《西方文論選》下卷，上海：上海譯文出版社，1979 年，p262～263。
〔註6〕柳揚編譯《花非花——象徵主義詩學》，北京：旅遊教育出版社，1991 年，p2。
〔註7〕柳揚編譯《花非花——象徵主義詩學》，北京：旅遊教育出版社，1991 年，p4。
〔註8〕柳揚編譯《花非花——象徵主義詩學》，北京：旅遊教育出版社，1991 年，p5。
〔註9〕胡經之主編《中國古典美學叢編》（全三冊）上冊，北京：中華書局出版，1988 年，p285。

經》中的「國風」許多情詩，不能直言，因而起「興」。「興」有增大情趣的作用，故喜爲詩人採用。「《易》中的象與詩中的興，上文說過，本是一回事，所以後世批評家也稱詩中的興爲『興象』。西洋人所謂意象，象徵都是同類的東西，而用中國術語說來，實在都是隱。」〔註10〕

二、「象徵」不是「比」或「比附」

梁宗岱反對將「象徵」視爲「比」。

「比」即是比喻。「興」是「託物於事」，「取譬引類」，「先言他物引起所詠之詞」。「比」是表達事物形象化的手段，「興」則有「起」的意思，多用於作品的起頭，引發，感興，觸動、聯想等等，因此劉勰在《文心雕龍.比興》篇，認爲「比顯興隱」。「比」因「顯」而直白單一；「興」因「隱」而含蓄委婉。「興」也指不好直言的、微妙的情意常常「起興」，這就不止有詩學意義，還包含社會學乃至文化學意義。「比」易造成「比附」。

在中國古典詩學中，儒家文化的代表人物孔子曾提出「山水比德」說。孔子在《論語.雍也》一文中有「知者樂水，仁者樂山。知者動，仁者靜。知者樂，仁者壽。」〔註11〕的說法。孔子這裡是以山水之性情來比喻智者與仁者之品性，用南宋朱熹的話來解讀：「知者達於事理而周流無滯，有似於水，故樂水；仁者安於義理而厚重不遷，有似於山，故樂山。」〔註12〕這種「山水比德」本來是將「士人君子」的某種品性借助於自然山水得以形象化、具體化，使之對君子人格有了具體的感知，這與其是賞鑒自然美不如說是賞鑒君子的「人格美」，或者也可以說在賞鑒「人格美」的同時自然美也昭然若揭。

但是後人在此基礎上越加對自然現象一種簡單的比附，比如西漢哲學家董仲舒對「知者樂水，仁者樂山」的觀點加以發揮，將水的種種屬性與人的性情聯繫起來：「水則源泉混混沄沄，晝夜不竭，既似力者；盈科後行，既似持平者；循微赴下，不遺小問，既似察者；循溪谷不迷，或奏萬里而必至，既似知者；鄣防山而能清淨，既似知命者；不清而入，潔清而出，既似善化者；赴千仞之壑，入而不疑，既似勇者；物皆因於火，而水獨勝之，既似武

〔註10〕《聞一多全集》（一）北京：三聯書店出版，1948年上海開明書店版重印，p118～119。

〔註11〕于民　孫通海選注《先秦兩漢美學名言名篇選讀》北京：中華書局，1987年，p42。

〔註12〕朱熹《四書章句集注》北京：中華書局1983年，p90。

者；咸得之而生，失之而死，既似有德者。」〔註13〕這裡不過是描述了山澗水的流程，作者用了「力」、「持平」、「察」、「知」、「知命」、「善化」、「勇」、「武」、「德」等人性化的詞語比附於水的屬性，因此使人對自然美的感受得以強化，人的性情也因自然的物象變得生動起來；但是比附之牽強是不言而喻的。這種比附在中國古典詩學的意象表現中已成定式。比如屈原的《橘頌》正是將「士人」高潔人格的抽象品性和德行附加在橘樹上面；還有陸游詞中的「落梅」，周敦頤文中的「出污泥而不染，濯清漣而不妖」的「荷花」，鄭板橋筆下的「瘦竹」等等，其結果豐富多變的意象世界變得單調而乏味，其含義是有限而易盡的。這種「意」自「意」，「象」自「象」演變到後來，在獨特的政治語境中，將某種抽象觀念強加於形象導致文學本體價值之缺失，成為某種觀念的符號。

梁宗岱反對強加於詩文中的抽象觀念。為此，他還以歌德的《浮士德》為例提出，欲想在《浮士德》中尋找出一條能夠貫穿始終的觀念，怕是徒勞的。歌德認為「作為詩人，我對盡力表達某種抽象的東西並不是很感興趣。我在內心接受一些印象，而這些印象須是激發美感的、生動活潑的、可愛迷人的、豐富多彩的、百倍親切的——正如活躍的想像力所呈現的那樣。作為詩人，我所要做的事不過是用藝術方式完善和闡明這些觀點和印象，然後用生動的描寫把它們提供給聽眾或讀者，使他們接受的印象和我自己原先所接受的相同。」〔註14〕歌德隨即說「我更傾向於認為，一部詩作越是莫測高深，越是不易理解，也就越好。」〔註15〕梁宗岱列舉了世界文學中的人物：唐璜、哈姆雷特、浮士德等，認為偉大的作品「實在因為它們包含作者偉大的靈魂種種內在的印象，因而在我們心靈裏激起無數的回聲和漣漪，使我們每次開卷的時候，幾乎等於走進一個不曾相識的簇新的世界。」〔註16〕

可見，在梁宗岱的象徵世界裏，「象徵」決非單純的抽象觀念，也決非單純的形象觀照，而是深邃的人性、精神品性與想像、理解、感覺、情感因素借助於外在的聲、色、形等表現出來，並且做到二者混溶一體。

〔註13〕董仲舒《春秋繁露.山川頌》北京：中華書局，1992年。
〔註14〕（德）歌德《歌德談話錄》全譯本，愛克曼輯錄 吳象嬰 潘岳 肖芸譯，上海：上海社會科學院出版社。2001年，p289。
〔註15〕（德）歌德《歌德談話錄》全譯本，愛克曼輯錄 吳象嬰 潘岳 肖芸譯，上海：上海社會科學院出版社。2001年，p289。
〔註16〕《梁宗岱文集》（Ⅱ）北京：中央編譯出版社，2003年，p67～68。

三、「象徵的靈境」——中西詩學的匯通

儘管「象徵」與「興」都有「隱」的共同特徵，它們還是兩種不同的詩學概念，象徵與「象徵域的本體」有極大關聯；「興」具有「能指的延宕性」〔註17〕。象徵主義追求超驗性與強調「依微擬義」自然情感層面的「興」仍然是相異的。

梁宗岱將兩種不同觀念，不同美學、文化背景下的詩學範疇置於同一平臺，互識、互比，互證以及互通的目的是什麼？

1935年，穆木天發表一篇文章《什麼是象徵主義》，全文無疑在向中國讀者介紹那個 19 世紀末以法國為中心，後彌漫到歐洲諸國的象徵主義文藝運動，把象徵主義視為惡魔主義、頹廢主義、唯美主義的合體。穆木天是以東方國家的民族情感與文化情結來審視西方的象徵主義，視域相對受到限制。

在這之前一年，梁宗岱發表了《象徵主義》一文，他以歌德《神秘的和歌》作為引領，開宗明義地提出「這所謂象徵主義，在無論任何國度，任何時代底文藝活動和表現裏，都是一個不可缺乏的普遍和重要的原素罷了。這原素是那麼重要和普遍，我可以毫不過分地說，一切最上乘的文藝品，無論是一首小詩或高聳入雲的殿宇，都是象徵到一個極高的程度的。」〔註18〕作者消除了國家、民族及地域的偏見與局限，將「象徵主義」置於現代詩學的前沿，尋求不同國別，不同種族，不同文化下可以匯通的世界詩學範疇，因而，梁宗岱的《象徵主義》比起穆木天來就有了一種世界視野與包容的襟懷。這正應該是現代詩學家們所努力尋求的詩學目標。

梁宗岱在中國古代詩學中尋覓「象徵」的因素。他排除了幾種「非象徵」的定義：象徵不是簡單的「比」，不是「意自意」，「象自象」的寓言，而是「情景交融，物我融一」的境界。他以謝靈運「池塘生春草，園柳變鳴禽」與陶淵明「採菊東籬下，悠然見南山」的詩句詳加說明，認為謝靈運的詩「細細地玩味，也不過是兩個極精工的隱喻。作者寫這兩句詩時，也許深深受了這和麗的光景底感動，但他始終不忘記他是一個旁觀者或欣賞者。」〔註19〕而陶淵明呢「詩人採菊時豁達閒適的襟懷，和晚色裏雍穆邈遠的南山已在那猝然邂逅的剎那間聯成一片，分不出那裡是淵明，那裡是南山。南山與淵明間

〔註17〕吳曉東《象徵主義與中國現代文學》合肥：安徽教育出版社，2000 年，p58。
〔註18〕梁宗岱《詩與真.詩與真二集》北京：外國文學出版社，1984 年，p63。
〔註19〕梁宗岱《詩與真.詩與真二集》北京：外國文學出版社，1984 年，p68～69。

微妙的關係，決不是我們底理智捉摸得出來的，所謂『一片化機，天眞自具，既無名象，不落言詮』。」〔註20〕梁宗岱的象徵主義眞正回歸到了故鄉那個「芳草鮮美，落英繽紛」的桃園。由此，梁宗岱得出了象徵的兩個特性：一是融洽或無間，二是含蓄或無限。換句話說，所謂象徵就是藉有形寓無形，藉有限表無限，藉刹那抓住永恆。象徵不是興味索然的抽象觀念，而是豐富、複雜、深邃，眞實的靈境。

梁宗岱對「象徵」的中國化獨特解讀，正是借助於「另一個異質的文學傳統的參照，民族自身所獨具的文學特徵才可能清晰地呈現出來。異質的文學背景在一定程度上激活了對自身文學傳統的重新觀照和體認。」〔註21〕

正是如此。梁宗岱在世界詩學背景下審視中國傳統詩學觀念，同時也用中國詩學視角來看待西方詩學，他各有取，也各有捨。

對待中國傳統詩學，他將「象徵」與「意境」聯繫起來，把王國維講的「無我之境」納入世界詩學視野之中，捨棄了「有我觀物」的旁觀者態度，強調非功利，忘我，無我地與客觀物融爲一體的審美態度。這與他在四十年代寫下的《非古復古與科學精神》觀點是一致的，也是他爲什麼不滿意朱光潛爲「象徵」所下的定義，爲什麼推崇屈原的《山鬼》而不是《橘頌》，因爲後者意自意，象自象，它的含義是有限而易盡的，唯其有限而易盡限制了我們的想像。

對待西方詩學，尤其是法國現代象徵主義詩學，梁宗岱是追隨的、仰望的，對象徵主義那種「純粹」的爲詩態度，對藝術形式的音樂般感覺以及西方詩人那種「獨具匠心」的藝術創造，對理想藝術達到的精神高度都是極爲推崇的。梁宗岱主要受法國後期象徵派詩人瓦雷里的影響，醉心詩的古典形式美以及對現實中人心靈感受的表達，因此，他對象徵主義的神秘性以及晦澀是有所捨棄的。

在這個意義上來說，梁宗岱的「象徵」概念，是中西匯通的，在互相參照中，建構具有獨特個性的象徵主義詩學概念，爲中國現代白話新詩指出了一條「通途」。

梁宗岱將「象徵」與「興」的融通，受到我國現代早期詩人周作人的影響。周作人在1926年爲劉半農的詩集《揚鞭集》寫的「序」，曾談到「象徵」：

〔註20〕梁宗岱《詩與眞.詩與眞二集》北京：外國文學出版社，1984年，p68～69。
〔註21〕吳曉東《象徵主義與中國現代文學》合肥：安徽教育出版社，2000年，p59。

「新詩的手法，我不很佩服白描，也不喜歡嘮叨的敘事，不必說嘮叨的說理，我只認抒情是詩的本分，而寫法則覺得所謂『興』最有意思，用新名詞來講或可以說是象徵。……象徵是詩的最新的寫法，但也是最舊，在中國古已有之。」〔註22〕周作人之所以強調「興」或「象徵」，緣在白話新詩「像是一個玻璃球，晶瑩剔透的太厲害了，沒有一點兒朦朧，因此也似乎少了一種餘香與回味。」〔註23〕梁宗岱討論「象徵」與「興」的關係，似乎游離新詩語境，實際上，正是對新詩弊端的闡發。周作人反對新詩寫景、敘事、說理，梁宗岱主張的「純詩」也要「摒除一切客觀的寫景，敘事，說理以至感傷的情調，……」〔註24〕在這裡，我們能夠感覺到，梁宗岱試圖將中國古典詩學範疇與西方現代象徵主義匯通的努力以及良苦用心。梁宗岱將「象徵」與「興」的關聯，正是為他倡導的「純詩」理論主張。這種「純詩」是中國式的，不是法國的，是要適應中國詩歌的審美欣賞習慣的。因此，他一步步將「象徵」與中國詩學範疇接近。梁宗岱最終追求一種最高的詩學理想——象徵的靈境。

梁宗岱用詩一般的語言描述了「象徵的靈境」。達到這「靈境」的「象徵之道」是什麼？曰波德萊爾的「契合」。也是勃萊克所說「一顆沙裏看出一個世界，一朵野花裏一個天堂，把無限放在你底手掌上，永恆在一刹那裡收藏。」梁宗岱認為，象徵的靈境，不同於一般的聯想與想像的心理過程，而是一種精神狀態，其特徵應該為物我兩忘的精神境界：「我們開始放棄了動作，放棄了認識，而漸漸沉入一種恍惚非意識，近於空虛的境界，在那裡我們底心靈是這般寧靜，連我們自身底存在也不自覺了。可是，看啊，恰如春花落盡瓣瓣的紅英才能結成累累的果實，我們正因為這放棄而獲得更大的生命，因為忘記了自我底存在而獲得了更真實的存在。老子底『將欲取之，必先與之』，引用到這上面是再確當不過的。因為，在這難得的真寂傾間，再沒有什麼阻礙或擾亂我們和世界底密切的，雖然是隱潛的息息溝通了：一種超越了靈與肉，夢與醒，生與死，過去與未來的同情韻律在中間充沛流動著。我們內在的真與外界底真協調了，混合了。我們消失，但是與萬化冥合了。」〔註25〕

〔註22〕周作人《〈揚鞭集〉序》《周作人散文》第二集，張明高、范橋編，北京：中國廣播電視出版社，1992年，p263。

〔註23〕周作人《〈揚鞭集〉序》《周作人散文》第二集，張明高、范橋編，北京：中國廣播電視出版社，1992年，p264。

〔註24〕梁宗岱《詩與真.詩與真二集》，北京：外國文學出版社，1984年，p95。

〔註25〕《梁宗岱文集.評論卷》北京：中央編譯出版社，2003年，p72～73。

「從那刻起，世界和我們中間的帷幕永遠揭開了。如歸故鄉一樣，我們恢復了宇宙底普遍完整的景象，或者可以說，回到宇宙底親切的眼前或懷裏，並且不僅是醉與夢中閃電似的邂逅，而是隨時隨地意識地體驗到的現實了。正如我們不能化一幅完全脫離了遠景或背景的肖像，爲的是四圍底空氣和光線也是構成我們底面貌和肢體的重要成分：同樣，我們發見我們底情感和情感底初茁與長成，開放與凋謝，隱潛與顯露，一句話說罷，我們底最隱秘和最深沉的靈境都是與時節，景色和氣候很密切地互相纏結的。一線陽光，一片飛花，空氣底最輕微的動盪，和我們眼前無量數的重大或幽微的事物與現象，無不時時刻刻在影響我們底精神生活，及提醒我們和宇宙底關係，使我們確認我們只是大自然底交響樂裏的一個音波：離，它要完全失掉它存在的理由：合，它將不獨恢復一己底意義，並且兼有那磅礴星辰的妙樂的。……」
〔註26〕

在梁宗岱所描述的「象徵的靈境」裏，我們分明感到了梁宗岱捨棄了象徵主義的「超驗」性，回歸到了中國老莊的道家哲學，將「契合」與「道」匯合融通。在老莊哲學中，自然之道與人心之道欲融合爲一，不是人的認知與外物矛盾的克服，不是提升人的認知能力問題，而是心性對外物，對自我的克服。克服的手段是「順應本心，率性而爲」，「物物而又不物於物」就是這一觀念的表述。對自然物來說，不違背其本性，不爲其功利目的所牽絆；對人自身而言，對一切生、老、病、死之規律，順其自然，對一切身外功名利祿看淡，不刻意尋求，保持一種自由的心境與寧靜的心態，不爲外物所勞苦，要達到最高境界必要做到「墮肢體，黜聰明，離行去知，同於大道。」〔註27〕有得此種境界之人，謂之「眞人」，唯其「眞人」才能得道，與「大道」相通。

從這篇《象徵主義》文章裏，我們會發現，梁宗岱遊走在中西詩學美學與哲學之間，嘗試中西詩學匯通的努力。在這種努力中他秉持一種文化觀照的相對主義態度，具有世界視野與開放的襟懷。梁宗岱並非以知性來詮釋詩學概念範疇，而是情感的、賦予生命地描述，並將整個心靈傾情投入。梁宗岱所追求宇宙和諧的「象徵境界」，寓於象徵主義詩學以極大的浪漫主義精神因素，彌補了中國現代詩學理論的表面化、平面化，使之具有了內在的精神

〔註26〕《梁宗岱文集.評論卷》北京：中央編譯出版社，2003 年，p74～75。
〔註27〕《莊子淺注》曹礎基著，北京：中華書局出版，1982 年，p109。

氣質與深度的哲學蘊含。梁實秋強調詩要「明白清楚」，用李長之的話講，就是浮泛化而缺少深度，因此，李長之是繼梁宗岱之後又一個主張發揚中國詩學精神，尤其是民族傳統的文化精神的詩學家，與梁宗岱詩學理論遙相呼應。

作者簡介：

張仁香（1961～），女，遼寧鳳城人，肇慶學院文學院教授，文藝學博士，主要從事文藝美學、比較詩學等研究。

被壓制者的敘事：從底層視角看當代女性詩歌的「軟性抵抗」寫作

何光順

（廣東外語外貿大學外國文學文化研究中心、中文學院）

摘要：

　　從存在／生存與歷史／時間的雙重視域考察當代中國女性詩歌寫作實踐，將有助於發現女性詩歌的底層敘事特徵，也即作爲被壓制者敘事的女性詩歌的軟性抵抗方式，這主要表現在三個方面：一是申訴女性苦難，體現著當代女性詩歌的政治自覺，可以鄭小瓊的《女工記》爲代表；二是重建文化故鄉，體現著反男權政治的新女性敘事，可以安琪、馬莉、王小妮爲代表；三是發現內在自我，體現著當代女性詩歌寫作的小女人向度，可以陳會玲、鍾雪、馬思思等爲代表。第三個維度所說的小女人，並不完全是傳統意義的小，它也有融合超越性別的大，其部分寫作的哲理性指向也顯示出女性寫作的深度拓展，而這也可與第一維度的政治性思考、第二維度的文化論反思形成共鳴。

關鍵詞：當代女性詩歌；底層視角；政治自覺；新女性敘事；小女人向度

　　我們有必要從存在視域和歷史視域來關注當代女性問題。存在視域是生存論的，是女性從此在生活出發對於自我命運的關注和寫作。歷史視域是時間性的，是女性的歷史命運在當代詩歌中的重構和發展。從存在／生存、歷史／時間視域來看，女性必然與男性構成二元結構關係，而壓制—反抗、主體—客體、理性—感性、存在—身體、精神—欲望等二元對子就成爲這種結構關係的表現形態，其中，女性居於被壓制被貶斥的後者，男性居於支配關係的前者。二元結構的不對稱性及其體制構造形成了人類文明史的主軸，成爲人類歷史最幽暗和深邃的文本，它並不是女權主義者所理解的由「一個無

可質疑、先驗的『陽性』世界或自我」〔註1〕決定的，而是兩性結構的對稱和平衡被打破後才形成的。人的解放實際就呈現爲對這種非對稱兩性二元結構的突破和超越，就在於裸露其中仍舊存在的壓迫性權力關係和掠奪關係。從反抗宰制性兩性權力結構出發，當代女性的寫作，就天然具備了底層敘事的視角，就是以非暴力的文學書寫來解構陽性特質和陰性特質之間致命的二元對立〔註2〕，以抗訴男性權力及其意識形態，而這就是我所說的軟性抵抗寫作。爲論述方便，我將從作爲被壓制者的底層視角出發探討中國女性詩歌的軟性抵抗寫作及其表現形式。

一、申訴女性苦難：當代女性詩歌的政治自覺

《人民文學》在 2010 年第 2 期到第 5 期開設「非虛構」欄目，先後發表以王小妮《上課記》、鄭小瓊《女工記》等爲代表的由女性作家創作的非虛構文本，這些文本注重將個人經驗與社會熱點問題結合以勾勒震撼人心的「中國之景」，通過「有意味的細節」將個人經驗轉化爲集體經驗以使之具有「公共意象」，注重將文本的性別敘事特點與女性知識分子立場和情懷結合。〔註3〕這種非虛構寫作具有明確的性別敘事自覺和外向型政治自覺特徵，注重將個人經驗轉化爲公共經驗，注重讓「我」成爲大地和活生生的現實的一部分。〔註4〕在面向現實中，鄭小瓊等優秀女詩人對於底層女性苦難的申訴，主要表現爲以下兩個方面：

首先，書寫兩性二元結構關係中底層女性所遭受的經濟掠奪與不幸處境，描繪底層女性苦難的整體圖像，確立女詩人從良知和人性出發的見證者身份，具有維護女性自我權利的政治自覺，注重喚醒社會各階層關注底層女性命運。在鄭小瓊作品中，壓迫著女性的不僅僅是用來對付女性的男性個體，而是呈現爲男權力量的巨大無聲的工業機器和政治文化形態，如《女工記》就著重描畫女工的整體圖像，不僅寫出了如延容、姚林、竹青、田建英、揚

〔註 1〕 托莉・莫（Toril Moi）：《性／文本政治：女性主義文學理論》，王奕婷 譯，臺灣：巨流圖書公司 2005 年版，第 13～15 頁。

〔註 2〕 托莉・莫（Toril Moi）：《性／文本政治：女性主義文學理論》，王奕婷 譯，臺灣：巨流圖書公司 2005 年版，第 13～15 頁。

〔註 3〕 張莉：《非虛構寫作：一種新的女性敘事範式的生成》，《南方文壇》2012 年第 9 期。

〔註 4〕 張莉：《非虛構寫作：一種新的女性敘事範式的生成》，《南方文壇》2012 年第 9 期。

紅、周紅等具體的女工，也寫出了那些自己不知道名字或不便說出名字的中年妓女、年輕妓女、乞討的母親、二十七歲的女工等。鄭小瓊寫跪著的女工、青春被固定在卡座上的女工，這都展示了作為整體的女性向著那與其對立著的男權政治體制的屈服。

在《跪著的討薪者》中，鄭小瓊寫：「她們沉默地看著／跪著的四個女工被拖到遠方 她們眼神裏／沒有悲傷 沒有喜悅⋯⋯／她們面無表情地走進廠房」，跪著的女工以卑微的姿態向男性政治權力體制和資本經濟跪求，這是一種低烈度的軟性抗爭與不願屈服的體現，跪著的是身體，但精神卻有向上的倔強，這惹惱了男權政治文化及其精神權威，四個將女工拖走的保安就是男權政治體制及其暴力象徵。至於那些旁觀的女工，她們既清醒了這種男權暴力政治的無法反抗，卻又甘願讓自己陷入麻木狀態，她們失去了反抗不平等制度的勇氣與能力，從精神上接受了自己被壓榨和被摧殘的不幸處境和無法反抗的事實。鄭小瓊，作為她們中的一員，用自己筆去寫作和傾訴，這已經不是知識分子式的外在同情，而是她身處其中的自我救贖的方式，「她們深深的不幸讓我悲傷或者沮喪」，這悲傷或沮喪雖然也是否定性的情緒，但卻終於讓詩人自己保持了言說和傾訴的能力。

正是在這種不願麻木和仍舊堅持抗訴中，鄭小瓊寫到了部分女性屈從兩性二元結構所製造的權力不對稱關係並甘為其幫兇的自我精神奴隸化的過程。如她寫自己去曾經的女工友的辦公室，看見了這位女工友對下屬居高臨下的鄙夷和不屑：「唉，沒有辦法，我也不想這樣，但是她們笨死了。這些打工仔⋯⋯」，「當她說著這些，在那一刻，我覺得我們有著清晰而巨大的差別，⋯⋯此時，我們站在兩個不同的立場之上。」當部分女工以主宰者姿態奴役其他女工時，她們仍不過是這種宰制性權力結構的奴隸。一種深刻的主奴辯證法支配著這種關係的轉換，主人—奴隸的二元不對稱結構關係，無法為女性帶來真正的解放。鄭小瓊的寫作深度展現了人性在這種二元對立的壓制—被壓制關係中的扭曲與變異，她讓自己避免了麻木和安於現狀的看客身份，以始終保持著從底層出發的抗訴者的使命感和責任感，寫出屬於自己也屬於這個群體的集體記憶。因此，小瓊的外在身份雖不斷變化，卻不曾阻止和中斷她為底層女性言說也實際是為曾經的自己言說的見證者的身份。如鄭小瓊《流水線》對於流動的人與流動的產品的流水線式地書寫，就展現著兩性二元權力政治結構對於女性的全面掠奪，就在疼痛的、帶血的呼告中，向

我們揭示出文學的見證功能，揭示出詩歌的政治學和倫理學的雙重維度，讓被遮蔽的裸露出來。

其次，鄭小瓊對於女工的寫作，並不是空泛的同情，而是將女工放入了她的身份角色和社會關係中來展開思考，就不是對於男性政治權力的抽象反抗，而是對於具體生活中的男人們的愛和恨，是她們從作為妻子、母親、女兒的特定女性身份出發的人性中的樸實感情。正如張莉所指出的，《女工記》作為公共領域的熱點文本，是女性寫作的一次僭越，是女性敘事有意與公共議題之間尋找結合點的書寫實驗。鄭小瓊把這些苦難的女性看作「我故鄉的親人」，她要為這些小人物立一個小傳，「我覺得自己要從人群中把這些女工淘出來，把她們變成一個個具體的人，她們是一個個女兒、母親、妻子……她們的柴米油鹽、喜樂哀傷、悲歡離合……她們是獨立的個體，她們有著一個個具體名字，來自哪裏，做過些什麼，從人群中找出她們或自己。」〔註5〕她們對那些剝削者和壓榨者予以嘲弄和諷刺，這種寫作打破了「上班是流水線，下班是集體宿舍」的女工們的固化生活，讓她們拒絕成為沉默的零件。鄭小瓊還寫到了城中村出租屋和髮廊裏出賣身體的妓女重新開始以某種具有平等的主體角色來打量這個男權世界，如《中年妓女》《小青》等就借助作為妓女的女性們獨特的「看視」和「言說」跨越了「家事」與「國事」、「私人領域」與「公共領域」的鴻溝。這個妓女主題在另一位女詩人譚暢《隱密的天之河》《東莞啟示錄》中同樣得到呼應。兩位女詩人都寫到了現代女性所遭受到的身體和靈魂的劫掠。這種對於現代女工中的特殊群體妓女生活的寫作是不同於中國古典文學中的青樓女子題材的寫作的。在古典時代，女性賣身的場所是青樓，是男權時代的士人才子柔軟情感的歸宿地和詩意保存地，青樓女子的社會關係和情感複雜性都並不能得到充分呈現。然而，當代女詩人卻第一次以女性視角進入淪為妓女的女性寫作，這是一種真正的現代性寫作，青樓神話被去魅，詩意被消解，而在仍舊屬於支配性的兩性權力政治結構中，這裡只有赤裸裸的交易，只有政治權力、資本權力對於女性的肆意掠奪。

以鄭小瓊、譚暢為代表的女性詩人對於城中村和髮廊妓女的寫作，可以說是對古典時代女性被物化和女性靈魂被遮蔽的拯救。因此，她們所寫的妓女不再是男性敘述者筆下被美化的客體，而是成為獨立發聲的逼近生活真實

〔註5〕鄭小瓊：《女工記》，廣州：花城出版社2012年版。

的主角。古典文人筆下的青樓女子總是美的，是讓男人眷戀的，她們或許並不專情，卻也是可憐可愛，是男人的知音，她們的落難也與失意文人的坎坷命運共鳴。文人們寫青樓女子，實際是爲著書寫自己。當代女詩人對於妓女的書寫則完全不同，她們不再將妓女當作投射男性命運的鏡象，不再從古典男性文人壟斷女性色藝資源的角度來進行物化觀照，而是更多角度展示女性所遭受的身體和靈魂的雙重掠奪。女詩人們讓妓女作爲詩篇的主角獨立聲音，眞誠裸露出這些被掠奪女性的無詩意的物化存在，展現出這些妓女艱辛討生活的存在維度，具有著人間煙火氣息。如鄭小瓊寫城中村的妓女：「她們談論她們的皮肉生意與客人／三十塊　二十塊　偶而會有一個客人／給五十塊」（《中年妓女》），這些妓女並不高尚，她們看似毫無廉恥地談論著皮肉生意和那些給她們幾十塊錢的客人，她們也無甚姿色，但仍舊有著愛和恨，有著獨屬於自己而無法與嫖客們交流的精神世界：「她們談論手中毛衣的／花紋與顏色　她們幫遠在四川的／父母織幾件　或者將織好的寄往／遙遠的兒子　她們動作麻利」（《中年妓女》）。這些城中村妓女的生存，就不再是個體的不幸見證，而是時代的歷史見證。

可見，鄭小瓊、譚暢等女詩人的底層女性寫作就引入了精神的實踐性和具體性維度，底層女性作爲平等主體得以出場、言說，她們的社會身份被發現，人性存在和個體生存的現實化與歷史化維度被展開，而這也就是我所強調的詩歌精神的道成肉身。這種歷史性維度的帶出，讓鄭小瓊等女詩人的寫作開啓了對於一個國家和民族的深層性的制度思考和倫理思考，在這些妓女被物化的角色中，還有著「一顆母親的心」，「妻子的心」，以及「女兒的心」，有著「在黑暗中歎息」，「掩上門後無奈的歎息」，這些歎息裏有著時代和歷史的辛酸圖景，「中年妓女的眼神有如這個國家的面孔／如此模糊　令人集體費解」，這裡的「國家的面孔」頗具深意，它某種程度上就是作爲兩性二元權力結構的含糊喻指，是仍舊借助著法律、制度、文化和經濟力量主宰著女性的強大力量。可見，鄭小瓊等女詩人關於底層女性寫作所帶來的諸多重大變化就體現在女詩人成爲敘述者，妓女成爲詩篇主角，而那些看起來主宰她們命運的男人不過是「客人」，是她們要釣的「魚」。古典男性作者的抒情性想像就在當代女詩人筆下被嘲諷和解構。妓女們成爲觀看者、裁判者，「她們坐在門口」，「打量來去匆匆的男人」，她們的生活不再有詩意，一切都淪爲物質的存在。然而，這卻不是她們本身的錯誤，而是時代讓這些中年妓女和青年姑

娘變成了機器和某種勞動的環節。正是這種消解古典唯美藝術而直接呈現出肉身與靈魂傷痛的寫作為女性也實際是人性的解救提供了可能。

二、重建文化故鄉：反對男權政治的新女性敘事

對於女詩人而言，一種深層的歷史焦慮來自於人類文明史中男權／父權話語的壓制，而這也構成其基本的存在視域和歷史視域。在兩性二元權力政治構造的歷史記憶中，作為被壓制的女性生命意識常常被忽略。在男權／父權話語下，一種殘酷無情的性別歧視形成了對於女性潛力的壓迫，女性常常被視作直覺、本能、感官的自然存在，她們相對於男人的理性和邏輯而言，是低一個層次的，是被認為只適合承擔家庭角色，她們的話語被認為不適合進入男人理性和道德力量主宰的公共話語空間。而當代女詩人以安琪、馬莉、王小妮、譚暢、曉音、王瑛為代表的寫作，卻表達了一種對於男權壓制性公共話語的反抗，她們既不乏理性的深思，卻又重新發現「直覺」和「本能」，強調「私人話語」「女性主義」「大女人話語」的價值。她們雖然缺少投身社會政治運動的共同體聯盟，但在個體化的女性意識和主體意識表達上，卻形成了獨特的話語敘述方式。

安琪可謂反對男權政治的女性詩歌寫作的重要代表。安琪的《父母國》就是當代女性自我命名的文化鄉愁敘事的樣本。安琪從當代女性感知生存的宏大歷史視域出發，質疑古典時代父權男權和鄉邦故國捆綁的牢固傳統，拆解男權政治意識形態籠罩的文學鄉愁和家國敘事，重述現代女性生存的新的鄉愁和家國情感。在重新命名文化鄉愁中，一種樸實單純的本質得到呼喚，人回到了自身，男／女和陰／陽的二元對峙被打破。這種文化鄉愁的重述與一種「極具現代性碎裂感的時間維度」〔註6〕所帶來的生存體驗具有著密切關係。這也就是安琪《像杜拉斯一樣生活》所寫到的從快到慢的新女性的感覺的回歸。在大工業和網絡新媒體極度擠壓中，現代女性既嚮往擺脫傳統男權以跟隨時代奔跑但又因高頻率快節奏生活帶來一種疲憊感和絕望感，「快」就成為貫穿其中的令人窒息的時代主題，是女性反男性凝視中的生存焦慮的寫照和渴望自由奔跑又不堪重負的象徵；而「慢」則是其容易被忽略的隱蔽主題，整首詩篇先寫現代女性不得不「快」，但在結尾處卻戛然而止，在精力耗盡和無法承受中，回歸到「慢」。在這裡，「快」實際是男性權力主宰女人的

〔註 6〕何光順：《媒介融合中「70 後」詩人的歷史焦慮》，《中國文藝評論》2017 年第 10 期。

另一種方式，當代女權主義者足以自傲的性別解放不過是工業資本追逐利潤的結果，人被視爲勞動力，女性看似主動卻實際被迫捲入這個她們嚮往已久的曾經由男性勞動主宰的社會空間，並將其視爲女性解放的結果，但在投入工業生產和社會生產中，她們發現這仍不過是宰制性父權／男權力量的再一次掠奪。安琪雖然極力提倡女性主義，但她或許並沒有充分認識到這種將女性完全帶入社會生產也同樣是父權／男權經濟和意識形態力量運作的結果。但作爲詩人的敏感，安琪卻體認到女性或自己要追趕「快」的不可能，在所有人都看到「快」的時代主題時，那些用頭腦思考的女性，卻當讓自己「慢」下來，去承認生命的「小」和女性的「弱」，不要去追趕那被視作女強人榜樣的杜拉斯，不要舉起性別對抗的旗幟，讓女人成爲女人，男人成爲男人，那麼，人就獲得了完整。無疑，這裡有著女性對於理性和資本算計生活的反省，有著對於無法承受現代節奏的生命本能和感覺的回歸。

在注重個體經驗和生命本能的當代女詩人中，馬莉具有著和安琪完全不同的典型性，那就是在馬莉的書寫中，她從來不去提倡女性主義或某種關於權力的說辭，她只讓寫作跟隨自己的存在體驗與歷史感知來運行。而這種存在體驗與歷史感知，卻因爲其本於女性的自我生命意識，而自然地摒棄了男權／父權話語施加的壓制，並從而體現出強烈的女性主體意識，我們可以這首《保留著對世界最初的直覺》爲例：

> 坐下來吧，我給你講一個故事
> 人類尋找光的故事
> 從前，光跳躍在影子的上空
> 窺視著人類的行走，那時候
> 空氣迷戀流水，從周圍溢湧而出
> 那時候光已死去多年，大地逃離陰影
> 你出現了，滿天銳利的光，受傷的光
> 指上站立的光，擊痛了風景
> 門敞開了，我的手伸向翅膀，握住了光
> 一束明亮的祈求，那是最後一夜
> 我離開了你，朝著故事的結局走去
> 沉入幽暗的光中，看見你坐在樹下
> 目光平靜，保留著對世界最初的直覺
> 和一生都無法剔除的隱痛

　　馬莉的這首詩，同樣可以看作女性對於文化鄉愁的重新命名，是女性訴諸直覺向著源初靈性生活的回歸。西方美學家克羅齊認為，藝術的內核在於直覺〔註7〕，但問題在於，美學家多從理論上去論證直覺，而詩人和藝術家則直接從藝術本身去體驗自覺。馬莉就是當代中國詩畫合一的重要藝術家，她不以理論而是以創作展示女性的直覺體驗，並藉此反抗和超越兩性二元政治權力結構的不均衡關係。因此，在這裡，「保留著對世界最初的直覺」，就不單是一個題目，而是宣告了女詩人最強烈的女性意識覺醒，她意識到，在數千年的男權話語中，女性被視作不擅長理性而只憑直覺行事的非主體存在，這種男權話語的錯誤實際是對於生命直覺的最殘酷掠奪。女詩人鮮明地打出「直覺」的旗幟，就是要打破「理性」敘事的神話，重建以生命直覺為基礎的文化故鄉。因此，整首詩也圍繞著這樣一個關於「女性」和「直覺」的故事來敘述。敘述者「我」是一個女人，我要講一個「尋找光的故事」，講這個故事的目的是要召喚讀者回到「直覺」，全詩的關鍵詞就是「直覺」和「光」，二者內在相通，全詩的核心關係是「我」和「你」，當你≠我，生命是分離的，這也就是男性和女性分離，是理性和感性分離，是直覺喪失，光受傷；當我＝你，生命是合一的，男性和女性的對立消失，直覺保留，隱痛內在於我和你。女詩人的寫作躍過了漫長的男權歷史，將世人喚回生命植基於原初感覺和真切體驗的文化故鄉。這文化故鄉是一個相對於破碎的現代世界的鄉愁神話，它的敘述和重建，為當代中國女性贏得了具有歷史深度的存在視域。

　　馬莉的另一首詩《女人寫詩象生孩子》同樣是女性重建文化故鄉的回歸，是對生命原鄉的命名和召喚，是女性直覺體驗的象徵表達。正如題目所顯示的，女人生孩子讓女人成為母親，這是自然的勞動，女人寫詩讓女人成為詩人，是精神的勞動。當作為男人的「你」沉醉於嚴肅的經文和神學主題，神性的鳥從作為男人的神學家額頭起飛，光芒閃爍，而作為女人的「我」，卻在「尋找胸衣的子母扣」，子母扣丟了，「一整天鬆鬆垮垮毫無邏輯」，尋找胸衣子母扣就成為女詩人的生活重心，它甚至涉及到宇宙和命運等宏大主題，最後，胸衣的子母扣找到了，女詩人誇張地寫道：「我立刻捉住它，終於找回了宇宙的秩序」。在這裡，「尋找胸衣的子母扣」，無疑構成了一個強烈的隱喻，它象徵著女人尋找和確認自己的命運，不需要依附於男人，無論是「找到」

〔註7〕夏中義：《重讀克羅齊——從〈美學原理〉到〈美學綱要〉》，華中師範大學學報（社會科學版）2008年第6期。

還是「找不到」都得依靠女人自己。詩人將尋找胸衣的子母扣比喻爲找回宇宙秩序，就是女性重建文化故鄉的誇張表達和女性生存的詩意見證，它突破了女權主義者將兩性同質化的教條主義弊端。馬莉的這兩首詩就從源初直覺和當下生活的兩個維度重建了女性的文化鄉邦，它並不抽空現實和歷史，不遮蔽兩性從存在與時間視域出發的生存差異，而這卻成爲眞正反男權政治的新女性敘事。

如果說在直覺＝光＝故鄉的敘述中，馬莉實現了對於女性文化故鄉的重建，那麼，女詩人王小妮對於「光」的寫作，則從另一個維度見證著當代女詩人重述文化鄉愁的集體無意識，這裡可以其詩歌《我的光》爲例：

> 現在，我也拿一小團光出來
>
> 沒什麼謙虛的
>
> 我的光也足夠的亮。
>
> 總有些東西是自己的
>
> 比如閃電
>
> 閃電是天上的
>
> 天，時刻用它的大來戲弄我們的小。
>
> 這根安全火柴
>
> 幾十年裏，只劃這麼一下。
>
> 奇怪的亮處忽然有了愧
>
> 那個愧跳上來
>
> 還沒怎麼樣就翻翻滾滾。
>
> 想是不該隨意閃爍
>
> 暗處的生物
>
> 還是回到暗處吧。

這首詩的敘述者是作爲女詩人的「我」，敘述對象是「光」，全詩具有以女性私人話語來反抗男權政治意識形態公共話語的隱喻性自覺。「現在，我也拿出一小團光來」，這是一個別致的極具意味的敘述，「現在」對應著「過去」，過去發生了什麼？或許是有人拿著一大團光來誇讚，於是，才有了「我也拿出一小團光來」。這一小團光是屬己的，是我一直珍藏也希望被人看到的。對這一小團光，敘述者初始態度是自信，「沒什麼謙虛的」，「我的光也足夠的亮」，隨後有一種敘述態度轉變：「奇怪的亮處忽然有了愧」，「那個愧跳上來」，

女詩人爲何從初始的「自信」轉向了「愧」？這涉及到「小」和「大」、「我」（女性）和「他」（男性）的關係。最初的自信是著眼於「小」對「大」的反擊，「小」是女性自在自爲價值的確認，是性別重構中的女性自覺，是女性重述文化鄉愁中的命名自覺。「一小團光」，很有意味，雖小，卻也是「光」，這是對女性自我美質的確認，是女性精神故鄉處的光芒閃耀，這種女性美質的光芒閃耀不同於傳統女性觀念的溫柔、含蓄、內斂、低調、謙遜，而是明確強調女性自我的尊嚴與獨立。在這種自我確認與重構中，女詩人開始反擊某種外在的看似強大的力量，「閃電是天上的／天，時刻用它的大來戲弄我們的小」，在傳統話語中，「天尊地卑」，是對應著「男尊女卑」的，大男人是對應著小女人的，人類的歷史，就是「小」不斷被「大」戲弄和主宰的歷史，這裡既有著普遍性的個體生命對於整體意識形態的抵抗，卻又內含著女詩人那細膩觸感中對於數千年來傳承的男權政治意識形態的抵抗。然而，女詩人也感覺著了這種抵抗的無力，「奇怪的亮處忽然有了愧」，這裡的「愧」比較複雜，一層意思是女詩人仍不得不承認宏大男權政治意識形態的牢固而覺著了無奈，另一層意思是在面向內在自我的審視中理解著個體生命的渺小。最後，女詩人寫「暗處的生物／還是回到暗處吧」，這是屬於女性的獨特抗爭，雖然抵抗，卻不訴諸於強力，而堅持著柔軟，雖然柔軟，卻不至於無聲，而保持著自己直覺的生命意識，哪怕最後仍被逼回暗處，她的「安全火柴」仍保存著，雖然自省「想是不該隨意閃爍」，但卻已勇敢地閃爍了。或許，現在，回去先歇息，什麼時間再出來閃爍下吧，這眞是極有意味的欲揚還抑的獨特表達，王小妮就在這種巧妙的敘述中重建著女性屬己的文化故鄉。

從被壓制的女性直覺生命體驗出發，重述和命名女性的文化鄉愁，就構成當代女詩人女性意識的重要向度。這其中既有安琪、譚暢等的理論自覺，如安琪所強調的「我是個不折不扣的女性主義寫作者」〔註8〕，譚暢所響應的「自由就是大女人，解放就是大女人，平等就是大女人」。更重要的是，馬莉、王小妮等女詩人對於女性直覺生命體驗的重視，也讓她們的詩篇成爲女性反抗男權／父權政治話語的現代重述。正是在理論構建與詩歌創作的呼應中，一種「大女人」的獨立人格得以張揚，她們的寫作也由此指向了人類的共同解放，指向了每個人生命都本有的柔軟。她們就在拒斥被歷史的政治意識形態話語所製造出的男權之國中，重建女性的文化故鄉。男權話語所關聯的鄉

〔註 8〕安琪：《極地之境・自序》，長江文藝出版社 2013 年版。

邦故國被超越，任何宏大的政治權力意識形態，都必須回到那血肉和親情相聯繫的父母之鄉也即自然之鄉。從這個角度來說，安琪、馬莉、王小妮、譚暢等為家國山河找到了真正的精神家園，自然之家往往就是精神之家。於是，女詩人的抗訴，就不是以暴力反抗暴力，而是要喚回同屬於每個女人也內在於男人的柔軟靈魂。當每個人的內心都變得柔軟，那堅硬的男權政治意識形態也就慢慢冰釋，文化的鄉愁被重述。

三、發現內在自我：當代女性詩歌的小女人寫作

從被壓制者身份和源於歷史深處的底層視角來展開時，我們切忌像某些女權主義者那樣構建一個女性意識的整體概念，或虛擬一個敵視男人的女性聯盟。在我看來，為底層女性申訴的苦難寫作，或表達女性主體自覺的反男權寫作，都不是女性獨立寫作的全部，而那些著重於內在自我的小女人或小資化寫作，如陳會玲、鍾雪、馬思思、布非步、安安、旻旻、紫紫等的寫作尤當值得關注。因為身處環境的單純，她們並沒有對社會苦難的切身痛感，而更注重女性特質的純藝術和純內心的私人化體驗。

陳會玲的詩始終有一種優柔的女性力量和憂鬱感傷的氣質，她的語詞純淨凝練，情感含蓄優雅，在極具靈性的寫作中，呈現出一種典型的東方美學精神，如以《就這樣》為例：

> 會有一條道路，讓我送別你
>
> 不是月下，而是燈光和高樓的陰影
>
> 那時你長髮，站在舞臺的右側
>
> 我看見你清瘦的側臉
>
> 如今你回過頭說著話
>
> 彷彿時代的列車從來就是空席
>
> 你喝下一杯百香果汁
>
> 那被忽略的面目，終於獲得完整
>
> 走在回憶裏的人，走在送別的路上
>
> 路上的行人也走在回憶裏，和我們一起
>
> 你去到那座城市，我們再無聲息
>
> 而我夢想回到故鄉，躺在河岸上

> 六月的青草暴動，腥味彌漫
>
> 我掏空一切，瞬間就忘記了你

　　女詩人在詩中預設了「我」和「你」的某種可能虛擬的但又最內在於詩人情感深處的結構，在「我」和「你」的關係中，起著聯繫作用的是「路」。但這條「路」不是兩個人相向而行的邂逅的路，而是送別的路，「路」指向未知的遠處，「你」將走向未知，而我只能停留在回憶裏，停留在曾經送別你的途中。在這首詩中，燈光、高樓、陰影、城市、回憶、河岸、六月就構成了女詩人完全內指的空間與時間背景，女詩人沉溺在「我」和「你」曾經相處的時空氛圍中而難以自拔，無論那條未知的路將把你送向怎樣一個未知的遠方，我卻始終處於「你」的力量的牽引中，「你」成為整首詩的中心，「你」也是「我」永遠渴望抵達而又害怕的最深的隱秘，這隱秘的情感遭到無形的壓制，這壓制不知來自哪裏，但女詩人沉浸在對「你」的送別和回憶中。這裡「我」對「你」的感情，或許是愛情，也可能是女詩人最內在的自我虛構和想像中所設置的絕對知音。在詩中，女詩人抹去了現實世界的具體苦難、傷痛、糾紛、爭執和衝突，而只有那靜靜的在時間和空間裏延伸的愛的形式呈現。

　　陳會玲的每一首詩都是「複雜世界」在「自我鏡象」過濾後的「自我再造」，如她的詩作中關於回憶、忘記、遺忘、遺失、遺棄、丟失、消失、帶走等最常用的語詞都指向個體生命的存在歷史，表達了她拒絕外在世界誘惑和甘願被放逐的虛擬性建構，那是過濾掉喧囂的靜水流深的世界，在每一次「忘記」和「遺失」中，詩人最終都回到自己的內心，她鎖閉起了自己的門，只向詩中的「你」（我）傾訴，這正如女詩人在《信任》中所寫的：

> 我遺失的事物如此之多。青山和覆蓋青山的野草
>
> 我悲傷地愛過，又在嫌棄中逃離
>
> 一個木製的玩偶，洪水漫過老屋，帶走了它
>
> 我沿著村子的道路尋找，道路泥濘，道路丟失了自己
>
> 我信任的事物如此之少。只能以遺忘的方式珍藏
>
> 當我從擁擠的地鐵下來，在夜色裏徘徊
>
> 不願推開那扇門。她們在我身後，像重疊的文字
>
> 跟隨。以沉默的喉嚨，喚醒一個張惶的影子
>
> 在街角遲疑的人，回到了窗前的書桌

　　遺失—信任、多—少、愛過—逃離、尋找—丟失、沉默—喚醒，是女詩人編織的若干具有矛盾的情感元素。不斷退卻的「我」與未曾出場的「你」構成詩篇的二元結構關係。全詩共分三節，前兩節以「遺失」與「信任」為關鍵詞，這裡的「遺失」看似指向外在世界，但在外部世界的隱沒中又指向內心的歸宿。「信任」是指向內在自我，卻以對於外在事物或關於「你」的信息的否定來達成向內的回歸。這具有強烈對比的內在與外在的隱形衝突關係，雖抹去了現實的衝突，卻表達了女詩人以獨屬於自己的靈魂的遺忘來實現對於外在誘惑或力量的軟性抵抗，我不去和那個世界爭鬥，但我選擇遺忘或忘記，這是一個未曾出場的「你」或「他者」的世界，是女詩人永遠不願提及的現實世界，她只願在向你的傾訴中回到「自己」。於是，第三節只用一句來書寫自己的回歸。在經歷前兩節的逃離和沉默中，「你」演化成了「自己」的另一個鏡象，「我」就是「你」，「你」就是「我」，「在街角遲疑的人，回到了窗前的書桌」，這樣一個「軟性抵抗」的有效就在於，「我」始終選擇了退卻和返回，於是，任何誘惑、牽引或壓制，就終被這種「不爭」的「軟性抵抗」所消解。

　　陳會玲的詩始終隱含著憂傷，其意旨也極隱秘，意象描寫也恍惚飄移，詩人既是孤獨的，卻又不能真正棄離人間，既沒有進入天堂的永恆幻想，也沒有向下的直線墜落，在她的詩中，有多個聲音在說話，她的自我世界不是固執和單一的，而是多個聲音同時在發出呼喚，也在回應，方向或答案是不確定的，她的詩就是打破某種自性疆域而面向他者的關係性和過程化連結，是注重在邊界處的牽連、錯合、交叉、跨越、緣發，注重在自我否定運動中面向他者的非我化，她在追尋，在路上，在疑惑，她不知道這樣的努力會把自己帶向何處，但她終究不會停歇。〔註9〕這也是她的詩《回憶一個下午》「多年後我獨自回到故鄉，在山梁小憩／我看見那奔跑的身影，帶動／一陣陣的山風。倒伏的野草招搖／割裂指尖。這鮮豔的紅／與藍天一起，供認出／那從未遺忘的疼痛」所同樣指向的生命回歸主題，在從自我的存在與歷史視域出發中，陳會玲的詩建構起了退卻中堅守的家園，這是女性的內在返回式寫作，卻也同樣構成了對於男性權力政治世界的軟性抵抗。

〔註9〕何光順：《陳會玲詩篇〈拾碎〉的隱秘之維及其東方美學精神》，參見《當代文化思潮與藝術表達》，中國文聯出版社2016年版。

另一位女詩人鍾雪的作品則顯示出女性對於誘惑的抵抗或選擇中的艱難，如這首《第十三根羅馬柱的夢境》：

> 我在城牆的風間憶起我身後的魔鬼
>
> 我的老師，在我童年時將之放出牢籠
>
> 大倉變化著信息的模樣，脫落外層的石灰岩石……
>
> 三分之一的晶體物質，天空就要下雪了
>
> 我於曠野裏醒來，殷紅的鬼物於我耳際：
>
> 「遠山下雪了，我將給你可以看見的。」
>
> 彌厄爾要帶我逃離現場，雪白已綿延至山腰
>
> 正佔領我的眼睛，「末日是否將臨？」
>
> 而礫石與桑葉之上，是破碎光影照入夢之衡量
>
> 我的魔鬼在舞蹈，狂叫與尖笑，如夜鶯般真甜
>
> 揮手告別彌厄爾，我走進落落河谷，褐色草疊上
>
> 雪花盈盈清脆，冰涼在指尖流轉。
>
> 「來吧，到你應許之地。」

如果說陳會玲的詩，是抵抗世界誘惑與牽引的一種有效方式，那麼，鍾雪的詩就在這充滿誘惑的世界面前練習如何抵抗，她大膽面對誘惑，這誘惑她的魔鬼就如上帝的呼召：「遠山下雪了，我將給你可以看見的。」女詩人是勇敢的，但她卻不能時刻保持警惕，她有時不夠堅毅而被引誘，「我在城牆的風間憶起我身後的魔鬼／我的老師，在我童年時將之放出牢籠」，有時又能察覺引誘而清醒，「我於曠野裏醒來，殷紅的鬼物於我耳際」，在面對魔鬼的引誘中，詩人選擇了內心天使「彌厄爾」的指引，她發現了內在靈魂和意志的軟弱，「而礫石與桑葉之上，是破碎光影照入夢之衡量／我的魔鬼在舞蹈，狂叫與尖笑，如夜鶯般真甜」，這些誘惑與牽引，或許就是紅塵裏必當有的歷練，然而，女詩人的內心卻保持著純潔的向上維度，「揮手告別彌厄爾，我走進落落河谷」，女詩人走入自己的世界，在那裡，「雪花盈盈清脆」，洗淨了浮塵榮華，女詩人找到了自己的歸屬。

在另一首《草長鶯飛》中，鍾雪同樣沉浸於內在自我的抗爭與靈性回歸，「我將在夢裏遇見你／那纏綿的風，帶著某種預言／在陰影之側，檢驗面積／與你的距離，我只能／不顧一切靠近，再近一點／但要保持呼吸的間隙」，

這裡同樣出現了「你」，是女詩人試圖靠近的現實或想像中的愛者，這愛者同樣構成了女詩人寫作的中心和歸宿所在，「我要記住，一個曼妙微笑／你走向我時，時間將會失去作用」，我在你的走近中暈眩而忘記時間，這或許是女詩人投入最深的愛情在發生著作用，愛情是充滿誘惑的，女詩人試圖抵抗，又在放棄抵抗，這種軟性抵抗是不可能徹底和清醒的，因為這種「我」與「你」的關係，不是來自外在暴力或宏大政治意識形態的壓力，而是一種源於自然生命和靈性生命的內在投入的牽引之力。這種愛和牽引，正構成了女詩人的迷人魅力。

這種內在化寫作，最終將女詩人引向超越性別的「零性別」或「非性別」寫作。向著生命最柔軟和靈性處的抵達就借助萬物與我之精神的意氣感通式關聯，建構起了對於存在與歷史的新型體驗結構。這就是四川女詩人馬思思《給詩人》所寫的：「你曾經是邊城的浪子／在某個巨日沉落的黃昏走向了江流／／你曾經是王朝的密使／在某個寒風怒吼的午夜消身於馬廄／／你曾經是村子最後的老人／在某個細雨斜斜的清晨歪倒在椅子上……」，在向著歷史回溯的體驗中，一種強烈的滄桑感帶我們進入古老的王朝，看到傾頹和衰敗，看到歷史的哀愁。在自然的年輪上說，詩人仍舊年輕，但她已學會了沉入民族歷史和個體感受的深淵，那裡「流動的人群和光一起歇下來」，「暗夜是一架烤著黑漆的鋼琴／一些人事墮入夢裏／發出聲響／如同敲出的音符／無盡流淌」（《暗夜》），詩人寫到深淵裏自我的倒影，「倒影像來自地心的引力／你望向它／便被捲入了史前世紀」（《倒影》），這種向著生命深處的潛入，既是屬於一個女人的，也是真正屬於詩人的。馬思思關於「倒影」或「影子」的書寫，與陳會玲寫的「張惶的影子」、鍾雪寫的「破碎光影」具有內在相通性，都是寫個體生命的回歸。而馬思思的詩《我的影子》又尤其突出：

> 不是拖著父親、母親
> 也不是拖著村莊、城市
> 命運讓我站在這裡
> 像一條具有來源和流向的河流
> 但我，沒有河流的寬廣。
> 你在岸邊擲石子
> 水渦在眼裏形成幻視
> 我無法用語言來回答

那些超越了語言甚至生活本身的事

就像地面上變窄變長的影子

它在模仿星星的高度

模仿你曾經的樣子

在光的切面下

我甘願是一具清晰的影子

芭茅旁的路，夜裏的祠堂

當風灌進屋子

上帝的手指正好停在眼睛的邊緣處

——抬向滿天星辰的幅度

這張臉，填充了時空幕布。

　　這首詩可以看作當代詩歌中關於影子書寫的傑作，在自我擬象的否定表達中確認我在歷史和天宇下的位置，影子意味著一種極輕的存在，甚至是非存在，因為它的輕和虛擬化，正象徵著我在之非在，我在這裡，卻不斷朝著過去的深淵流逝，作為一切文化中都太過熟悉的河流意象在影子的拉動中獲得了陌生感，具有了新的變幻創生的能力，河流既是虛的，但相對於影子卻有了某種生機和實在性，詩人隨後寫到了河流的水渦旋轉中的幻視，那是將影子的擬象帶向更蒼茫和遙遠的存在，「它在模仿星星的高度／模仿你曾經的樣子」，一切眼所見的存在和風景都因影子的變幻而生，那是上帝指派給我也是賜予人的存在。人生何嘗不是一場投影在幕布上的壯麗演出，去入戲吧，「抬向滿天星辰的幅度／這張臉，填充了時空幕布」，影子再次獲得了生命，被賦予了肉身。曾經不能拖著父親、母親，不能拖著城市、村莊的影子，竟也有了它映照星辰和宇宙的不可言說的美麗。影子，讓我們思索不可抵達的存在，詩歌或許就是人類精神的影子？也或許是詩人做出的極具文化鄉愁的存在歷史的隱喻。這種極巧妙的隱喻寫作體現出女性詩歌寫作的成熟和精神的高度。

　　當然，還有不少女詩人的寫作是具有小女人化的特質，但這種小女人化並非不關心現實，她們有寫到在打工浪潮影響下被消解的鄉村，如安安的《留守兒童》；有寫人生哲思的，如紫紫的《稻草人》；或寫遊歷異域體驗的，如布步非的《入埃及記》；或寫自我生命的內在堅強，如旻旻的《剛剛下過一場初雪》《告別》《這個清晨》等。這部分女詩人的生命體驗是多維度的，並無法簡單歸納入反抗男權政治意識形態，但可以視作對於某種過度平庸化和機

械化的城市現代文明的軟性抵抗，不願意成爲現代工業流水線上無靈魂的個體，她們渴望回生命朝向藝術的靈性維度。因此，她們的詩篇，就常常是輕柔、溫暖的，能爲這個世界帶來一種甜蜜和幽香，三月的陽光、花期、晚風、蛙鳴、燈火等充滿柔軟情感的意象書寫，就將現代人帶出被資本、權力和技術異化的現實，而進入女詩人們自我構造的詩意空間。於是，女詩人就成爲超越平庸世界的靈性天使，讓人學會飛翔，讓人掙脫匍匐於底層的無休止勞作和被壓制狀態，而向一個可能的高度仰望。

作者簡介：

何光順（1974～），四川鹽亭人，筆名蜀山牧人，男，華南師範大學文學博士，廣東外語外貿大學中文學院教授、碩士生導師，外國文學文化研究中心兼職研究員，主要從事中國哲學、魏晉文學、中西詩學、基督教文化等幾個領域的研究。熱愛詩歌，近年介入當代詩歌創作與批評。

月光與鐵的訴說：鄭小瓊詩歌印象

趙金鐘

（嶺南師範學院）

摘要：

　　在鄭小瓊詩歌中，有兩個重要意象：月光和鐵。它們不僅可以幫助我們抵達鄭氏詩歌的內核，還能夠幫助我們把握其詩歌躍動的脈搏。在這裡，「月光」代表著家鄉和關於家鄉的記憶以及「傳統」的諸多因子，「鐵」則代表著詩人現在落腳的城市和它給予詩人的憧憬、亢奮與疼痛、擠壓、疲憊以及「現代」的若干品質。可以說，這兩種意象同時存在於詩人的心中，作爲一種生命的印記、生存的內容與精神的寓所左右著她的詩歌創作。

關鍵詞：鄭小瓊，月光，鐵，鄉村，城市

　　毫無疑問，鄭小瓊的詩歌已經爲我們這個「商業主義」時代留下了某種具有特殊意義的精神胎記。它對「商品」給我們這個民族所帶來的亢奮、焦灼與糜爛作了形象的注腳。在她的詩中，我們隨時可以揀拾到「鐵架」、「五金」、「工卡」、「機臺」、「火車」、「釘」、「鐵」、「斷指」、「疼痛」、「恥辱」、「恐懼」……，這些堅硬如鐵的物象，直棱棱地插入詩的心臟，發出一種足以讓正義和良知顫抖的尖叫。不僅如此，鄭小瓊和她的「打工」朋友們的詩歌，還對「商業主義」薰染下生成的那種「醉醺醺」、「軟塌塌」的詩歌軀體發出了猛烈的一擊。告訴人們，除了那種蒙著眼睛自摸自慰或「肉體魔方」詩外，詩壇上還有著雙目炯炯直逼人生的力的詠歎。它們突破了「商品主義」所編織的物欲羅網的重圍，重新回到屬於自己的天空，揀回了詩的那份責任、尊嚴與靈魂，最終未讓自己淪爲「物質主義」的奴僕或化妝師。

讀鄭小瓊的詩，首先感動於其字裏行間所湧動的尖銳與真實。這種尖銳與真實，使得其詩中常常有一些血淋淋的句子撲面而來。她自始至終都在用自己的心靈感知社會，用自己的眼睛打量人生，用自己的語言創作詩歌。詩中始終游動著「在場」的「疼痛者」，而非隔岸觀火的「XX詩人」。

我們可以憑藉許多詞語進入鄭小瓊詩歌。然而，我捕捉到的最為重要的詞語卻是這麼兩個：「月光」和「鐵」。在我的直覺中（雖然「直覺」常常並不可靠），它們不僅可以幫助我們抵達鄭小瓊詩歌的內核，似乎還能夠幫助我們把握其詩歌躍動的脈搏。在這裡，「月光」代表家鄉和關於家鄉的記憶，「鐵」代表現在落腳的城市和它給予詩人的憧憬、亢奮與疼痛、擠壓和疲憊。可以說，這兩種物象同時存在於詩人的心中，作為一種生命的印記、生存的內容與精神的寓所左右著她的詩歌創作。

> 褐色的、灰黃的月亮站在田野那邊
> 一片片遙遠的唇吹著水紋樣的春夜
> 它的低吟，苦難而貧寒的鄉村
> 佇立在墨黑染成的安靜中，眺望

（《深夜火車》）

離開鄉村時，「月光」並不美麗，因為它與貧窮和呻吟在一起；因為那時心中裝著「鐵」的憧憬和因「鐵」而升起的「讓生命再次飛騰的階梯」。那時候「鐵」是硬道理，它的堅硬與厚重能夠帶來物質的豐足與精神的充裕，它因能夠帶來繁榮與滿足而變得美麗。然而這一切隨著對「鐵」的切膚觸摸與深度打磨而變得面目全非：

> 寫出打工這個詞 很艱難
> 說出它 流著淚 在村莊的時候
> 我把它當著可以讓生命再次飛騰的階梯 但我抵達
> 我把它 讀著陷阱

（《打工，一個滄桑的詞》）

這是詩人對城市生活的重新認識。它已剝掉了當年出發前披在城市軀體上的遐想的面紗，顯露出它的堅硬的骨骼與冰冷的額頭。有時，她甚至徑直讓風掀起這「沒有穿上內褲」的城市的「裙底」，對著它「露出的光腚」想入非非（《人行天橋》）。站在城市這塊幾乎沒有立足之處的「立足之地」，打工

者們陷入了前所未有的迷惘、恐懼、失望與虛無之中：「進入城市的賭局，賭注就是自身／名字是唯一的本錢。扣留，抵押，沒收／所有防範和懲罰都離不開交出身份證／打工的惶惶如喪名之犬，作為名字的人質／他時常感到，名字對自己的敲詐／／他是被拖欠工資，又被拖欠名字的人……」（劉虹《打工的名字》）；「許多躺在南中國這快砧板上的虛弱詞語／被一個時代的筆捉住／小心翼翼　片片切開／加兩滴鮮血　三錢眼淚　四勺失眠……」（許強《為幾千萬打工者立碑》）。除了惶恐、無名、淚水、疼痛，他們一無所有。這是他們新的「生活」：

> 你們不知道，我的姓名隱進了一張工卡裏
> 我的雙手成為流水線的一部分，身體簽給了
> 合同，頭髮正由黑變白，剩下喧嘩，奔波
> 加班，薪水……我透過寂靜的白熾燈光
> 看見疲倦的影子投影在機臺上，它漫漫的移動
> 轉身，弓下來，沉默如一塊鑄鐵
> 啊，啞語的鐵，掛滿了異鄉人的失望與憂傷
> 這些在時間中生鏽的鐵，在現實中顫慄的鐵
> ——我不知道該如何保護一種無聲的生活
> 這喪失姓名與性別的生活，這合同包養的生活

（《生活》）

這就是她曾經所憧憬的生活。「她把自己安置／在流水線的某個工位，用工號替代／姓名與性別，在一臺機床刨磨切削／內心充滿了愛與埋怨」，有時也「用漢語記錄她臃腫的內心與憤怒」。（《劇》）在這「鐵樣的打工人生」（《鐵》）中，她們收穫著幸與不幸，「淚水與汗都讓城市收藏砌進牆裏／釘在製品間，或者埋在水泥道間／成為風景，溫暖著別人的夢」（《給許強》）。

在物質極度膨脹、心靈的空間日益萎縮的「鐵」時代，直視現實、承載精神應該是詩歌責無旁貸的義務。那種樂於與「商品」共戲，放逐人生，嘲弄精神的作派，只能給詩帶來傷害。鄭小瓊和她的「同黨」們的可貴之處，是他們的詩有著一種濃厚的「民間」關懷。他們不高蹈，不虛擬，不戲遊，不迂迴，而是將筆直直的切進人生，正面攻堅，把毛茸茸的連骨帶肉的活鮮人生擺在了詩的案板上。這或許因為缺失了某種「溫文爾雅」或「文質彬彬」

而讓我們覺得有些許缺憾，但它的鐵的質地和別樣情懷卻給我們帶來了異樣的感覺和別樣的震動。這正是當下詩壇需要補充的養分。

「鐵」佔據著鄭小瓊詩歌的巨大空間。它既是詩人生活著的物質空間——城市化身，又是詩人現實生活的主要內容，還是她關於現實人生的所有希冀和疼痛。就有形的而言，它是現代中國工業文明的符號或標籤；就無形的而言，它又是刻在詩人心頭的深深的精神隱痛。在大工業時代，「鐵」成了地地道道的雙刃劍。它既給了「打工者」養家糊口的物資，又以其沒有讓性的硬度灼傷著他們的肌膚與精神；它時時讓「希望」晃動在打工者們的額頭，又常常在「希望」出門之前毫不手軟地將其掐滅：「我轉身聽見的聲音，像一塊塊被切割的鐵／圓形，方形，條狀……我無法說的鐵／它們沉默，我們哭泣，生活的鐵錘敲著／在爐火的光焰與明亮的白晝間／我看自己正像這些鑄鐵一樣／一小點，一小點的，被打磨，被剪裁，慢慢地／變成一塊無法言語的零件，工具，器械／變成這無聲的，沉默的，黯啞的生活！」（《聲音》）這「鐵」的生活是如此地消磨人。

但「鐵」並沒有佔據詩人心靈的全部，因為她心中還有「月光」，那一有閑暇就爬上詩人額頭的精靈，是詩人取之不盡用之不竭的精神源泉。它也構成了鄭小瓊詩歌的重要內容。在鄭小瓊的詩中，它常常與「鐵」結伴而生，很多時候，它們就是一個「聯體兒」：「八人宿舍鐵架床上的月光／照亮的鄉愁，機器轟鳴聲裏，眉來眼去的愛情／或工資單上停靠著的青春，塵世間的浮躁如何／安慰一顆孱弱的靈魂，如果月光來自於四川／那麼青春被回憶點亮，卻熄滅在一週七天的流水線間／剩下的，這些圖紙，鐵，金屬製品，或者白色的／合格的，紅色的次品，在白熾燈下，我還忍耐的孤獨／與疼痛，在奔波中，它熱烈而漫長……」（《生活》）。無論「鐵」的生活如何繁忙、雜亂，「月光」總是能夠找到空隙帶著鄉愁鑽進詩人的心中。它改寫著詩人青春的流水線，改寫著「鐵」生活所圈定的心靈空間和精神維度，改寫著「鐵」的硬度和它強加給詩人與打工者的冰冷秩序。

「月光」是一潭淨化劑，是詩人靈魂的棲息地。每當詩人的心靈為「鐵」的堅硬、冰冷所傷害的時候，它就情不自禁地回到了那裡。因而「月光」所代表的鄉戀與鄉愁，在很大程度上磨平了「鐵」的粗糲和詩人對於它的怨恨，從而使詩風變得「哀而不傷」，「憤而不怒」，總體上形成了一種尖銳中透射出和緩的情感流勢。

　　在鄭小瓊的詩中，村莊、遠山、溝渠、樹木、玉米、秧苗、牽牛花、鳥鳴聲……，這些承載著詩人童年生活和鄉村記憶的物象，被詩人有意無意地塗抹上了溫馨的色彩。儘管她知道在「鐵」勢力的強力碾壓下，鄉村的頹敗已無可挽回，「鐵」的強勁有力的大手已無可爭議地卡住了鄉村的咽喉，但她絲毫沒有遺棄鄉村，沒有放棄鄉村饋贈她的美好記憶。因爲那是「根」之所在。我們知道，在鄭小瓊的詩句中，鄉村總是和「貧窮」與「無奈」站在一起。但這絲毫沒有減弱詩人對它的愛。這種愛是刻骨銘心的，是一種深入骨髓的精神依戀。

　　所以，村莊、遠山、溝渠、樹木、玉米、秧苗、牽牛花、鳥鳴聲……，它們總是那麼詩意地站在鄭小瓊的句子裏，堅定地與鐵架、五金、工卡、機臺、火車、釘、鐵、流水線……對抗著。這是「月光」與「鐵」的交手，精神與物質的對視。它們誰也不可能戰勝誰，因爲它們代表著人類需求的不同側面。不過，它們的存在倒有可能成爲一種潛在的「平衡器」，平衡著詩人的人生態度和審美取捨。鄭小瓊曾寫道：「再見了，五穀，果樹，溪流，槐樹，榕樹／再見了，蟬鳴，青草，紫雲香的童年／尚未失去的笑聲，排水站，鄉村公路」（《村莊史志》）——這其實是一種深層的憂慮：擔心自己被燈紅酒綠的城市異化，擔心失卻了鄉村的那份單純、淨潔。正因爲有著這樣一份「心結」，她才時常提醒自己「黑暗中的城市有著一張工業製造的臉」，並對這張「模糊而怪異的臉」保持著高度的警惕。

　　如果說，城市更多地呈現著現代的色彩，那麼，鄉村則更多地保留著傳統的元素。而人類的進步又似乎總是以消損、丟棄、犧牲傳統爲代價的。「傳統」與「現代」似乎永遠處於對抗狀態。在一般的描述中，「傳統」似乎總是代表陳舊、灰暗、落後，而「現代」則永遠代表著新鮮、明亮和進步。特別是近代社會以來，外侮不斷加重的國情，使得「傳統」的負面影響被日益強化，與之相伴的則是現代化的呼聲日益高漲。「現代化」從本質上看就是「西化」，用西方工業文明的標準來改造中國。這樣，「現代」與「傳統」又成了改造與被改造的關係。

　　在這一對抗的過程中，人們看重的主要是物質進步。然而，這種全民性的物質狂歡卻又帶來了新的悖論：在強大的改造聲浪面前，傳統並未束手就擒。它總是不失時機地調整自己，對抗改造。這就是爲什麼在新文學史上，除了郭沫若等少數人外，多數作家頻頻回顧傳統或在正面讚美現代時也不忘

向傳統投去溫馨一瞥的深層原因。「現代」在忙於做物質推進的時候，「傳統」在堅守精神陣地。它以其固有的結構和暗示力，喚醒著人們心靈深處的原始記憶，以此來減緩來自於現代的破壞節奏。縱觀中國現代文學，集體無意識對其的潛在牽引尤其是傳統文化中歸隱意識的召喚從來就未曾停止過。傳統常常又在消解著現代。

鄭小瓊的《清明詩篇》可以看作是「傳統」與「現代」的這種力的角逐的成功範例。不用多說，「清明」一詞就清晰無誤地把「傳統」擺在了詩面上。這一語詞所涵蓋和代表的意義，就像一個巨大的磁場，把有關節氣、祖先、祭奠、落魄文人、古道心腸等等指向傳統的意義因子吸附在一起，呈現在讀者的面前。

> 山河像夢一樣破碎，拆遷
> 剩下歷史的陰影籠罩的宿命
> 啊，我無法忘記的舊有風俗
> 被工業時代污染，它們在心靈
> 深處掙扎，被不斷地刪改

鄭小瓊生活在改革開放的前沿陣地，瘋長的高樓大廈，急劇擴張的物質生產，正在擊碎傳統的鏈條，銷蝕其既有的嫵媚與豐腴。「山河像夢一樣破碎，拆遷」一句，形象地抒寫了在大工業面前，傳統被擠壓、拆開的情狀。此處的「山河」自然不能做自然山水來理解，它其實是蘊涵了「山河」及其文化寓意的傳統的代稱。「破碎」一詞是詩人主觀感情的自然流露。最後三句更為清楚地表達了詩人對於傳統的消失的痛惜及其對促使傳統消失的「工業時代」的不滿。「掙扎」、「刪改」二詞尤為用力，它們活脫出了「傳統」消失的動態過程，彰顯了這一過程之中的「力」的較量——有三種力混合其中：一是改造的力量（現代：「工業時代」），一是拒絕改造的力量（傳統：「舊有風俗」），還有一種是詩人的主觀力量。它們形成一種詩語的合力，來集中突現在工業文明的進程中「傳統」的歷史宿命。

值得注意的是，詩人不是在寫舊事物的退出，而是在寫有價值的東西的消亡，所以才讓人特別感覺到詩意的沉鬱與凝重。這種沉鬱與凝重一直貫穿於詩的始終，成為詩歌的抒情基調。

> 逝去的人在鏡中出現
> 我的血液間殘留著他的身影

　　　　聲音和意義，從它的陰影中

　　　　逃離，那些遙遠而靜寂的風俗

　　　　聚積，空氣中彌漫著傳統的香氣

　　第一節意在表現「傳統」的被刪改與正在消失的宿命。而其實在詩人的心中，是不允許這種消失成為現實的。消失是「工業時代」強加給傳統的，而傳統卻一直在設法抗擊和逃避著這種宿命。這一點與詩人的願望不謀而合。正因如此，詩人在第二節設置了一個「逝去的人」，從「我」與他的血肉聯繫中，表現傳統對於現代的抗爭實績及其頑強的生命力。

　　「逝去的人在鏡中出現」自然是一種幻影。但它把傳統對於現代的抗爭引向具體，進而使抽象的意義呈現變得具體可感：「逝去的人」、「鏡」、「我的血液」、「身影」、「風俗」、「香氣」等意象和「出現」、「殘留」、「逃離」、「聚集」、「彌漫」等動詞，把傳統的生命力、抗爭力以及詩人的願望與喜悅表現得清晰可尋。詩人告訴我們，在現代的強大壓力下，傳統並沒有消亡，它還在「我」（其實還有「你」「他」）身上延續著，在空氣中彌漫著。傳統彌散在現代之中，這自然是一種真理。但詩人顯然不是為了演繹這一真理，她是在書寫一種願望，一種希望美好的傳統不要消失的理念。而在她的生活進程中，這種願望正在消失。詩人所做的只是一種詩意的挽救。所以，這一節抒寫，是悲劇混合著悲壯，強化著整首詩歌的沉鬱與凝重的氛圍。

　　接著，詩人繼續抒寫傳統的漸失帶來的痛惜之情及詩人進行拯救的努力。這即是第三節的主要思想內容。

　　　　我和傳統像失散已久

　　　　從這一刻我必須重新提起，它

　　　　有些悲傷的風俗和古老的高傲

　　　　在春風或者青草間誦讀詩篇

　　　　面對節氣，習俗跟崩潰的傳統

　　　　我無法忍受在人群中巨大的孤單

　　　　在破壞的心靈的廢墟上，時間的斑紋

　　　　高貴而美麗，它重新落下清明雨滴

　　「我和傳統像失散已久」是現實呈現，在物質生產和現代文明狂歡的時節，我們的確與傳統漸行漸遠，衣食住行，生老病死，國人運作的內容和形式，基本上依照「現代」的規範而行。難怪詩人寫道：「面對節氣，習俗跟崩

潰的傳統／我無法忍受在人群中巨大的孤單」。這種「世人皆醉我獨醒」的生存境況，暗示出「現代」力量的強大，人們爭先恐後地追逐「現代」，擯棄傳統，使詩人雖身處其中卻心感孤獨。在詩人的心中，這或許是巨大的悲哀。所以，詩人懷著歷史的使命感與現實的緊迫感，高聲吟道：「從這一刻我必須重新提起，它／有些悲傷的風俗和古老的高傲」！這是她對傳統逐漸消失的社會現實的失望，也是她渴望挽救美好傳統的心聲。

現代化是我們國人百餘年來的夢想，它的滾滾前行的巨輪是任何力量也阻擋不了的。詩人沒有絲毫否定它的意思。但追逐物質，丟掉精神；爲了現代，拋棄傳統，顯然又是詩人所不能苟同的。這也是詩歌的批判價值所在。在詩中，我們似乎讀出了這樣的味道：或許通過我們的努力，在現代化的進程中我們可以挽救和保護民族美好的傳統──「時間的斑紋／高貴而美麗，它重新落下清明雨滴」。然而，通讀全詩，我們覺得，這只是詩人的美好願望，並非現實的必然趨勢。因爲在「時間的斑紋」一句前邊，詩歌寫道「在春風或者青草間誦讀詩篇」，這即明確地告訴我們，詩人抒寫的是讀詩的感受，是古人優美的詩句在其「破壞的心靈的廢墟上」長出了綠洲，泛起了綠意。這樣，「時間的斑紋／高貴而美麗，它重新落下清明雨滴」就不是未來的社會現實，而只能是古代風俗（傳統）滴在詩人心頭的精神甘露。詩歌最後一句很自然地使人想起唐人杜牧的《清明》詩，想起清明時節的綿綿細雨，牧童指間的杏花村和杏花深處的酒家，農業文明的閒適、愜意以及充滿溫柔的憂愁，一下子湧到現代人的眼前，令他們豔羨不已。

生活在現代心臟的鄭小瓊爲什麼偏偏青睞傳統習俗？除了我們前面提到的傳統在積極抗爭的原因之外，還有詩人自身的原因。那就是她對現實生活的失望。作爲打工詩人，她曾和所有打工者一樣，懷著對城市生活和工業文明的無限嚮往出來打工。然而，令他們始料不及的是，打工生活並不是想像中的天堂，打工路上充滿了辛酸。正如鄭小瓊所說，「寫出打工這個詞 很艱難／說出它 流著淚 在村莊的時候／我把它當著可以讓生命再次飛騰的階梯 但我抵達／我把它 讀著陷阱」（《打工，一個滄桑的詞》）。現實和理想的強烈反差，使得詩人更加懷念鄉土，自然也就留戀與鄉村生活息息相關的傳統。這也可以說是戀舊心理的體現。「戀舊」與「進取」是一對矛盾因子。但它們都是人類正常的心理現象與人類意識的重要構成部分，它們的對立統一與交結轉換決定著人的生存方式。生存和藝術同時關注著它們，然而又有著不同

的價值取捨。一般來說，前者器重「進取」，而後者則更留意「戀舊」。藝術
家由於自身的文化素養和進取結局的不盡人意而往往特別寵愛「過去」，並且
常常情不自禁地塗以溫暖的色彩，以彌補在生存格局中的某些缺憾，達到心
理上的平衡。

　　由於現實的灼傷和生活的不盡人意，鄭小瓊常常回憶過去，抒寫鄉村生
活。記憶中的鄉村成了其靈魂的棲息地和精神的避風港。村莊、遠山、溝渠、
樹木、玉米、秧苗、鳥鳴聲、牽牛花……，這些承載著詩人童年生活和鄉村
記憶的物象，被其有意無意地塗抹上溫馨的色彩，寫成詩句。儘管她知道在
「現代」的強力碾壓下，鄉村的頹敗已無可挽回，但她渴望留駐鄉村的單純、
和諧與寧靜的思想卻異樣強烈。這與她在《清明詩篇》中表現的情緒是一致
的。理解了這一點，將有助於我們更好地理解該詩的藝術審美特徵和文化價
值取向。

作者簡介：

趙金鐘，1962 年生，男，河南省光山縣人，嶺南師範學院文學與傳媒學院教授，
研究方向為中國新詩。

關於城市的現代性反思
——以楊克詩歌爲中心的考察

張麗鳳

（廣東財經大學 人文與傳播學院）

摘要：

　　楊克作爲 20 世紀 90 年代以來的重要詩人，其價值在於從經驗主義的角度對城市中人與物進行了生命本相的發現和描寫，爲中國現代詩歌貢獻出不同於以往的生命體驗和詩歌意象。尤其重要的是，楊克不再將城市及商品作爲人類發展的對立物，而是將其作爲新的生存空間，發現並構建現實存在的詩意。

關鍵詞：楊克；城市；現代性反思；詩意棲居

　　在中國，現代文學的發生與發展從一開始伴隨著現代作家遷向城市的步伐以及對城市的發現。但是中國現代文學與城市的這種天然血緣關係卻常常被遺忘，鄉土像一個巨大的存在牽引著 20 世紀中國作家的心靈，使他們身體雖然「喬寓」在城市，精神卻頻頻地回望著故鄉。然而，一個不容忽視的事實是，隨著現代社會的發展，城市生活漸漸成爲主流的生活方式時，人們注定要在身體、情感和精神上完成「都市的遷徙」。如果說小說是以敘述人的生活方式見長的文體，在現代文學發生之初就呈現出了作家與城市或顯或隱的關係，詩歌則以其相對獨立的情感性而游離在城市生活之外。在現代文學的詩歌中，我們既感受不到如郁達夫一樣傷感地書寫城市的詩人，也沒有像沈從文一樣幻覺地表達城市者，更沒有像茅盾一樣在龐大的社會視野中對城市給予深刻的剖析者[1]，更多的是像李金髮、艾青、吳奔星、徐遲、于堅等等詩人一樣，書寫城市的醜陋、壓抑、平庸。直到 20 世紀 90 年代楊克的城市詩歌，中國的城市在某種意義上才獲得了它的主體性。

一、城市中的人

　　20 世紀 90 年代，當楊克從南寧來到商業大都市的廣州街頭，他瞬間以詩人的敏銳發現生活的巨變，這種巨變不僅僅是生存空間的改變，更是文化空間的改變。置身於城市，他環視周圍，那些「竹、溫泉、家園，原有的人文背景變換了，原有的詩的語彙鏈條也隨之斷裂。」到處是「雜亂無章的城市符碼：玻璃、警察、電話、指數，它們直接，準確，赤裸裸而沒有絲毫隱喻，就像今天的月亮，只是一顆荒寂的星球」。面對城市文明，楊克意識到「壓抑本能和欲望來對抗現代文明的寫作態度」是不真實的，而「肉體上皈依，卻精神上逃離，必然導致人格分裂的狀態」[2] 98。因此，「捍衛世俗生活權利」成為其世紀之交對「寫作的意義」的重要思考[3]。因此，對人的生存世俗性的肯定與描寫，成為他對城市生活現代性審視的一個重要基礎。

　　對城市中的人來說，「逃離」並不是一個可以解決人生存狀態的有效途徑，甚至城市生活越來越成為現代社會人們最基本也最為普遍的生活方式。因此，楊克以自己的城市生活為基礎開啟了以身體經驗進入城市的模式，他通過對城市中自己生命樣態的審視，以一種城市「在者」的身份被吸引到一個叫城市的地方生活，更是人的生活方式會受到城市文化的影響而呈現出城市化的特徵。早在 1986 年，楊克就敏銳地感知到城市中人的一種生存狀態，他以沒有任何稱謂的《某某》為題對城市中的人的生活狀況給以了詳細的描述。在詩中，詩人首先交代了「某某」的身份，一個終於在城市中獲得了一個並不豪華的棲息之地的人，在某幢一模一樣的大板樓中佔據一室一廳，對此，「某某很滿足」，每天上下班像放張舊唱片一樣兜一圈，讀讀報、看看電視上的新聞，某某因此知道世界上各個地方稀奇的事，比如「某國某婦女生了六十多個子女」、「某地某九十老翁長出了新牙」「挑戰者號升空爆炸」等等，「但某某卻讀不熟鄰居們的臉」。最後一句的轉折充滿了諷刺。這一個沒有稱謂的「某某」的生活狀態，其實正是城市中的大部分人生活的一個寫照。城市中的人會通過報刊、雜誌、電視等媒介來瞭解世界，知道諸多世界上的事情，但是對身邊的鄰居們卻知之甚少，甚至「讀不熟」他們的臉，與對門的姑娘平日裏即便「交臂而過」，也不過是「客氣地點點頭」。如果詩歌到此結束，楊克就不過是記錄了城市中大家都能感受到的一種生活狀態，算不上太有新意。然而，楊克並沒有結束他的觀察，相反以非常戲劇化的方式深化了城市中人的生活狀態，在看似隨意感性中深刻地揭示出城市生活文化的特

徵。某某有一天因為感覺無聊就去登了徵婚啓事，結果過了不久就有了中意的回音。於是兩人開始通信，在通過三封信後，某某發現與他通信的人好久就住在對面。某某於是鼓起勇氣去敲門，結果在「開門的一瞬間／某某和那位女某某／都客氣地點了點頭」。詩歌到此結束卻給人留下無限的想像空間。身在咫尺的人與人之間沒有任何交流，但他們卻可以在文字中積累情感——通信，然而兩個人在「通信」過程中的愜意、自由，一旦回到現實中，就又變成了沒有情感的某某，見面時「都客氣地點了點頭」，通過信件建立起來的情感此時卻難以在現實中自然地發展。這種看似荒誕的情況，恰恰揭示了城市中的人的存在狀況以及城市文化的特點。正如西美爾所說的「無數個體近距離的身體接觸必然使媒介發生變化，這樣我們才能使自己適應城市環境，特別是我們的同伴。通常，我們能進行親密的身體接觸，可我們之間的社會關係卻很遙遠」[4] 11。對於這樣一種文化特徵，路易斯·沃斯在《作為一種生活方式的都市生活》中進一步考察，認為由於受職業、生活等多方面的影響，都市中人與人之間的關係發生了重要的變化：「都市人極少依賴於特定的人，他們對他人的依賴限於高度分化的活動方面。其實質意義在於，城市生活的特點在於次級關係而不是初級關係。城市人之間的接觸可能的確是面對面的，但不過是非人格化的、膚淺的、短暫的，因而也是部分的」[4] 10。由此可知，如果沒有「徵婚啓事」，「某某」與「女某某」只能是點頭之交的鄰居而不會發生任何社會性關聯。所以當「某某」試圖從「通信」中走到現實時，兩人因失去關聯的媒介而只能再次陷入點頭之交中。

如果說城市中人與人之間的關係必須藉重某種「媒介」發生關聯，那麼城市中的個體也必須借助某種媒介與現實和諧相處，藝術作為溝通個體與世界的產物，順理成章地成為人們的首選。1994 年楊克以《楊克的當下狀態》對自己現實的城市生活進行了極為細緻的描述，首先是以白描直錄式的語言將自己的城市日常生活形態展現出來：「在啤酒屋吃一份黑椒牛扒／然後『打的』，然後／走過花花綠綠的地攤。」接著將目光投向自身之外，發現城市中上演的故事：「在沒有黑夜的南方／目睹金錢和不相識的女孩虛構愛情」。經歷這樣的生活，目睹這樣的故事，「他的內心有一半已經陳腐」。然而，陳腐的內心之所以沒有完全陳腐下去，是因為他「偶而　從一堆叫做詩的冰雪聰明的文字／伸出頭來／像一隻蹲在垃圾上的蒼蠅」。「垃圾」和「蒼蠅」本身都不是令人愉快的意象，但「蒼蠅」在「垃圾」之上獲取的滿足絕非像人們

厭棄的那樣不堪。而且反過來再看「垃圾」之於「蒼蠅」，其實是詩人調侃地表達「詩歌」之於「詩人」的一種滿足。正是有這種豁達的調侃心態，使楊克對城市人的生存狀態的認知既有理性的鋒芒，亦有一種淡然看之的溫情以及超然掌控的智慧。與詩歌幾乎同義，想像與夢幻同樣是都市人不可或缺的精神之羽。如在《一個叫唐文的女孩走在紐約的街道》一詩中，一句「你極少看到人的臉／在高樓和廣告的擠逼下」就將都市生活的狀態傳達出來，而「黑頭髮成為隱喻／憂鬱的花 只屬於瓶中之水」則成為異邦生活的生存寫照，「瓶中之水」的隱喻正表達了人在異邦漂浮的無根狀態。此時，只有借助夢幻才能營造出生命的美與幸福，「夢幻是你東方的寶馬／香氣縈繞的疾飛的馬蹄／馳過千山萬水／在汽車旅館夜總會的瑣屑生活中／搖響月光詩歌和美玉」。由此可見，當人們被城市的符碼緊緊裹挾乃至被物化時，藝術與夢幻就成為點亮他們城市生活的光亮。

然而，當人過多地借助藝術與夢幻來認識和描述現實時，人也就離自然越來越遠，人的生命強力也隨之減弱。如楊克在《看一個城市男人鋸木想起隨意拼接的詞》一詩中展現的，男人原始的勇猛形象已不在，「捲心菜過分白的臉」顯示出身體的孱弱，所以當木頭中忽然出現一枚釘子的時候，男人居然對此無能為力。詩人用極端對比的方式寫出這個城市男人失去應有力量的可悲來：「一枚大膽的鐵釘與一個巴格達似的男人對峙像一幅／童話／小山羊誘拐綁匪」與往日的「輕舟拉出長江」的縴夫相比，如今這「一起一伏的臀部 失去熱情」。從生命強力上來說，人已徒具其形，綁匪的特質完全消失而被小山羊誘拐，這簡直是一幅讓人震驚的現代童話。

對城市中人的生存狀態的本相透視，是楊克在詩歌中自覺表達的一部分，也是其在個人城市生活經驗之上作出的探索。他明確地感到城市中的人與以往田園生活的割裂，「表達的焦慮」促使詩人觸及新的精神話題，從此「盡可能地運用當代鮮活的語彙寫作賦予那些伴隨現代文明而誕生的事物以新的意蘊」[2] 98。

二、城市中的物

當城市中的人作為一個符碼被其他城市符碼包圍而慢慢物化，傳統意義上的詩意空間被物質化的商業空間代替，城市中的物也逐漸地在城市的文化空間獲得一種自我的主體性，人開始對城市中的物給以生命本質的關照。此

時，城市中的物與人之間在各個方面形成既相互融合又相互鬥爭的局面。面對這種狀況，詩人既享受著城市生活中的一切便利，同時又保持著理性的清醒，對城市中的一切元素採取中性的態度。他認爲「詩是關於世界的有意味的寫作」，因此要「從生活現場的鮮活與高度的歷史理性去整合這個時代的全息圖景」。他像一個精靈一樣飛翔於都市空間，聆聽聲、光、色的交響，通過創作擴展都市符碼的意象邊界，竭力從物性中發現新的精神話題，一如詩人所堅信的「每個新時期的經驗要求有新的表達，世界似乎總在等待著自己的詩人」[2] 69。

對城市符碼的發現與表達，楊克依然習慣於以自我的生理體驗爲基礎隱喻地呈現。他不止簡單地要求自己「變成一隻敏銳的耳朵，像隻小精靈一樣在新的寫意空間飛行」，而且對詩歌也有一種身體的隱喻「唯一的救贖方法就是讓現代詩歌換上美國人辛普森所描述的，『它必須有一個胃』，一個能把『煤、月亮、鈾、鞋子』消化爲一體的藝術之胃」[2] 69。在這樣的現代詩觀追求中，城市中的諸物自然而然地獲得了一種詩歌中的生命價值。如「火車站」在他的詩中就是一個「可以吐故納新的胃」，「蘆葦」在他的筆下是「會思想的」，即便是少有詩意的現代通訊工具「電話」，詩人都試圖將之變成像古典詩歌中的秋天、月亮等意象一樣，充滿詩意，在「非天然的審美對象中頓悟生命的靈性」[2] 98。在《電話》一詩中，詩人並沒有著眼於電話本身，而是對電話使用者的感覺進行細緻的描述，「磁性的聲音，像黑鰻從遠處朝我游來／軟體的魚，帶電的動物／一遍遍纏繞我的神經／你我是看不見的，有誰能看得見呢／感覺的遮蔽中，我們互相抵達／聲音的接觸絲絲入扣」。在詩人的描述下，現代的通訊工具亦可以散發出濃濃的詩意來。

從整體上講，城市並不是一個詩意的空間，但楊克發現城市中的動植物可以以其無限的生命力點燃城市的詩意，並給城市中的人以啓示。如《在東莞遇見一塊小稻田》中，詩人極力地寫出了矮腳稻如何在廠房林立、土壤嚴重匱乏的惡劣的生存條件下生長，通過「拼命抱住」「疲憊地張著」「摳」「聳」「拔節」「灌漿」等動詞，將矮腳稻惡劣的生存環境和蓬勃的生命力展現得淋漓盡致。正是在這一片小小的稻田裏，「我」看到了亮汪汪的陽光，看到了矮腳稻那種抓住僅有的一些土就拼命成長，給點兒陽光就燦爛的精神。因此與其說是它們「在夏風中微微笑著／跟我交談」，不如說是我在它們身上看到了生命的眞意與驚喜，果然頓時從喧囂浮躁的汪洋大海裏出來，神清氣爽——「像

一件白襯衣」，於是稻且如此，人何以堪？置身於浮躁喧囂的城市之中，人應該像稻子在廠房林立中抓住屬於自己的生存空間一樣，實現生命的完滿。與《在東莞遇見一塊小稻田》相似，詩人經常可以在城市中的動植物品性上頓悟生命的靈性。如《細雨中的花樹》《野生動物園》《逆光中的那一棵木棉》《一顆會思想的蘆葦》等詩歌都是以動植物自身的生命力彰顯城市的詩意。如面對「顯示城市的法則」的橋與鋼鐵，詩人並不直接表現，而是從與其相鄰的細雨中的花樹寫起，從而在詩篇的布局中將無詩意的城市法則置於詩人發現的充滿詩意的《細雨中的花樹》中，詩人著意刻寫進入眼簾的那面景色，濕冷而生硬的枝條帶著一種倔強「似乎要把天空抓傷」，這時候即便看見顯示城市法則的鋼鐵，依然不能抹殺我窺見它「另一半晴朗的灰色」以及「它內心花語迷蒙的隱私……」。

當然，楊克絕不是只停留在對城市中動植物的詩意想像，更在於他對其他城市元素的詩意賦予。楊克城市詩歌的詩意並不是借助一種虛幻的田園想像完成，而是通過對現代都市人生活方式的積極介入，在城市人的生活空間中完成詩意的建構。在詩人的筆下，城市生活中的「電子遊戲」「電影」「詩歌」「音樂」等元素，無不能帶給人們精神的解放。如在《1992年的廣州交響樂之夜》一詩中，詩人雖然注意到「物質的光輝和美／在城市的前胸和脊背晝夜燃燒」，但當音樂的「音符」飄來之後，「人瞬間掙脫了物的羈絆／以高貴完美的步子　接近終極／／踩著音階走向天空」。同樣地在《現代詩朗誦會》上，如果「迪斯科再迪斯一些／男的女的便詩人起來」。這種借助城市元素產生的審美體驗，是否源於詩人的多思？詩人明確地說不是，而是《你和我都有過這樣的體驗》——「看完一部武打片子走出影場／血液裏充滿了力量／骨骼也粗壯了許多／只要輕輕一躍／拳頭就可以將路燈擊得粉碎」。其實，城市中的所有符碼都會因為人的主體性而產生新的意蘊。在一篇眾多網友參與創作的《雞為什麼要過馬路》中，詩人再次確證詩意源於主體的想像和賦予。明明是一隻熟雞被拎在薄膜袋裏伴著主人走路的動作而一起一伏，在網友們不完全知情的情況下，這隻雞引起大家無限的遐想，被賦予諸多生命的意義——「那隻雞好快樂啊！」「雞之意不在馬路，在乎山水之間」「不想過馬路的雞不是好雞」「這哪裏是雞？分明是英雄」。「雞」作為田園畫面中極為普通的一個意象，出現在城市的馬路上就被賦予了眾多的意義。

由此可知，城市中的任何符碼從根本上講並沒有詩意與非詩意之分，重要的是人能否完成現代性詩思的賦予，人對現實的超越途徑可謂「八仙過海」。而且，從根本上講，這種詩意的賦予還與人類社會發展緊密相關。城市是成長過程的結果，而不是瞬間的產物。城市對生活模式的影響不可能完全消除以前人類交往的主要模式。所以城市的社會生活將或多或少地帶有早期社會生活中農場、莊園與村莊的記憶，承載著人們對心靈深處精神故鄉的渴望。

三、逃離城市的現代性反思

回顧 20 世紀中國文學，會驚訝地發現鄉土文學一直佔據的絕對優勢與比例，雖然從事實上講「中國文壇實際上是一種城市現象，中國現代文人是一個城市階層，而現代的文學創作是一種城市活動」[1] 4。但城市作爲文學對象被描述，除了在 30 年代的「新感覺派」中曇花一現，在張愛玲筆下蒼涼地傲然孤立，在 80～90 年代作爲故事發生的空間出現，城市一直沒有呈現出它完整的主體性，城市作爲欲望的化身往往被敘述成產生罪惡的淵藪，因此逃離城市成爲人們對心靈家園的最眞切的渴望。楊克作爲「現時代詩意切片的在場者」，以城市中的「在者」經驗對城市完成了主體性表達，城市生活的世俗與個體精神的超脫並行不悖地共同存在於個體生命之中，並由此完成了逃離城市的現代性反思。

文學理論家派克認爲可以從三個角度描繪城市：從上面，街道水平上（Street Level），從下面。從下面觀察的發現城市的文化本能，發現城市人的潛意識和內心黑暗，發現街道上禁止的事物，這是現代主義的觀察立場。從街道水平觀察更貼近城市生活的複雜性和豐富性，有一種視城市爲同類的認同感，把城市作爲一種正常存在，因而能夠比較客觀地表達出城市人生的隱衷、委屈和眞實含義，是寫實主義的觀察立場。從上面看則是把城市當作一種固定的符號，在這種眼光下城市是一種渺小的而且畸形的人造物，被包圍在大自然和諧而美妙的造化之中[1] 116。楊克經驗主義地書寫城市的方式，顯然屬於從「街道水平上」描述城市者。雖然詩人十分清楚城市「眞正的風景」，知道「再大的城市，都不是靈魂的／庇護所。飛翔的金屬，不是鷹」，知道「有無數條道路進入生活」，但作爲詩人，他依然對詩歌充滿期望：「我從未對詩絕望，既便詩是碎裂的瓷片，我也沐浴著釉的光澤浮動的清波。詩使我置身於喧嘩與騷動之中而心靈平和，獲得精神的提升」[2] 71。當人必須將城市作爲

自己朝夕相處的生存的基地時，逃離城市就成為一種不切實際的妄想。楊克對城市現代性的反思，源於他對世俗生活的體認，對城市本相的描寫與認知。

在楊克90年代以來的詩歌中，告知當下存在本相的詩歌佔據了其創作的大部分。楊克有很多詩呈現出一種白描式的寫實主義，在詩歌中展現生活的現實狀態。如《天河城廣場》一詩，開頭就對「廣場」的涵義進行了辨析，在「我」的記憶裏，「廣場」是政治機會的地方，身在其中的人雖然為集會激動，但往往是盲目的，像大風裏的一片葉子並沒有多少自主性。而今當詩人置身於廣州的天河城廣場時，才發現了「廣場」的另一種本相──「一間挺大的商廈」，完全沒有往日的政治氣息。而進入廣場的人，也都像「我」一樣，沒有什麼大的政治訴求，「都是些慵散平和的人／沒大出息的人」，他們或者生活愜意或者囊中羞澀，但不管怎樣他（她）來到廣場都是主動而自覺的，是充滿對物質的渴望與欲念，朝著實實在在的東西而來，所以他們「哪怕挑選一枚髮卡，也注意細節」。可以說《天河城廣場》的書寫不僅在於詩人闡釋了「廣場」本來的概念，更在於發現了廣場上的人，不管生活愜意還是囊中羞澀，他們都具有自我渴望和欲念支配下的那種主動性，細心地挑選自己喜愛的商品，顯示出城市中的人對物的一種超越與駕馭。

在生活本相之上發現另一種精神，是楊克在其城市詩歌中著意表現的。正如他對自己90年代以來詩歌創作進行概括時所說：「90年代以降，我的詩歌寫作大略可分為一大一小兩個板塊，其主要部分我將它們命名為『告知當下存在本相』的詩歌，從人的生存和時代語境的夾角揳入，進而展開較為開闊的此岸敘事，讓一味戲劇化地懸在所謂『高度』中的烏托邦似的精神高蹈回到人間的真實風景中，從另一種意義上重新開始對彼岸價值的追尋」[2] 97。最能展現詩人這種「此岸」與「彼岸」探尋的詩歌當屬《在商品中散步》。詩人開篇就特別地指出「生命本身也是一種消費」，所以在嘈雜的大時代環境中，當人們都在追逐著物質的時候，「我」沒有那種被物奴役的憤怒，而是「心境光明」「渾身散發吉祥／感官在享受中舒張／以純銀的觸覺撫摸城市的高度」。在現代社會，現代的伊甸園就是拜物，這是不可逆轉的潮流，所以，當「我由此返回物質，回到人類的根」時，人類社會的發展從另一個意義上重新進入人生，新世紀的靈魂也將在「黃金的雨水中」「再度受洗」。「純銀的觸覺」靈魂的「再度受洗」無不顯示了人在物質的消費中得到的無限滿足，題目中「散步」一詞更是寫出了生命的愜意，以及人面對商品的超越性。

　　面對物質誘惑，詩人毫不掩飾對城市物質的需要乃至喜愛，並從生理的角度進一步肯定物質帶來的滿足與幸福，但不管如何喜歡他都時刻警醒著。不以高蹈的精神反對物質，亦不在物質中迷失，正是楊克對現代城市生活生理感知的切身體認。如在《時裝模特和流行主題》這首詩中，楊克極爲鮮明地表達了這種身心歷程，當與廣告對視的過程中，在迷花亂眼中感到一種野性與高貴，但現實中「布的氣味，化妝品和眞皮的氣味」，帶給人的是「隱秘的、滿足的幸福」。這種對現代城市中商品氣味的滿足感與上世紀 30 年代茅盾的小說《子夜》中吳老太爺對都市光影的眩暈形成了鮮明的對照。這種滿足不是簡單的一種消費層面的滿足，而是對現代商品文明發自內心的喜愛，是對商品文明的一種充分肯定。於是認爲商品文明就是現代文明一樣，像一隻偉大的手一樣推動著歷史，於是人們應該感恩「鐵。石油。和水泥的優良品質」。對物質文明的無限熱愛，並沒有讓詩人完全地沉迷其中，就像他可以「在商品中散步」一樣，他在精神上對工業文明保持著距離，「暗香在內心浮動／工業的玫瑰，我深深熱愛／又不爲所惑」。

　　可以說，楊克對城市的現代性反思，絕不是一種情緒化的簡單逃離，而是一種生存經驗之上的自覺對話。既然城市不可避免地要成爲未來人們生活的中心，人們注定要遠離土地，那麼任何情緒的逃離都是一種自欺欺人的枉然。所以楊克對城市生活的現代性反思，帶有一種存在主義的哲學意味，與赫爾德琳的「人充滿勞績，但還詩意的，棲居在這片大地上」有異曲同工之妙。用詩或準確地說是詩意對抗人類的現代生存，正是詩歌存在的意義。楊克在講述進入詩歌寫作的途徑時特別指出，「發現不僅僅是一種技巧，也不僅僅是一種態度，更是一種信念」而詩人「對存在的發現是一切寫作的根本」[5]。正是在這個意義上，有學者特別指出：「楊克對當下城市生活的詩性描摹，如果說一開始僅僅是出於一個詩人忠實於生活的敏感性的話，後來則越來越變成一種有方向感的自覺的哲學性追求」[2]。

　　楊克堅持「詩是關於世界的有意味的寫作」，「力圖從生活現場的鮮活與高度的歷史理性去整合這個時代的全息圖景」[7]。將詩歌放在全球化語境中去思考，主動承擔起話語轉型的痛苦，力求觸及信息消費社會新的精神話題，以鮮活的時代話語賦予那些伴隨現代文明而誕生的事物以新的意蘊，正是楊克作品及其詩觀的呈現。楊克的人生軌跡的改變與中國社會十分重要的轉型期膠著在一起，所以楊克以自我生存經驗對廣州城市的發現、書寫及思考，

在中國整個社會進程中具有非凡的意義。因此，楊克對中國詩歌的貢獻就在於他不僅在詩歌中透視了城市的本相，還在於他在詩歌中完成了一種與城市和諧相處的現代性的反思與探索，更在於他在詩歌中特別地挖掘和張揚了廣州生活方式帶給他的精神資源，在燦爛的商業文明中點亮了廣州這座城市的文化名片。

參考文獻

〔1〕李書磊.都市的遷徙——現代小說與城市文化〔M〕.長春：時代文藝出版社，1993.

〔2〕楊克.廣西當代作家叢書・楊克卷〔M〕.桂林：灕江出版社，2004.

〔3〕楊克.寫作的意義〔J〕.文學自由談，2002（6）：50.

〔4〕孫遜，楊劍龍.閱讀城市：作爲一種生活方式的都市生活〔M〕.上海：上海三聯書店，2007.

〔5〕楊克.詩的發現——進入詩歌寫作的途徑和藝術方式之一〔J〕.詩刊，2004（5）：51～52.

〔6〕楊克.楊克詩歌集〔M〕.重慶：重慶出版社，2006：271.

〔7〕楊克.楊克作品及詩觀〔J〕.詩選刊，2010（5）：68.

詩意瞬間與敘述干預——以陳陟雲詩作爲例探討抒情詩中的時間敘述

吳丹鳳

（肇慶學院文學院）

摘要：

　　時間自古是一個永恆的話題，但從敘述的角度分析，並不是所有時間對敘述者的意義都是一樣的，對抒情詩而言，詩意具有瞬時性。因此，抒情詩的敘述意義即在於對詩意瞬間的追逐，詩人所做的就是在瞬間凝聚最豐富的情感，這需要對時間敘述技巧有一定的把握。本文以當代詩人陳陟雲的詩爲例對當代抒情詩進行時間敘述分析，主要對詩作中的時序干預、錯時敘述、層疊移情等方面進行探討。詩作敘述通過對時間順序的干預、折疊達到對情感厚度的醞釀，本文從時間敘述的角度探討詩作中詩意瞬間的產生，力求爲詩歌敘述的研究提供一定的借鑒。

關鍵詞：當代抒情詩　詩意瞬間　時間敘述　錯時　陳陟雲

　　時間自古是一個永恆的話題，夫子感歎，逝者如斯夫，不捨晝夜。人們生活在時間裏，感受生命的萌發、變化，在時間的流逝中等待，祈求。《擊壤歌》道：「日出而作，日入而息，鑿井而飲，耕田而食，帝力於我何有哉。」[註1] 闡述了人生的一種平淡生活和甘於平淡的美。《尚書大傳》中的《卿雲歌》有類似的記載，云「卿雲爛兮，糺縵縵兮，日月光華，旦復旦兮。」[註2] 講述了天地運轉的有常，時間的循環往復。但並不是所有時間的意義都是一樣的，浮士德在自以爲建造了人間的樂園之後，情不自禁地呼喊：「停留一下吧，你多麼美呀。」當我們體驗到極致情感的那一刻，我們希望人生能停留

〔註1〕沈德潛選：《古詩源》，中華書局，2006年版，第1頁。

〔註2〕沈德潛選：《古詩源》，中華書局，2006年版，第2頁。

在那一刻。漫漫人生在這一瞬間最讓人心潮澎湃。這一瞬間往往是矛盾的，人的幸福、痛苦、悲傷皆可能融匯其間。瞬間擁有無限的蘊意，如何將這一的瞬間固定爲文字片段重現，從人生的漫長圖景中取出詩意的一瞬作爲所有情感的寄託，頗爲不易。無論如何，這一體驗的極致狀態往往對文學家具有相當的意義。寫出《追憶似水流年》的普魯斯特曾寫到「我們生命中每一小時一經逝去，立即寄寓並隱匿在某種物質對象之中，就像有些民間傳說死者的靈魂那種情形一樣。生命的一小時被拘禁於一定物質對象之中，這一對象如果我們沒有發現，它就永遠寄存其中。」〔註3〕普魯斯特寫出一種被公認的文學事實，某一生命中的片段，或許「一小時」或許「一分鐘」，因爲體驗的極致而隱匿於某種物質對象之中。這一對象能觸動我們的情思，激發我們的靈感。觸碰這一對象的瞬間，我們戰慄不已，達到生命體驗的極致。對重視情感抒發的抒情詩而言，詩意瞬間的傳達尤爲重要。1922年，聞一多就在《〈冬夜〉評論》中指出：「詩是被熱烈的情感蒸發了的水氣的凝結，所以能將這種潛伏的美十足的充分的表現出來。」〔註4〕聞一多在這裡指出對詩進行水氣蒸發和凝結的重要性。在筆者看來，這裡的詩之蒸發與凝結，自然包含對詩敘述時間之蒸發與詩意瞬間的凝結。對於詩人而言，詩意的只是瞬間。詩人往往將逃離庸長，逃離恐懼的希望寄託於詩作中，在漫長時間中去擷取瞬間作爲敘述的表達重點。時間因而將詩人囚禁於某一瞬間，詩人耽於其間，樂於其間，時間敘述與詩人的詩作情感深度息息相關。譬如詩人海子敘寫的一瞬間是面朝大海，春暖花開的一瞬間，是在德令哈想念「姐姐」的一瞬間，是面對麥地痛苦質問的一瞬間。詩人敘述中著重去再現這一瞬間，找到這一瞬間的隱匿意象，以達到一種力透紙背的移情戰慄。因此，詩作的敘述離不開對瞬間的把握，離不開對時間敘述的重視，敘述與意義的浮現具有一體兩面的特質。

一、詩意瞬間是一種時序干預

詩意往往以一種「激情」與「自由」的姿態爆發，詩意噴薄使詩成爲詩人情感的展示平臺，然而情感的隨意抒發致使詩人意志後退。一首好詩必然

〔註3〕〔法〕普魯斯特：《駁聖伯夫》，王道乾譯，上海譯文出版社，2007年版，第1頁。

〔註4〕聞一多：《〈冬夜〉評論》，《聞一多全集》第2卷，湖北人民出版社，1994年版，第62～94頁。

是情感與意志的博弈體，詩人必須運用理智來節制情感，到達情志一體。艾略特曾說「詩歌不是表現個性，而是逃避個性」〔註5〕這裡指出的就是詩歌的敘述者干預的問題，用理智來節制情感，並不是爲了扼殺情感而是爲了情感瞬間的表達更醇厚更蘊藉。聞一多在論詩的時候指出「厚載情感的語言才有這種力量」「詩是被熱烈的情感蒸發了的水汽之凝結」「詩本來是一個抬高的東西」。〔註6〕聞一多在這裡強調了兩點：一是詩的情感厚度（熱烈情感的凝結，不是情感的隨意宣洩展露）；二是詩敘述理性的節制（蒸發情感，使用有力量的語言，刪減無用之部分，作詩不能隨意）。眾所周知，散文文體注重對細節的展示，而詩注重分行與跳躍。這種分行與跳躍的敘述恰是對無用時間與細節的拋棄，對詩人而言，如何聚思，如何干預？具體到對時間的思考中，不能不說，這裡有一個時序的問題需要重視。在哪一瞬間需要凝聚與哪一瞬間需要蒸發的思考中，摻雜著詩人的理性與審慎。在敘事文本中，敘述往往具有雙線性：文本敘述序列的線性與事件發生的實際線性，這一特質同樣體現在詩歌敘述中，因而時序（order）需要被觀察。詩歌敘述中，可能文本敘述序列的線性與事件發生的實際線性順序一致，也可能文本敘述線性與事件實際線性不一致，無論哪一種情況，都體現了詩人對詩敘述的思考與衡量。我們先來看看文本敘述序列線性與事件發生的實際線性順序一致情況下的敘述干預。譬如陳陟雲的《喀納斯河》片段：

> 車在走。對岸的景色盛開。到對岸去／只能是一種願望。車在
> 走／……／車沒有停下。對岸的馬蹄聲傳來。到對岸去／只能是一
> 種渴念。車沒有停下／……／車繼續在走。對岸的蝴蝶紛飛。到對
> 岸去／只能是一種奢望。車繼續在走／……／車越走越遠。對岸的
> 餘香隱約。到對岸去／已是永久的抱憾。車越走越遠〔註7〕

可以看見詩歌時間順序清晰，文本呈現的是一種抱憾，這種抱憾與「車在走」這一行爲聯結產生。因此，敘述者講述中，喀納斯河的整個遊玩過程中的其他事件都已經不再重要，重要的是此刻「車在走」這一瞬間的持續。因爲「車在走」這一瞬間與人生中種種身不由己之事聯結，遺憾情緒油然而

〔註5〕〔英〕艾略特：《艾略特文學論文集》，李賦寧譯，百花洲文藝出版社，1994年版，第11頁。

〔註6〕聞一多：《〈冬夜〉評論》，《聞一多全集》第2卷，湖北人民出版社，1994年版，第62頁。

〔註7〕陳陟雲：《夢囈 難以言達之岸》，中國青年出版社，2011年版，第33～34頁。

生。通過「車在走——車沒有停下——車繼續在走——車越走越遠」的漸進描述，遺憾情緒不斷累積，最終身不由己時間的延續，變成時間與「我」的決絕，「遺憾」變成了「永久的抱憾」。詩意的體驗在這一瞬間達到極致。這種極致的體驗隱匿於這一段路程中，與嚮往之地及嚮往之物不斷背離，最終與這一段人生路途融爲一體。詩人尋找到了詩意寄託的意象——「車在走」，而「我」困於此車，而人生亦如此，「我」困於此身甚至此生。將遺憾的極致體驗灌注一種密封時間狀態中，最終呈現爲頗具張力的情緒困境。敘述文本中，文本敘述序列的線性與素材發生的實際線性儘管一致，但對瞬間的捕捉讓情緒爆發。而在「車在走」的這一狀態中，情緒的張力凝聚在不同的情緒波動中，短短一段時間中，詩歌中的「我」經歷了「車在走——車沒有停下——車繼續在走——車越走越遠」幾個不同的細膩情感體驗，其中情感的層次有所轉折，祈求掩藏在抱憾中，而「我」只有祈求而沒有行動也是人生境遇中緊密相扣的一環。

　　詩人對時序的干預還體現在對線性（linear）敘述的時長省略。通過敘述的技巧式省略，時間性的錯覺在視覺上產生一種雙重體驗，一種是現實時間的衝擊，另一種是情感時間的緩慢（或易逝）帶來的心理恍惚感。如陳陟雲的《那拉提草原》：

> 上山時，我們仿若哈薩克少年／沿途用愉悦種植景色／把山坡
> 和谷地都種植成青翠無暇的草原／下山時，我卻已白髮飄飄／隨身
> 帶走連綿的曠寂與蒼茫／……〔註8〕

　　敘述者通過對時長的操縱，追求一種與現實相悖的閱讀畫面的折疊呈現，時間易逝帶來的身心變幻，情感累積（從少年到白頭）帶來的厚重感，導致文本產生一種複雜的美學和心理學效應。「我」從少年變爲「白髮飄飄」，「我」帶走了「連綿的曠寂與蒼茫」。從文本敘述來看，「我」的人生體驗豐富了，然而這種豐富不可能短時間使「我」變成「白髮飄飄」，這只能是一種錯覺，這種錯覺是由敘述干預造成的，要麼是故事的時間干預，省略了現實中發生的很多故事（比如很多年過去了，「我」下山時變成了「白髮飄飄」），要麼是一種話語干預，省略了一些敘述話語，比如在敘述者運用特權刪去了「彷彿、似乎」等話語（即「我」彷彿看到了自己已經「白髮飄飄」）。無論是哪一種干預都展示了詩歌敘述干預對文本最終視覺效果和心理效果的影

〔註8〕陳陟雲：《夢囈 難以言達之岸》，中國青年出版社，2011年版，第37頁。

響。文本敘述中對時間的干預可以扭曲現實，可以製造錯覺，可以造成情感的落差。這種時序操縱的目的依然是為了突出某一時間狀態：「上坡時」與「下坡時」。如果說陳陟雲的「車在走」是某一密封時間狀態，那麼「上坡時」與「下坡時」也依然是某一密封時間狀態：「坡道中」。只是「車在走」的時間狀態更多來自外界的密封，所以「我」是一種「抱憾」，而「坡道途中」「我」的時間狀態是一種自我情感釋放，以致於「我」被自我隔絕，沉溺於情感體驗中。

時序干預可能並不決定詩的質量，但時序干預必然與詩蘊藉度之間存在著關聯。又如陳陟雲的詩《一生不變的愛情》：

> 那時，他是一張新鮮的紙，潔白、脆薄／有著青草的味道。飄過時／她俯身，在撿與不撿之間，動了三下指頭。／便是三十年／時光的銅銹落滿她的兩頰／重逢時，他是一張色彩斑斕的紙，堅韌、厚重／卻被滄桑擠皺，被風花雪月壓下深痕／她眯起眼睛，恍惚間，眨了三下眼皮／又是三十年／時光的補丁遍佈了她的臉／她扳動念珠，如扳動源源不斷的憶念／窗臺，一張灰黑的紙輕輕飄臨／伸手而接，滿手灰燼〔註9〕

這首詩同樣是運用了省略的時間敘述方式，但在敘述的開始，並不是向前延伸，而是倒述，時間一開始就從現在倒回到年輕的「那時」，通過對時長的壓縮，每個三十年只是選取了一個瞬間來描述，那就是「他」與「她」之間情感交錯之時間片段，第一個十年，選擇權在「她」手中，但是「她」在雙方交集的時間片段中，只是「動了三下指頭」，很明顯，「她」的猶豫錯過了對方；第二個十年，「他」成了一張色彩斑斕的紙，堅韌厚重，而「她」只能在恍惚間眨了三下眼皮，很明顯，「她」已經沒有選擇的權利了；最後一個三十年，「她」只能在「憶念」中度過。伸手接住的「一張灰黑的紙」，到底是「他」留給「她」的憶念凝結，抑或本來就是「她」自身毫無色彩的一生呢？無人得知，或許兩者皆有。省略的敘述話語將一名女子的一生刻畫得形神兼備，既有視覺又有心理直觀。遺憾的情感通過瞬間片段的編排鋪陳，在文本最後的一瞬到達極致，「伸手而接，滿手灰燼」。一生愛恨情仇，盡成灰燼。既然一生必然成灰，何不酣暢淋漓？但似乎無論哪一種選擇都是一種徒然。人生皆空，而情感永存。情感無疑寄寓並隱匿在某一時間片段中，等待

〔註9〕陳陟雲：《夢囈 難以言達之岸》，中國青年出版社，2011年版，第17頁。

詩人挖掘並得以浮現以供世人共鳴，而其呈現必然藉由時序干預。因此，在詩歌敘述中，詩意瞬間的產生需要時序干預，而時序干預是一種具有敘述者特質的文字呈現。時序干預可以是順時干預也可以是逆時干預，爲了情緒的集中，往往會採取省略的方式來講述，突出某一時間片段，但對情緒的微妙處理將影響詩的質量。

二、詩意瞬間是一種錯時醞釀

在時間的長河中，詩人關注生命本身，關注個體的幸福、痛苦與憂愁，海子直言「我的詩歌理想，應拋棄文人趣味，直接關注生命存在本身。」〔註10〕「不僅要熱愛河流兩岸，還要熱愛正在流逝的河流自身……」〔註11〕在詩人的生命長河中，得以浮現長河表面的往往並不僅僅是現在的這片河域，詩人常常徘徊於時間的路途中，往返於過去、現在與未來，因而在詩人的筆下，時間並不是單向的旅程，至少在心理的層面，時間片段可以穿越現實的迷霧，疾馳於詩人腦海中。古希臘哲學家赫拉克利特曾說「要兩次踏入同一條河流是不可能之事」〔註12〕，柏格森也認爲「我們的綿延是不可逆的，我們不能再次經歷它的一個片段，因爲必須首先抹去後面的所有回憶。」〔註13〕可見，再次踏入同一條河流對哲學家而言是奢望，而詩人憑藉對時間片段的捕捉與凝聚，在詩文本中洗滌生命的滄桑及逃脫時間的殘酷。

詩人在詩敘述中，通過時序干預來達成對時間的掌控。而錯時（anachronies）是其中常見的敘述手法。錯時對詩情感的營造和瞬間詩意的爆發具有不可取代的作用。錯時通過敘述內容的省略與敘述方向的變動來折疊現實素材，以達到對情感厚度的醞釀。對過去素材的敘述，可以說是一種追述（retroversion），而對未來素材的敘述，可以說是一種預述（anticipation）。在詩敘述中，這兩種錯時都是常見的，如陳陟雲的《深夜祈禱》：

只有在這樣的深夜，才能靠近你！／那些該死的時間碎片／赤裸的腳如何踏在地上？／最美的顏色依然是鮮血的光澤／帶著體香，彷彿玫瑰的哭泣／如

〔註10〕西川編：《海子詩全編》，上海三聯書店，1997年版，第897頁。

〔註11〕西川編：《海子詩全編》，上海三聯書店，1997年版，第916頁。

〔註12〕〔古希臘〕赫拉克利特：《赫拉克利特著作殘篇》，T.M.羅賓森英譯／評注，楚荷中譯，廣西師範大學出版社，2007年版，第102頁。

〔註13〕〔法〕亨利·柏格森：《創造進化論》，姜志輝譯，商務印書館，2004年版，第11頁。

果你是一隻蝴蝶，那麼必須飛越一生的漫長／在我的傷口上停歇吧／最痛的語言就是一個深吻／像火焰，尖銳而不能錯過的火焰／所有的淚水都是模糊的／光影的疲倦，來自體內的骨頭／像三根剛剛焚完的香／祈禱從凌晨三點開始／梵音漸次溫暖，以讀信的速度／滲入緣由和預兆的冰涼／每個音節，都是一些難以忘懷的往事／在不及闡述的空懸裏／墜於聽覺的迷惘〔註14〕

詩歌從「只有在這樣的深夜，才能靠近你」開始回憶往事，在追述中，更多地引入了主觀性的敘述，比如「如果你是一隻蝴蝶，那麼必須飛越一生的漫長，在我的傷口上停歇吧」近似於意識流文本的敘述。而詩中將意象取代事實素材進行敘述的行爲十分常見，造成時間敘述的錯綜複雜，比如「那些該死的時間碎片」無疑指的是往事中難忘的情感片段，然而具體是怎樣的事情，詩人卻不會告訴我們，我們只能從「赤裸的腳如何踏在地上？最美的顏色依然是鮮血的光澤」來推測這段情感是一幕悲劇。隱晦的敘述，不斷跳躍的現實與時間閃回，拼湊出光怪陸離的畫面。詩人企圖引領我們到達他傳遞的詩意瞬間。那種且悲且喜的極致情感。詩人通過對往事的追述，營造一種視覺與感受的在場感，「所有的淚水都是模糊的」，很難在現實中看清楚往事的面目，「光影的疲倦，來自體內的骨頭」，因爲所有我們看到的光與影交織而成的畫面都摻雜著詩人體內刻骨銘心的記憶。記憶並不是一種虛空，因爲它來自體內的眞實，並已與現實中的某一意象結合，「像三根剛剛焚完的香」，這裡達到普魯斯特的理念：體驗的極致而隱匿於某種物質對象之中。情感記憶的意象，詩人用「三根剛剛焚完的香」來比喻，運用得恰到好處，三根剛剛焚完的香，焚香時長不長也不斷，三根，與天下信徒敬奉給神靈的虔誠一致。這段情感是有觸覺、有嗅覺的一段詩意時間。

因此，詩的錯時敘述與其他敘事文體不同，往往不是一種完全客觀的追述或預述，往往摻雜對過去的回憶與對未來的追述。敘述學者在分析具體文本的錯時現象時曾指出，文本中存在「非眞實的」錯時，以「意識流」來打比方，所謂的「意識流」文學往往將自身限於「意識內容」的再現上，因此不存在時間先後順序分析的問題，爲了解決這一問題，也爲了能夠在其他文本中顯示出這種「虛假」錯時與其他錯時之間的區別，可以引入附加的主觀性（subjective）與客觀性（objective）錯時概念。這樣，主觀性錯時僅僅指「意識的內容」處於過去或將來的錯時，不是在想起來那一刻「意識」的過

─────────────────

〔註14〕陳陟雲：《夢囈 難以言達之岸》，中國青年出版社，2011 年版，第 11～12 頁。

去。〔註15〕儘管如此，筆者認爲詩的錯時與意識流的錯時依然不一樣。詩的錯時是一種摻雜著意象的主觀意識與現實時空錯時，具有更絢麗的視覺與更複雜的寓意。讀者在閱讀中需要感知敘述時間的變動，並結合意象追尋詩人的意識指向。如陳陟雲的《深度無眠》：

> 深度無眠，只爲那漸行漸遠的詩意／凌晨三點，疼痛像一朵寂靜的花／開在石頭的内部。傾聽一些傷口的聲音／比目睹一把劍的寒冷還要確切／活著，永遠是一滴淚／死亡，無非是一灘血／這樣的時代還有什麽骨頭／可以雕刻自己的塑像？／在夜裏，給語詞塗一點顏色／孤獨就是一片黑／愛作爲詞根，是一撚火焰／熄滅，或者燒毀所有搭配的字／已經沒有器皿，可以安放那些灰燼了／只有疼痛的花，通過潰爛的石頭／在這樣的時刻開放／成爲靜物，每夜被臨摹〔註16〕

詩人在「凌晨三點」開始陷入對往事的追憶，「傾聽一些傷口的聲音」，然而傷口所帶來的是寒冷，這種寒冷是如此眞實，甚至比「目睹一把劍的寒冷」還要確切。因此，詩人開始陷入主觀的形而上思考中去，對存在做出了自己的判斷，「活著，永遠是一滴淚」，「死亡，無非是一灘血」。時間隨即回到當下「這樣的時代」，詩人思考個體的存在價值，即便在「這樣的時代」，詩人也還想「雕刻自己的塑像」，展露詩人卓爾不群的内在與高蹈出塵的品質。時間的客觀性與思考的主觀性結合，當下的思考與置於過去的事件交錯浮現，推動意象的逐一呈現。對時代的質疑，轉瞬籠罩詩人的内心，既然這樣的時代無法容許能夠雕刻塑像的硬骨頭存在，不如回歸孤獨。在孤獨中點燃火焰，燒毀所有搭配的字，以愛的名義讓一切重歸空寂，這種孤獨的燃燒持續了多長時間呢？以至於已經沒有器皿可以安放燃燒後的灰燼了。唯有疼痛，凝固爲一種靜物，每夜被臨摹。所有的動詞，塗、燒毀、安放、臨摹，都不是眞實的舉動，而是對情感複雜層次的區分，因而在視覺上取得非常豔麗複雜的效果。在當下的主觀性描述中，時間是一個動態的存在，時間流動中，甚至滲透了往事的遺跡，疼痛、潰爛都不是單純的現狀，而是一種漫長的積累，時間流動中，既有位於過去事件的影響，也有對未來事件的預述「成

〔註15〕〔荷〕米克・巴爾：《敘述學：敘事理論導論》，譚君強譯，北京師範大學出版社，2015 年版，第 77、80 頁。

〔註16〕陳陟雲：《夢囈 難以言達之岸》，中國青年出版社，2011 年版，第 13〜14 頁。

爲靜物，每夜被臨摹」。錯時中的預述，相比於追述，往往情感層次要簡單一些。錯時，在這裡是一種敘述的技巧，對詩而言，融合進意象中的往事與當下的關係是如此複雜，以至於有時嚴密的分析顯得艱難。意象化了的素材到底涉及哪個時間，有時是不能明確區分的，而對於詩而言，含混、雙關，正好可以營造多重意境，反而促進詩意的生成。

三、詩意瞬間是一種層疊移情

詩的時間敘述因而在層次上構成多重敘述，成爲多個時間片段的組合體。在詩的雙關與含混中，可能會出現一個問題，就是哪個時間段應該被視爲詩的主要敘述時間。這個問題探討起來其實頗爲複雜，但在抒情詩中，因爲詩人的切入與立足點往往是「現在」，因而筆者將「現在」視爲詩的主要敘述時間。譬如陳陟雲的《深度無眠》，「深度無眠，只爲那漸行漸遠的詩意；凌晨三點，疼痛像一朵寂靜的花」一開始的敘述時間就是「現在」，現在是什麼時間呢，是凌晨三點，而之後的追述「開在石頭的內部。傾聽一些傷口的聲音」，這是對已經過去了的痛苦往事的追憶，追憶之後，敘述者重新回歸到現在，「他」痛苦地意識到，傷口太多，堆積的疼痛太多，以至於即便以愛的火焰去燃燒所有過去，剩下來的灰燼也已「沒有器皿，可以安放」。回到現在，對現在處境的深刻認知，詩人已經可以預述未來的情形，那就是疼痛從已成爲灰燼的往事中生長出來，成爲類似於花朵的形狀，每夜開放並被敘述者細細體會，「只有疼痛的花，通過潰爛的石頭；在這樣的時刻開放；成爲靜物，每夜被臨摹」。這首詩無疑構成了三個層次片段的時間敘述組合。基本的圖式建構是這樣的：

現在 ⟶ 過去 ⟶ 現在 ⟶ 未來

因爲詩的時間敘述中摻雜主觀意識的內容。我們在進行分析的時候，需要分清楚這種「意識的內容」是屬於「現在」、「過去」還是「未來」。比如，「凌晨三點，疼痛像一朵寂靜的花」這裡涉及到疼痛的內容是屬於「現在」，而「傾聽一些傷口的聲音」，這裡的傾聽雖然是現在的動作，然而講述的傷口的聲音卻是往事，因而「傷口的聲音」中蘊含著「過去的意識內容」，詩歌最後「成爲靜物，每夜被臨摹」，這裡敘述的動作和意識都是屬於「未來的意識內容」。但是，我們不能據此認爲詩中的主觀意識內容是屬於純粹的意識而不是素材，因爲，詩的敘述是一種情感敘述，這種情感還是以事件的發生爲促

發點，意象是情思與現實世界的融合，是基於現實素材的情感。我們也可以將追述與預述看做是一種插入的敘述。與小說敘述相比，詩的插入素材，往往不是一種明確的客觀事件敘述，而是一種隱晦的事件敘述。從已經發生了的事情中提煉出當時的情緒，另外尋求恰當的物象作爲器皿安放。對於詩人而言，對敘述時間的干預，將事件虛化並與現實情景相互嵌入、纏繞，可以造成一種陌生化的敘述效果，恰當陌生化敘述是詩意產生的重要依託。

在詩的時間敘述中，涉及現在、過去與未來，其時間呈現一般爲客觀性時間敘述的簡單與主觀性時間敘述的複雜相結合。正如我們前文所述，將「現在」視爲詩歌講述的主要時間，以「現在」爲界，我們可以將詩中的追述區分爲內在式追述、外在式追述與混合式追述。發生在主要時間跨度以內，可稱爲內在式追述；發生在主要時間跨度以外，可稱爲外在式追述；追述從主要時間跨度以外開始，而在它之內結束，可稱爲混合式追述。詩的追述往往是一種內在式追述。比如陳陟雲的詩歌《深夜祈禱》：「只有在這樣的深夜，才能靠近你！／那些該死的時間碎片／赤裸的腳如何踏在地上？」詩的敘述從「這樣的深夜」開始，在這樣的夜中，追憶往昔，墮於「空懸」的迷惘，在這些敘述中，我們可以看到敘述的層次是二層，現在——過去、過去——現在的不斷交錯層疊。其中，提醒我們「現在」的存在的幾個句子是「只有在這樣的深夜」、「所有的淚水都是模糊的」、「祈禱從凌晨三點開始」，意識流動往返於現在與過去之間。在這樣的深夜中，「我」追憶往昔，往事以碎片的形式存在，這些碎片必然是痛苦的，尖利的，以至於「我」無法用赤裸的腳踩在地上。但是這些碎片也是我籍以靠近你的憑藉，痛苦作爲一種中介，以痛苦靠近往事，以痛苦聆聽「玫瑰的哭泣」，而「你」「是一隻蝴蝶」，當愛恨一體之時，「最痛的語言就是一個深吻」，在現實與往事的交錯中，「火焰」、「淚水」、「骨頭」、「焚香」、「梵音」都依次出現，其中只有一個詞是具有客觀意義的，那就是「淚水」，其他都是主觀性內容所投影出來的意象。在詩的內在式追述中，故事與素材間的關係是如此複雜，而主觀性追述往往成爲詩敘述的重點，主觀性敘述可以遮蔽現實，引領我們進入敘述者的往事中，也因爲主觀性敘述的雙關和含混，讓我們對詩人的追述產生種種自動的填補性遐思，更有利於讀者的代入共情。讀者不會對客觀事件的缺失感到不滿，因爲讀者在詩閱讀中的閱讀期待與小說閱讀中的閱讀期待截然不同，在詩的內在式追述中，讀者恍惚間已置身於一種存在體驗的共性重疊中，讀者

生活中的往昔體驗與詩句中的情感內容重疊，在詩閱讀中，到達一瞬間的**移情戰慄**。

詩敘述中也有外在式追述，追述是往事的重現，追述發生在主要素材的時間跨度以外。如陳陟雲的詩《一生不變的愛情》，追述的起點不是「現在」而是「那時」。「那時，他是一張新鮮的紙，潔白、脆薄」「重逢時，他是一張色彩斑斕的紙，堅韌、厚重」「又是三十年」，時間敘述以相遇的瞬間作爲敘述重點，而「他」則是以一張紙的意象呈現。這首詩敘述的是已經發生的事情，是對往事的追述，但無論是「那時」還是「三十年」後都不是重點，確鑿的過去只是鋪墊，只有「又是三十年」後的時間定格才是重點，「窗臺，一張灰黑的紙輕輕飄臨；伸手而接，滿手灰燼。」畫面感極強的瞬間定格在詩的最後，一個女性的一生，所有情感的壓縮最終以一種「憾念」的方式呈現我們眼前。時間到底是可怕的，而敘述者通過對時間的敘述，巧妙地證實了這一點。存在的一瞬間才是一生的極致，而之前所發生的不過是鋪墊。通過時間的敘述巧妙地印證了時間的力量。

陳陟雲詩中關於時間的敘述層次，並不僅僅是內在式追述與外在式追述兩種，其營造頗具匠心，比如《雨在遠方》：

> 向雨中再走數里，當可觸到她的氣息了／草原如此廣闊，只有一棵樹，佇立其中！／我無意造景，此景常浮眼中／雨水淋漓，一棵樹／就像是她在遠方拋下的背影／以戰慄的線條／冷卻漫長的等待和希望／孤單應是一種榮耀／與傲岸融爲一體，把生命的本源／省略爲雨水於指間的流動／一棵樹，長久地感受時光的蒼涼／就是雨水的蒼涼／感受心跡的走向，就是雨水的流向／在預言將近的夜晚，一棵樹／是雨水洗出來的樹／雨是必需的，沒有雨水的清新和朦朧／很難透過一棵樹／想像一場美麗的愛與憂傷／別停下來，向雨中走去／定能觸摸她起伏的氣息，和微溫的體香〔註17〕

在這首詩中，時間敘述的特點，乍一看會以爲是內在式追述，時間的敘述起點似乎是「雨水淋漓」的當下，無論是對孤單的感受還是對往昔的追憶「漫長的等待和希望」、「生命的本源」、「時光的蒼涼」都是發生在當下的時間跨度以內。一個鮮明的場景浮現在我們眼前，詩人在雨水淋漓的草原，感受時光的蒼涼、感受生命的流逝，並想像一場「美麗的愛與憂傷」。然而敘述

〔註17〕陳陟雲：《夢囈 難以言達之岸》，中國青年出版社，2011年版，第26～27頁。

者卻有一句話讓我們覺得這一敘述時間起點的可疑，那就是「我無意造景，此景常浮眼中」一句。這句話是具有暗示意味的，它暗示我們的敘述時間起點並不在那「雨水淋漓」的草原，而是回來之後的「現在」，因此，敘述者才對敘述對象強調，「我無意造景」，強調所敘述物象的真實，因為體驗的強烈，所以「他」過去體會過的這一場景常常浮現眼中。這樣一來這個「講述的現在」將「雨水淋漓」的時間往後推移，草原的經歷變成了回憶。草原的回憶與敘述的「現在」之間的間隔瞬間擴大，而詩的敘述時間瞬息變得複雜起來。不再是現在——過去——現在，而是過去——現在——過去。敘述的起點由「現在」變為「過去」，敘述將從內在式追述變成混合式追述。因此，詩的時間敘述並不單純，敘述者起到很大的作用，不同的敘述重心，會導致敘述時間的偏離。當代抒情詩中的時間敘述，可能刻意營造一種敘述的線性中斷，以造成一種難以追尋無從捉摸的超現實情思。

　　徐志摩曾盛讚波特萊爾的詩「像一支伊和靈弦琴（The Harp Aeolian）在松風中感受萬籟的呼吸，同時也從自身靈敏的緊張上散發不可模擬的妙音」〔註18〕這句話體現徐志摩對情感共振與敘述干預的一種見解。「萬籟的呼吸」與「不可模擬的妙音」呼喊出情感的自由與自然天性的抒發，而這種呼吸藉由伊和靈弦琴而到達聆聽者之耳，引發共情。同時，這種抒發是在拉琴者干預之下發出的自然之聲，這種情感的抒發是一種基於「靈敏的緊張」之上的一種自由情感抒發。徐志摩早期寫的《康橋再會罷》形式散漫，因而被編輯當做散文刊出，而後來收錄在其《猛虎集》中的《再別康橋》則具有了一種整飭的形式與幽深的意境。〔註19〕這一變化恰來自其對詩敘述的謹嚴思考。詩歌敘述中對敘述時間的考慮，是一種基於情感凝聚與水氣蒸發的理性思考，這種思考落實在敘述行為中是一種對匀速敘述運動的打破。熱奈特曾說：「無論在美學構思的哪一級，存在不允許任何速度變化的敘事都是難以想像的。」〔註20〕譚君強也指出「可以肯定地說，在抒情詩歌中……不可能出現一種既不加速、也不減速的匀速敘述運動。」〔註21〕因此，抒情詩中的敘述

〔註18〕徐志摩：《波特萊的散文詩》，《新月》，1929 年第 2 卷第 10 號。
〔註19〕徐志摩《康橋再會罷》最初被編輯當做散文不加分行發表於 1922 年 3 月 12 日《時事新報‧學燈》，後該報於同月 25 日重新分行排版發表。
〔註20〕〔法〕熱奈特：《敘事話語 新敘事話語》，王文融譯，中國社會科學出版社，1990 年版，第 54 頁。
〔註21〕譚君強：《時間與抒情詩的敘述時間》，載《思想戰線》2017 年第 3 期。

者必須對時間敘述的做出理性的干預，用理性節制情感，醞釀情感。無論是時長的省略，錯時的敘述技巧或是線性中斷的刻意爲之，都是爲了層疊移情，千言萬語凝聚成一瞬，生命體驗到達極致。假如說，文學家往往並不追求人生的圓滿，而是沉溺於人生某一瞬間詩意的重現，進而沉潛於語言中，將瞬間情思理性呈現於文本。這裡的情感與理性敘述的結合恰是詩敘述的眞義。那麼，詩意瞬間在抒情詩與在其他文體中的呈現有什麼根本的區別呢？筆者認爲，其最根本的區別在於敘述編排中的敘述者干預是否具有某種穩定性。可以看到，抒情詩因爲篇幅的限制，必須在分行排列的文體形式中加以省略、錯時、層疊等時間敘述技巧，並已形成一種範例。凡是對這種敘述風格的偏離，摻雜進更多的日常事件敘述，則化爲注重細節的散文體，文本中的情感必將被沖淡，瞬間情思的情感層疊可能由立體化爲平面，或將成爲一種惆悵，或將成爲文本諸多複雜主題中的一種，不再具有抒情詩瞬間情感層疊衝擊體驗唯一性。因此，抒情詩歌中的詩意瞬間與敘述干預息息相關，值得我們深入探究。

作者簡介：

吳丹鳳，女（1985 年～），廣東茂名人，肇慶學院文學院講師，主要研究方向爲敘事學、詩歌研究、女性文學、英美文學。

民間文學獎的獨立性、國際化與經典建構
——以「詩歌與人・國際詩歌獎」爲中心

周顯波

（嶺南師範學院文學與傳媒學院）

摘要：

　　1999 年黃禮孩創辦了《詩歌與人》雜誌，到 2005 年他設立了「詩歌與人・詩人獎」，2014 年更名爲「詩歌與人・國際詩歌獎」。黃禮孩一個人創立並堅持的這個詩歌獎在獨立性、國際化和經典建構等方面都具有著典型的意義和價值，它爲民間詩歌獎的評獎提供了一種可供借鑒的模式，也在評獎標準的持守等方面爲當代文學獎項的設置及運作提供了一種經驗和方向。

關鍵詞：文學評獎；新世紀；獨立性；國際化；經典建構

　　目前國內的文學獎項按照地域來劃分，主要可分爲全國性文學獎和地方性文學獎，前者有茅盾文學獎、魯迅文學獎，後者有各省市設立的文學獎；按照官方和民間來劃分，有政府設立和主辦的文學獎，也有學會、刊物、基金會或個人主辦的文學獎項；依照文體類型可分爲單一文體類型文學獎和綜合文體文學獎，前者有茅盾文學獎、曹禺戲劇文學獎，後者有魯迅文學獎。在眾多文學獎項中，黃禮孩於 2005 年創辦的「詩歌與人・詩人獎」（2014 年更名爲「詩歌與人・國際詩歌獎」）是一個非常特別的存在。首先，這是一個人的詩歌獎，即獎項從組織、籌備、評選、頒發等環節均由獎項創始者黃禮孩一人完成，這一點即使在民間文學獎中也是極其少見的。其次，與國內絕大多數的文學獎不同，「詩歌與人・國際詩歌獎」是一項具有國際視野的世界文學獎項，截止 2018 年 9 月，已舉辦了十三屆的該獎，共頒發給 11 位外籍詩人。2011 年 4 月托馬斯・特朗斯特羅姆在獲得「詩歌與人・詩人獎」後，於

當年 10 月被頒發諾貝爾文學獎，這一事件更讓黃禮孩主辦的這一詩歌獎項聲名遠播。

本文將以「詩歌與人・國際詩歌獎」（以下簡稱「詩歌與人」獎）爲中心，探討民間詩歌獎的獨立性、國際化與經典建構，進而思考「詩歌與人・國際詩歌獎」之於當代文學評獎的經驗。

一

如果嘗試分析「詩歌與人・國際詩歌獎」的話，首先不能忽略 1990 年代後文學獎生產的語境背景。

1990 年代以來，在市場化語境遷移、文學自身制度轉型和讀者心態的變化合力裏，文學從 80 年代全民矚目的輝煌位置下降，伴隨著這種變化，一些權威的文學評獎也經受著諸多考驗：意識形態導向還是文學審美追求定位，或者在二者之間如何取得平衡？讀者取向、市場取向還是精英取向？評獎過程如何保證公平公正？評獎專家選擇、評獎結果等怎樣做到令受眾滿意和信服？正是圍繞上述這些問題，多項權威性的文學評獎成爲爭議對象，也因爲文學評獎的引發爭議而讓上述現象成爲亟需解決的問題。雖然文學獎項自身，特別是權威性的文學獎項在規則的透明度和公平性方面不斷改進，尤其是近年來，改進的效果是有目共睹的，但是，權威文學評獎的基本屬性和體制身份決定了評獎結果距離完全「服眾」還有較長的一段路要走。加之當代文學形態豐富，作品數量巨大，評價標準多元，以上這些原因更加劇了權威評獎的難度。

既有文學評獎的主流機制是成立由批評家組成的評獎委員會，由委員會對評選對象進行投票，最後對外公布結果。這種評價機制以投票的方式保證了評獎委員會的「共識」，因此在某種程度上說，這種「共識」毋寧說就是批評家們意見妥協甚至博弈的結果。所以，這樣產生的評選結果有時候只能是差強人意。王彬彬以茅盾文學獎爲例，談到，「有些獲獎作品，只是在獲獎的時候人們知道了一下，很快又忘記了。獲獎之前不爲人所知，獲獎之後也迅速死去。」〔註 1〕正是基於對很多評獎方式的不滿，一些民間的文學評獎陸續創辦，他們以自己的個性化評獎方式來對主流的、具有官方背景的文學評獎構成了一种競爭關係，同時豐富了文學評獎的生態。但民間文學獎也面臨一

〔註 1〕 王彬彬，「獲獎作品能被記住的很少」，南方週末，2008-11-06。

些考驗，諸如資金問題和可持續性的問題。此外，很多民間文學獎在獎項設置理念、文學觀念、評獎環節、評委選擇、評獎對象、評選程序等方面也未必和官方文學獎顯出差異，尤其是在環節的公平性與評獎結果的公正性方面還需要進一步加強。

上世紀末新詩面臨諸多爭議和論爭。從老詩人鄭敏對白話新詩發展方向的質疑，到新詩傳統的討論，90 年代末的知識分子寫作和民間寫作的論爭，新世紀以來的口語詩、下半身寫作的爭論，再到「梨花體」、「羊羔體」等，這些現象都成為牽動詩壇神經、引發爭議的重要事件。在這些爭議性事件的背後，實質上涉及更多的是有關現代詩的經典化以及現代詩評價標準問題。文學評獎的重要目的之一就是以肯定性的價值判斷來確立文學經典，從而樹立和普及一種美學評價標準，最終構建起文學經典體系。在當代詩壇內部的爭議中，如何通過詩歌獎的評選、傳播來構建詩歌美學標準和經典體系，這是詩歌文學評獎亟需思考的問題。詩歌獎項的評選結果中反映了獎項的詩歌評價標準，而這顯然事關這一獎項是否具有經典性和公信力的關鍵。

「詩歌與人」是在上述背景下誕生並堅持十三年時間的。從 1999 年創辦《詩歌與人》雜誌到 2005 年創辦「詩歌與人‧詩人獎」，再到 2014 年更名為「詩歌與人‧國際詩歌獎」，詩人黃禮孩創辦並堅持的這項詩歌獎在獨立性、國際化和經典建構等方面都具有著典型意義和價值。

二

在談到「詩歌與人」獎時，媒體和評論家都樂於將這個獎項稱作詩人兼編者黃禮孩的「一個人的詩歌獎」。黃禮孩憑一人之力創辦該獎，同時讓該獎逐漸成為中國最具知名度的詩歌獎項之一，而且一直堅持了十幾年。「詩歌與人」獎正是以這種「一個人」立場與形式彰顯了創辦者黃禮孩在文學觀念上的獨立性，這種獨立性最突出的表現就是在一種文學價值立場的堅守。可以這樣說，黃禮孩的文學價值觀和美學價值觀直接影響了這一獎項的評價標準。黃禮孩是一位頗有建樹的詩人和批評家，他的文學觀念既來自於其對文學經驗的自信和文學史及文學經典的熟稔，也來自對當代詩歌現狀的洞察，因而，黃禮孩一方面以自己的詩歌美學作為基礎，發現並審讀當代詩作；另一方面，他又以一個兼有詩歌刊物編輯和批評家的眼光來篩選、檢視詩歌作

品，所以，「詩歌與人」獎體現了這種容作家個人與批評家於一身的獨立美學風範，因此讓這一獎項區別於一部分主流文學獎，更區別於受到流行思潮或商業影響的一般民間文學獎項，同時避免了因為由批評家或專業讀者組成的評獎委員會評獎而出現的妥協結果。

　　馬克思‧韋伯在《社會學報告》中認為，「生活的理智化和理性化的發展改變了這一情境。因為在這些狀況下，藝術變成了一個越來越自覺把握到的有獨立價值的世界，這些價值本身就是存在的。不論怎麼來解釋，藝術都承擔了一種世俗救贖功能。它提供了一種從日常生活的千篇一律中解脫出來的救贖，尤其是從理論的和實踐的理性主義那不斷增長的壓力中解脫出來的救贖。」〔註2〕馬克思‧韋伯對於藝術在現代社會的位置與功能的認識顯然很樂觀，當然，在全球化語境之中，整體看來，藝術與商業，藝術與政治的關係並不是截然對立的，但的確也應該看到，在藝術創作和評價之中，總有人追求並堅守一種藝術觀，這種藝術觀與其對世界、對人自身的定位和認知是高度協調一致的，這就是意圖要讓藝術具有「從日常生活的千篇一律中解脫出來的救贖」的功能。黃禮孩的「詩歌與人」獎就是從一立場出發，目的是「通過頒獎典禮，賦予詩歌應有的尊嚴」。他在訪談時曾這樣談到，「一個被人常常提及的文學獎，要有自己的調性、主張、觀念，要有自己的方向和氣息，要有自己理想和宗旨。偉大的詩歌、美好的預言、堅定的信念，它們合而為一，詩歌與人‧國際詩歌獎希望是這樣的。這個獎頒給那些在漫長歲月裏面寫作，塑造了偉大心靈和理想主義的詩人，獎勵他們為人類貢獻了精神的鑽石。」「我們所頒獎的詩人至少在寫作時間上有三十年以上的，有了三十年的寫作，如果才華橫溢，早已寫出不可磨滅的詩篇，這些時間裏的詩篇就成為獻給人類的光輝詩篇。獲獎詩人的詩歌中一定要有理想主義的傾向，必須在作品中賦予時代風尚，讓心靈之歌如音樂充滿空間，讓詩歌文本構成啓示錄。」〔註3〕在這樣明確文學立場的堅持之下，「詩歌與人」獎項的創辦與運作也表現出鮮明的獨立色彩，這一點讓這個「一個人的文學獎」始終獨立於既有文學評獎之外。從策劃到評審再到頒獎典禮，基本由黃禮孩一人主導完成，「詩歌與人」十幾年來，經費「主要靠自己出，沒辦法時也找朋友幫忙」，所以，

〔註2〕 H.H.Gerth and C.W.Mills, eds., *From Max Weber : Essays in Sociology* , New York : Oxford University Press, 1946, p.342.

〔註3〕 陳培浩、黃禮孩：妙遇和精神之光：一個人的國際詩歌獎，廣州文藝，2018，（2）：141～151。

黃禮孩把「詩歌與人」獎稱爲「一個公益活動」〔註4〕。一個人主持的「公益活動」的定位讓「詩歌與人」獎不再只是刻意於讓這個民間文學獎傳播和提升其權威性，這一獎項也不再將全部重心放在對詩人詩作的表彰上，更不在顯示其對詩壇或文壇的影響上，而是通過對堅持寫作詩歌詩人的頒獎爲大眾做出詩歌的推廣，「就是想通過不同的渠道，去影響更廣泛的人群」〔註5〕。顯然，「詩歌與人」的這種運作形態和自身定位顯示了獎項的獨立性追求，更重要的是它在詩歌甚至文學影響力漸弱的環境之中，表達了它的獨特聲音，貢獻了一種新的評獎形態。這種評獎形態以詩人的美學自覺保證了獎項的獨立性，而獎項獨立性的確立也讓詩人的美學更進一步自覺，這種自覺又進一步轉化成了對於獎項獨立品格及可持續化的堅持。

三

「詩歌與人」獎具有一種國際視野。這項「一個人」的文學獎從創辦伊始就始終將關注視野定位在全世界範圍，而非只是聚焦華人文學界。自 2005 年至 2018 年 9 月，「詩歌與人‧國際詩歌獎」舉辦了十三屆，共頒獎給海內外 16 位詩人，其中 11 位爲海外詩人。

「詩歌與人」獎目的在於——「在發現和推出在漫長歲月中，堅持創作並源源不斷寫出光輝詩篇的詩人，意欲讓更多的人沐浴詩歌的精神，爲人類的思想和心靈的豐盈做出最大的努力」，從這裡可以看到，「詩歌與人」獎不再主張和強調作家及其創作所具有的特定政治立場，從而避免了因爲特定政治立場或主張而選擇或排除作家作品情況的發生，同時，「詩歌與人」獎的這種文學觀補充並自覺實踐了世界文學理想。德國詩人歌德是第一個闡述「世界文學」的人。1827 年，他從純文學的立場提出了「世界文學」這樣一個理想概念。歌德的世界文學概念具有三重含義，首先，這一概念表達了一種世界主義理想；其次，描述了文學跨國流通的狀態；再次，歌德通過世界文學概念思辨了民族文學的角色。歌德提出世界文學概念的目的是希望文學能夠跨越種族、地域、性別而成爲全世界共通、共享的財產和資源。馬克思、恩格斯在《共產黨宣言》裏也提出了「世界文學」，他們指出全人類應共享包括

〔註 4〕陳培浩、黃禮孩：妙遇和精神之光：一個人的國際詩歌獎，廣州文藝，2018，
　　　（2）：141～151。

〔註 5〕黃昌成：專訪「詩歌與人‧國際詩歌獎」創立者黃禮孩，南都週刊，2015，（2）。

文學在內的一切精神資源的財富。此後，世界文學越來越成爲一個重要概念。「詩歌與人」獎向世界介紹並推廣中國詩人，憑藉獎項自身的影響力把中國當代詩歌向世界範圍傳播，同時，這一獎項還介紹了許多海外重要詩人和詩做到國內，促進了海外詩人與中國詩壇的文學交流，更進一步地讓普通讀者認識並瞭解到海外詩人與海外詩歌。正是如此，黃禮孩這樣談到，「我沒有能力把詩歌變成大眾喜歡的東西。如果那樣的話，詩歌將不是我所追求的詩歌，最起碼不是有思想高度的詩歌。儘管如此，我們還是在做詩歌的多元共生工作，就是想通過不同的渠道去影響更廣泛的人群。」〔註6〕從這段話中我們可以發現：一方面，黃禮孩堅持了精英化的文學觀念，另一方面，他也希望通過多種不同的渠道去影響更廣泛的人群，很明顯，除了《詩歌與人》雜誌之外，「詩歌與人」獎就是他所說的這種重要渠道之一。

作爲實踐一種世界主義理想的「世界文學」，所面臨一大難題就是語言的溝通。「詩歌與人」獎努力地使自己突破語言的局限，而不是僅僅關注某一特定語種寫作的詩人詩作，或只是關注被翻譯爲中文或英文的詩人詩作。我們瀏覽十三屆「詩歌與人」獎獲獎名單可以看到，這其中有英語世界的詩人，也有德國、葡萄牙詩人，也有波蘭、斯洛文尼亞等使用小語種寫作的詩人。黃禮孩的評獎實踐不是讓中國當代的詩歌「西化」，也不是讓西方詩歌「中國化」，而是強調在一種精神、人性相通與相互理解的基礎之上，追求一種「多元共生」的文學生態。這一點正印證了大衛‧達姆羅什所說，「穿越時空，能在遠離本土語境之異域廣泛流行的文學作品之集合。」〔註7〕「詩歌與人」以一種開放、包容的胸懷，既堅持了爲民族文學、現代漢語詩歌樹立經典，向全世界推介現代漢語詩歌，同時，又通過共同美學價值的實踐來追求「世界文學」理想，它拒絕了單一文學中心，有助於打破世界文學體系內部的不平等，通過文學的內部交流凸顯了「世界文學」跨地域、跨種族、跨語言的特徵，又顯示了世界文學內部的和而不同與多樣化。

〔註6〕黃昌成：專訪「詩歌與人‧國際詩歌獎」創立者黃禮孩，南都週刊，2015，
（2）。
〔註7〕轉引自楊光燦，當代文化傳播途徑呈多元性 中國文學需提升國際知名度，中國社會科學報，2011-3-24（6）。

四

　　「詩歌與人」獎已經成長爲一個具有廣泛影響力的詩歌品牌，也成爲一個日益引起海內外關注的重要詩歌獎項。黃禮孩曾這樣談到，「每次頒獎都像坐過山車，驚心動魄。從選擇獲獎詩人到翻譯成中文出版，找資金，再到以詩歌爲核心與多種藝術合作，各種磨合和對接，每一個細節都是一個巨大的挑戰。因爲不想重複，不想隨意，所以對自己要求很高。」〔註8〕「一個人」的文學獎讓評獎者「自己」成爲關鍵，評獎者的道德自律與獨立、美學的底蘊都直接關乎這個獎項的生存。「自己」在這裡顯然具有雙刃劍的作用：一方面「自己」去除掉了一般文學獎項可能會存在一些積弊，另一方面也帶來了巨大的難度，這個難度除了來自經濟的壓力之外，更多地則在於如何確保獎項的公信力方面的，比如，如何保證「詩歌與人」獎的「自己」所選擇出來的獲獎者是具有經典意義的？如何保證「詩歌與人」的評獎結果具有權威價值？

　　謝有順在談到影響文學評獎公平的因素時歸納道，「傷害文學評獎公正性的三個致命要素是：利益、人情和思想壓迫。要保證一個文學獎的公正性，除了要有嚴密的程序保障以外，還要努力反抗低級的利益訴求、曖昧的人情文化和庸俗的思想壓迫。文學評獎公信力的重建，必須在程序設置和評委構成上一起努力，缺一不可。」〔註9〕在保證評獎環節的公平和結果的公正性方面，黃禮孩在訪談中這樣講道，「拋棄集體舉手錶決的形式，選擇獨立的評獎品質，遠離利益關係，推出有靈魂感應的文本」。「獨立的評獎並不意味著草率，在心裏的名單形成之後，他會廣泛徵求翻譯者或者詩人的意見，以期獲得更廣泛的資料。」〔註10〕很明顯，「詩歌與人」獎評價標準並不是徹底獨立於既有詩歌評價美學體系之外，「詩歌與人」獎也不是要徹底脫離主流詩歌評價美學體系，而建立一種嶄新的、屬於「詩歌與人」獎自己的獨立美學體系。也就是說，黃禮孩無意去另外構建一套詩歌審美原則，再根據他自己審美原則篩選獲獎對象，發現「新人」，建立或鼓勵一種新的詩歌潮流或詩歌流派。「詩歌與人」獎的設立目的是獎勵寫作詩歌三十年以上的、「塑造了偉大心靈

〔註8〕黃昌成：專訪「詩歌與人・國際詩歌獎」創立者黃禮孩，南都週刊，2015，（2）。
〔註9〕汪政，謝有順，郭春林，何言宏，多元博弈的文學評獎——「新世紀文學反
　　　　思錄」之九，上海文學，2011，（11）：107～112。
〔註10〕吳敏，一個廣東民間詩歌獎和諾貝爾文學獎的共振，南方日報，2011-10-23，
　　　　（9）。

和理想主義的詩人」，獲獎的這些詩人「必須在作品中賦予時代風尚，讓心靈之歌如音樂充滿空間，讓詩歌文本構成啟示錄。」〔註 11〕堅持寫作和詩歌精神上的理想主義構成了「詩歌與人」獎評價標準的兩個關鍵詞，而這兩個關鍵詞的存在讓它在眾多詩歌獎中脫穎而出。在當下，詩歌愈來愈變成一件小眾現象時，堅持寫作，堅持創新就顯得彌足珍貴。在詩歌寫作中，一位詩人能秉持一種詩歌理想，在詩歌中堅持以探尋理想為信仰，賦予了詩歌這項古老的表意藝術以極為重要的意義，這種態度讓「詩歌與人」獎在當代詩歌理念的群雄逐鹿和寫作紛爭中顯得格外引人注目。所以從這個角度來看，「詩歌與人」獎雖然沒有標榜與主流詩歌獎項決然斷裂，也沒有刻意標榜自己特殊的美學評價體系，但它憑藉自己獨立的姿態和理想主義詩歌的標準，以及在多年來對這一標準的嚴格執行，讓這一獎項收穫了廣泛的影響力。我們通過十三屆的獲獎名單可以看到，「詩歌與人」獎對獲獎者的選擇幾乎都是一國乃至世界公認的優秀詩人，這樣的評選結果顯然一方面得益於黃禮孩的慧眼識珠，但不可否認的是，更要歸功於於黃禮孩對於權威或經典詩歌審美體系的尊重，以及他對文學場內部美學原則的熟稔，這種尊重與熟稔最終決定了詩歌獎的評獎能夠堅持標準，進而直接保證了美學原則的貫徹，以及保證了評選結果的公信力。「詩歌與人」獎一邊追求評獎的獨立性——「拋棄集體舉手錶決的形式，選擇獨立的評獎品質，遠離利益關係」，另一邊則要確認所擬選獲獎對象的公信力——「在心裏的名單形成之後，他會廣泛徵求翻譯者或者詩人的意見」〔註 12〕。所以，「詩歌與人」獎更像是為作家頒發的成就獎，獎項之於作家更接近錦上添花。

堅守一種詩歌的經典價值取向，這是成就「詩歌與人」獎的核心，也是讓獎項具備公信力的關鍵。T.S.艾略特認為，文學經典是「意味著那些文學形式和作品被一種文化的主流圈子接受而合法化，並且引人矚目的作品，被此共同體保存為歷史傳統的一部分」。〔註 13〕「詩歌與人」獎表現出了對於文學經典的尊重，它評獎只面向經典詩歌、詩人傳統的對標，因此它的評選結果

〔註 11〕陳培浩、黃禮孩：妙遇和精神之光：一個人的國際詩歌獎，廣州文藝，2018，（2）：141～151。

〔註 12〕吳敏，一個廣東民間詩歌獎和諾貝爾文學獎的共振，南方日報，2011-10-23，（9）。

〔註 13〕（英）T·S·艾略特著，艾略特詩學文集，王恩衷編譯，北京：北京國際文化出版中心 1989：43。

顯示了對詩歌評價標準的尊重。「經典的一個功能之一就是提供解決問題的模式。」〔註14〕這裡的「經典」不僅僅指的是文學經典作品，還包括文本外部的經典性的文學現象，而具有公信力的、權威性的文學評獎也是具有「提供解決問題的模式」功能的，因而也應該是經得起時間檢驗的經典。

獨立性體現在了「詩歌與人」獎的評選標準的堅持和運作方式方面，國際性體現在了「詩歌與人」獎的視野和胸襟上，經典價值的持守讓「詩歌與人」獎收穫了獎項的公信力和知名度。「詩歌與人」爲民間詩歌獎的評獎提供了一種可供借鑒的模式，同時也在評獎標準的持守等方面爲當代文學獎項的設置、運作提供了一種方向。

作者簡介：

周顯波（1980～），男，黑龍江省齊齊哈爾人，嶺南師範學院文學與傳媒學院副教授，文學博士，主要研究方向爲當代文藝思潮、當代作家作品評論、知青文學研究。

〔註14〕 （荷蘭）佛克馬，蟻布思，文學研究與文化參與，俞國強譯，北京：北京大學出版社 1996：49。

蒲風新詩理論的價值與缺失

楊俏凡

（嘉應學院文學院）

摘要：

　　蒲風的新詩理論在中國新詩發展史上具有不可忽略的地位，在構建和完善無產階級詩歌理論，促進新詩走向大眾化、通俗化方面作出了突出貢獻。但蒲風的詩論也存在明顯的缺失和不足，表現爲過分功利化的詩學主張以及單一、狹隘的詩歌審美追求上。蒲風的詩論需要我們有選擇地加以揚棄。

關鍵詞：蒲風；新詩理論；價值；缺失

　　蒲風是中國詩歌會的骨幹人物，他既創作詩歌也積極探討詩歌理論。蒲風一生著有 15 部詩集和 2 部理論專著，還爲不少詩人的詩集寫過序言和詩評。縱觀其詩論，蒲風主要提出「社會主義的現實主義」主張，並全力推進詩歌的大眾化，同時對二十世紀三十年代的中國詩壇進行整理研究。筆者認爲，蒲風的詩論主張在中國新詩發展史上具有不可忽略的地位，在構建和完善無產階級詩歌理論，促使新詩走向大眾化、通俗化方面作出了突出貢獻。但是，由於 20 世紀 30 年代的無產階級詩歌及理論建構均處於拓荒期，所以蒲風的詩論也存在明顯的缺失和不足，表現爲過分功利化的詩學主張以及單一、狹隘的詩歌審美追求上，這就使得我們今天在審視其詩論時要有選擇地加以揚棄。下面，我們就來詳細分析一下蒲風新詩理論的價值和缺失之處。

一、蒲風詩論的藝術價值

1、建構和完善了無產階級詩歌理論

20 世紀 30 年代是左翼文學走向繁榮的時代，也是無產階級詩歌運動興起

的時期。然而，無產階級詩歌是一種新興的詩歌形態，對於怎樣的詩歌才是無產階級詩歌，應該如何撰寫無產階級詩歌，其藝術表現方式、詩歌風格應向何種方向發展等理論問題，都還沒有一個既定的統一標準，也亟待詩歌理論家們去探討和研究。在這方面，蒲風是最盡心盡力去探究並力圖建構、完善無產階級詩歌理論的倡導者與實踐者，他的新詩理論引領著中國詩歌會的價值取向和文化選擇，並成為其中領軍式的人物。

蒲風詳細地論述了無產階級詩歌的目的和任務，認為詩歌要把握現實，「為現實而謳歌」，因為詩歌應該「指導現實，謳歌或鼓蕩現實，咒咀或憤恨現實，鞭打或毀滅現實」〔註1〕顯然，蒲風把現實生活和革命鬥爭當成詩歌創作的生命，強調詩歌要有時代性，要在第一時間把時代精神敏銳地表現出來。這種強調詩歌創作和政治鬥爭的緊密結合，是順應了時代發展的要求，是 30 年代特殊的政治環境下的產物。中國詩歌會是中國共產黨在文藝戰線上與國民黨文藝界相抗衡的組織力量之一，它自然要宣傳為自己的政黨服務的詩歌主張。

蒲風還為無產階級詩歌的藝術追求、詩學方向指明了出路，提出建立大眾化詩學的主張。他認為詩歌既要抒寫現實，反映現實，還要「創造新形式」，其目的是為了「詩歌大眾化」，只有完成了大眾化的工作，詩歌「才真正會產生力量」，詩人明白了自己的任務，便會「決不拒絕大眾化，而且必須大眾化，力求大眾化的」。在此基礎上，他提出詩歌要「內容‧形式的統一化，內容‧形式的多樣化」，因此，寫作方法上要「表現具體化，抒情單純化」，進而倡導歌謠化的詩歌創作。〔註2〕這種大眾化詩學的提出是順應時代發展要求的，詩歌大眾化也是中國詩歌會必然的藝術選擇和追求目標。雖然在中國詩歌會成立之前，「普羅文學」運動已經風起雲湧，創造社、太陽社、前哨社等詩人也紛紛撰寫普羅詩歌，但是，左翼文藝界在新詩理論方面的建樹極小，而他們的普羅詩歌創作也是比較失敗的。蒲風曾批評「普羅詩歌」：「可惜還有大大的毛病，仍然是吶喊多於表現，公式的觀念的錯誤非常厲害，很容易惹起別人的反感」。〔註3〕因此，建構屬於無產階級自己的詩歌理論就成為非常迫切的現實問題，而這個重任就落在了中國詩歌會的同仁們身上。

〔註 1〕蒲風：《抗戰詩歌講話》，上海詩歌出版社，1938 年版，第 1～2 頁。
〔註 2〕蒲風：《抗戰詩歌講話》，上海詩歌出版社，1938 年版，第 13～23 頁。
〔註 3〕蒲風：《現代中國詩壇》，上海詩歌出版社，1938 年版，第 62 頁。

中國詩歌會從成立伊始就高舉「新現實主義」和「詩歌大眾化」兩面大旗，力圖實現自己的詩歌理想，即確立「新的詩歌類型──新詩大眾化與大眾詩歌」〔註4〕。對此，蒲風作了一系列的闡釋，其觀點主要集中在他的論著《抗戰詩歌講話》和《現代中國詩壇》以及對其他詩人的評論中。由於要及時敏銳地反映時代風暴，來不及對「普羅詩歌」的理論和藝術追求作仔細推敲，因此，在對「大眾詩歌」的闡釋上，蒲風等人不可能做出更深層的含義表述，只是做了一個較爲簡單的交代，這是爲後人所詬病的地方。但是，蒲風等人對革命（左翼）詩歌的闡述已經初步構建了無產階級詩歌的理論框架，並且推動著新詩朝著大眾化、通俗化的方向發展。

2、凸顯了關懷現實的詩學品格

「現實主義」這一概念雖然是 20 世紀才從西方傳入中國，但其內涵「對現實生活的眞實反映」卻已源遠流長。從詩歌的起源中我們知道，詩就是伴隨著勞動而產生的。《詩經》中最有價值的部分也是記錄描寫反映現實生活中人民生活和思想感情的詩篇，它奠定了中國詩歌的現實主義傳統，深刻影響了中國詩歌的發展，後世的屈原、漢樂府民歌、唐代的陳子昂、杜甫、白居易等詩人及其詩歌創作，都曾經吸納過《詩經》的精神資源。後來的陸游、文天祥、黃遵憲、龔自珍、梁啓超等詩人也同樣遵循著現實主義的優良傳統，讓詩歌發揮出了巨大的社會功能。

「五四」新文化運動的出現，徹底顛覆了文言舊詩獨佔詩壇的格局，現代白話新詩日漸興起。胡適、劉大白等率先舉起白話文學運動大旗，而周作人、冰心、俞平伯等大批現代詩人的出現，顯示出新詩爲人生而歌唱的現實本色，也因此形成了五四時期的現實主義詩歌潮流。不僅詩歌領域，自新文化運動以後，現實主義文學就成爲新文學的主潮。魯迅、茅盾、朱自清、葉聖陶等作家，因他們的作品和批判現實精神而成爲現實主義文學思潮的主將，他們主張文學指向社會現實，在對生活如實的描寫中彰顯作家的眞摯情感；他們突出了平民在文學中的地位，以此表達他們的人道主義情懷。由於時代的風雲變幻，「五卅」慘案以後，現實主義文學思潮開始轉向，其顯明特徵就是倡導文學的階級性，要求文學爲無產階級服務，創作方法上倡導新寫實主義。至 30 年代「左聯」成立後，這種觀念主宰了 30 年代中國文壇。因

〔註 4〕劉繼業：《新詩的大眾化和純詩化》，北京大學出版社，2008 年版，第 48 頁。

此，蒲風詩論的內容是五四以來現實主義文學思潮發展的必然結果，其思想與五四以來的現實主義文學思潮是一脈相承的。

蒲風要求詩歌要「捉住現實，爲現實而歌」，強調題材的「第一義性」或「最前進性」，即要求詩歌創作要選取具有重大意義的社會題材，要及時反映時代風暴。他強調詩人不應是現實的冷漠的旁觀者和懦怯的逃遁者，詩歌不應是個人情感的宣洩，而應是投向敵人的「武器」，詩人要承擔起莊嚴的職責，從而發揮詩歌作爲「炸彈和旗幟」的社會功能。蒲風把強烈的歷史使命感以及題材的社會性、時代性和思想的先鋒性，作爲建構新詩的審美規範，以體現新現實主義的特色，凸顯了關懷現實的詩學品格。這種關注現實的精神，矯正了 30 年代新月派和現代派逃避現實、咀嚼一己悲歡的頹廢詩風，並推進了郭沫若、蔣光慈等開創的新現實主義詩歌潮流。

3、積極挖掘民歌的審美價值

蒲風積極倡導無產階級詩歌大眾化。他認爲，通向大眾化的途徑就是從民間文學資源中汲取營養。詩歌的誕生雖然跟民間生活緊密聯繫在一起，但是民歌作爲重要的詩歌資源，卻一直被中國文人所輕視，被評爲「粗俗幼稚，簡單淺陋，達不出細膩曲折的思想，表不出高尚優美的感情，不能叫做文學」。〔註5〕因此，許多文人都認爲民歌不值得重視，是不入流的俗文學，更不屑於學習和借鑒。但蒲風積極挖掘民間文學的審美價值，他不僅從民間直接取材，更有機地借鑒了各種民歌形式。

蒲風自幼生於農村，長於農村，深受客家民間文學的薰陶和感染，對客家謠諺、客家山歌、客地說唱以及客家民間故事非常熟悉和瞭解，可謂爛熟於心。由於蒲風接受了客家民間文學的滋養，對普通勞苦大眾的審美習慣也諳熟於心，因此，在其詩歌創作中，很多內容直接取材於民間。如他的長篇敘事詩《六月流火》，就是以作者回鄉聽取的眞實的悲慘故事爲底子寫成的，還有如《母親》、《姑姑苦…苦苦》、《農夫阿三》、《茫茫夜——農村前奏曲》、《咆哮》、《牧童的歌》、《行不得呀，哥哥》等詩作，如果不是因爲蒲風對農村的苦難生活有著深刻感受，是不可能有這些充滿眞情和感染力的詩篇的。

同時，蒲風積極從各種民歌形態的形式上汲取營養，他發現民歌民謠最大的好處就是喜用自然淺顯的語言，把眞實的情感表現出來。蒲風倡導詩人

〔註 5〕蘇雪林：《揚鞭集·讀後感》，安徽文藝出版社，1996 年版，第 405 頁。

要收集大眾中流行的「歌謠，時調，彈詞，小曲」，吸取它們的長處，在此基礎上創造新形式。比如：他的《搖籃曲》就是學習歌謠的詩集，其中有多首詩歌可以譜曲傳唱；《兒童親衛隊》是兒童詩集，詩人認為應該多寫童謠、童歌，也可以多寫一些童話詩和寓言詩，因為這能夠引領兒童更加「走向前進的方面」；《六月流火》運用了客家山歌的形式，通過俗言俚語，利用「對唱」、「輪唱」、「合唱」等民間歌謠的傳統手法，創造了「大眾合唱詩」這一旨在抒發「大眾心聲」的新形式，氣勢磅礴地反映了黨所領導的農民暴動。他還提倡方言入詩，其《林肯，被壓迫民族的救星》和《魯西北個太陽》就是明證。

詩歌大眾化的目的是讓廣大普通民眾看得懂詩，乃至喜歡唱詩，蒲風就是在不斷搜集、整理、研究民歌中，挖掘了民間文學的審美價值，從而真正推進詩歌走近大眾。

二、蒲風詩論的缺失之處

1、過分功利化的詩學主張

蒲風詩論是應和著時代而誕生的產物，其鮮明的階級性、強烈的政治色彩、巨大的震撼力和時代感，以及直接切入現實的文學價值觀，都顯示了蒲風詩論的特色。

蒲風有明確的政治立場，即為無產階級革命服務。在這種立場的觀照下，蒲風要求詩歌要「歌唱新世紀的意識」。這種對現實的關注是以政治實踐為旨歸的。所以，蒲風力圖通過詩歌這種形式來反映、透視無產階級勞苦大眾的生存狀況，並力圖挖掘詩歌中所蘊含的改造社會的力量，以此來激發、鼓動大眾的反抗意識，使大眾認識到自己的生存處境是可以改變的，從而參與到階級鬥爭中去。這也就是蒲風所說的詩歌要「教養大眾」的原因。而這種鮮明的創作意圖必定會限定詩人對題材的選擇。也就是說，蒲風是站在被壓迫階級和被壓迫民族的立場上，通過對下層民眾生活苦難的反映，通過對國民黨反動派的黑暗統治和帝國主義的侵略屠殺等描寫，來刺激、推動大眾參與革命的。如此一來，他就把詩歌與政治捆綁在一起，詩歌成了政治的宣傳工具，這種功利化的詩學觀，必然會導致詩歌本體特徵的喪失，而使詩歌直白淺顯、標語口號化。如在《晚霞》中，詩人強調，「白晝猶在對黑夜頑抗／那鮮紅的紅霞／正高畫在天際的西方」；在《撲燈蛾》中，飛蛾「為著堅持自己

的目標奮鬥到底，——不怕死／為著不忍苟全一己的生命，——不怕死」；在《動盪中的故鄉》中，詩人說：「所有中國要人都是鬼／他們所幹的是鬼的勾當／他們曉得的是把老百姓敲詐／帝國主義侵略來了／他們唯一的信條就是『不抵抗』／只有老百姓自己爭氣才有用呵／不然，終究是會上他們的當。」等等。

　　至於提倡並極力推行「國防詩歌」，這是蒲風功利性詩學主張的極致表現，也是題材決定論的一種客觀結果。關於「國防詩歌」，蒲風做了非常明確的闡述，他認定詩歌是「警鐘、是喇叭、是戰鼓，是戰鬥機，是機關槍……」。〔註6〕這就等於過度強調了文學的工具理性和社會功能。他說，詩人必須承擔起中華民族解放的重擔，應該把詩歌當成武器，詩人應該是戰士、政治家、組織家、教育家，詩歌應該是「第一義性」即最「前進性」的歌唱。為此，詩人要打起熱情來，要追求大眾化，要創作朗誦詩，要開展歌詠會。正是出於這樣的目的，蒲風直截了當地聲明：爽快、坦白原是詩人的特質。這些主張同樣是在二元對立的政治立場基礎上提出來的，是時代的產物。

　　正是由於上述功利性的詩學主張，使得蒲風及其中國詩歌會同仁們極力反對倡導純藝術的新月派和現代派，而力圖扭轉、擊退純詩派們的晦澀、個人化的詩歌風習。所以，在某種意義上，是時代創造了左翼詩人蒲風。作為有著強烈正義感的詩人，面對外敵的肆虐蹂躪，誰都不會置之度外。正是在這種愛國主義和英雄主義的鼓舞下，進步詩人始終以舍生忘死的姿態站在時代的最前列，蒲風於1940年參加新四軍就是明證。雖然其過分功利性的主張一直為後世的學人所批評，但是，作為革命戰爭時期的產物，歷史是不會忘記其存在意義的。

2、單一的詩歌審美追求

　　蒲風倡導大眾化詩歌，為此傾盡全力。但他把取法民間歌謠作為建構新詩形式的唯一出路，這是比較偏頗的。民歌民謠確實適合大眾審美趣味，也容易被大眾接受並得以流傳，但較為定型的句式和簡易的手法，難以表達更為複雜的現代生活和現代人的思想情感，而且使詩歌明顯走向單一化的審美追求之路。

〔註6〕雷石榆：《在詩歌的聯合戰線上》，詩歌雜誌，1937年第2期。

　　蒲風強調新詩要走向大眾化，詩人自己必須先「成為大眾的一個」，成為「勞苦大眾裏之一員」。要求詩人自身的大眾化是蒲風的理想，但是他在追求該目標的同時，強調自己是「集團」的一個，要求「集團的生活」，抒發「集團」的感情，這樣不僅讓詩人的主體完全隱身於「大眾」之中，失去了自我和個體性，而且也更多地認同了「大眾」的傳統詩歌形式和詩歌趣味，把詩歌變成了「俗語俚語」和「大眾歌調」。這當然是為了迎合大眾、改造大眾而作出的選擇，也是由其政治立場所決定的，更是 30 年代革命鬥爭需求的產物。

　　問題在於，蒲風說為了「大眾化」，詩歌「不怕粗俗得有如鄉下人口吻，也不怕粗暴得象山洪瀑布，懸崖一瀉……實在說，十年如一日，這些也多於生活上的自然，所以然」〔註 7〕，這等於承認詩歌可以「粗俗」；同時，蒲風又強調詩歌的藝術性。他說：「熱情雖然是最為必要，然而不經過藝術手法，你的藝術作品不會有長久的生命力。縱使我們要求粗暴，要求『力』，只把肚裏的所有傾懷倒出，不經過藝術手法的剪裁去表現，你的作品不見得會有多大的收效。」〔註 8〕他還強調詩歌要用技術去處理，因為現實生活始終是複雜的，而詩歌始終是詩歌，故「不能不對藝術更進一步地虛心，決不能輕視技術上的修飾，翻造，不要以為好的作品產生會在極短時間的工作上。」〔註 9〕也就是說，蒲風認為，為了大眾化，詩歌可以粗俗如口語，但又必須不斷強調詩歌的藝術性，兩者之間明顯有相互矛盾之處，對 20 世紀三四十年代的民眾來說，這兩者是難以調和的。事實上，蒲風在面對實際創作時的確顯得力不從心，無法兼顧到既要實現詩歌的大眾化又要保持詩歌的藝術性，以至於 1936 年蒲風提出「新詩歌的斯達哈諾夫運動」後，這種矛盾被更加激化和彰顯開來。筆者認為，這種做法是比較極端和偏頗的，它實際上否定了多種藝術形式、風格的探討與借鑒、共存與互補的意義，這必然會導致新詩藝術的發展取向出現偏頗之處。

　　蒲風詩論的出現有其必然性和合理性，是時代思潮的產物，其局限性也隨之伴生而來。對此，我們不能一味求全責備，而是要有所包容，要客觀、辯證地去看待蒲風的詩論，只有這樣，才能更好地繼承和發展其詩論的精華，才能真正有益於當代詩歌理論的建設。

〔註 7〕蒲風：《蒲風選集》（上），海峽文藝出版社，1985 年版，第 594 頁。
〔註 8〕蒲風：《蒲風選集》（下），海峽文藝出版社，1985 年版，第 688 頁。
〔註 9〕蒲風：《蒲風選集》（下），海峽文藝出版社，1985 年版，第 682 頁。

三、關於「新詩歌的斯達哈諾夫運動」

　　關於「新詩歌的斯達哈諾夫運動」，這個口號本身就有很大的爭議性。這個口號是蒲風於 1936 年在《青島詩歌》創刊號上提出來的，他倡導詩人們要像俄國的勞動模範斯達哈諾夫一樣高速度高效率地工作，多寫作品，要「在五六年內完成十冊詩集以上」。蒲風認為提倡這個運動起碼有三層意義：一是詩壇的蓬勃發展要依靠眾多詩人的努力創作；二是現實的詩壇需要詩人們打起熱情來，加緊努力而且認真創作是非常有必要的；三是這個運動一再要求個性化、典型性和真實性，是改變現階段的中國詩壇千篇一律的良方。〔註 10〕

　　令蒲風沒有想到的是，他提出這個口號後，馬上受到茅盾、楊騷等眾多詩人的批評。蒲風極力辯駁，認為多產者並不是犯罪，強調「決不能為著產量而出於馬虎」，而是要「質」「量」並重。他說：「現今，我可以這樣解說：所謂新詩歌的斯達哈諾夫運動，並不違背國防詩歌運動或大眾化運動而獨自存在。最適切的解說應當是國防詩歌不怕多，不怕美中更美，力上加力，尤其不欲使國防詩歌空洞化，口號化，抽象意識化，而且也要將詩歌更加與大眾相關聯，深切表現大眾生活，自己即作為大眾一員去直接表現，歌唱，即使在感情、性格上亦愈加求逼真，因之適當地產生了新詩歌的斯達哈諾夫運動。」〔註 11〕顯然，蒲風的願望是良好的，之於現實生活的認識也不乏真知灼見，詩人只有多創作詩歌，才會熟能生巧，才能從中產生出有質地的作品來。

　　蒲風並非一味強調詩歌生產的「量」，其實他非常注重詩歌的「質」。他說：「質的方面——手法儘管仍是新現實主義，我們必須加緊挖掘真實，交流於『人物的典型化與典型人物的個性化』中。我們要求深刻表現，具體敘述，熱情而又真摯地有力地歌唱。」〔註 12〕這與他一直倡導的詩歌主張是一致的，即用現實主義手法，飽含激情地表現社會生活，抒發民眾的愛國情懷。同理，蒲風也非常重視詩歌的藝術方法。他說，所有詩人「不能不對藝術更進一步地虛心，決不能輕視技術上的修飾，翻造，不要以為好的作品產生會在極短時間的工作上。」〔註 13〕「固然我們要求詩歌大眾化，而用技術去處理複雜的現實，用詩的熱情去歌唱大眾生活，這總是不能因噎廢食的事實。詩歌始

〔註 10〕　蒲風：《蒲風選集》（下），海峽文藝出版社，1985 年版，第 714 頁。
〔註 11〕　蒲風：《蒲風選集》（下），海峽文藝出版社，1985 年版，第 717 頁。
〔註 12〕　蒲風：《蒲風選集》（下），海峽文藝出版社，1985 年版，第 714～715 頁。
〔註 13〕　蒲風：《蒲風選集》（下），海峽文藝出版社，1985 年版，第 682 頁。

終是詩歌，這是不待多說的。」〔註14〕所以，他特別申明「我們決不能爲著產量而出於馬虎」，應該把作品「拿給大家觀看、批判，而作者則要虛心接受大眾的意見，用實踐去克服一切錯誤與不夠」。〔註15〕

雖然蒲風一再強調推行這個運動的必要性，同時也沒有放棄對詩歌藝術性的追求，但事實上他沒有辦法有效解決國防詩歌創作中「空洞化、口號化、抽象意識化」的弊病。蒲風實踐著自己的主張，「對於中國新詩歌運動，我總如自己之所言，曾相當地盡了責」〔註16〕，在創作上也實現了高產高效，標誌就是他在不到十年的創作生涯中出版了十五部詩集，單是 1936 年到 1937 年期間，就出版了《生活》、《鋼鐵的歌唱》、《搖籃曲》三部詩集和一部長篇敘事詩《可憐蟲》。問題在於，這些作品在藝術上難免粗糙了一些，所以他自然會被文藝界所批評。我們知道，藝術創作畢竟不同於工農業生產，工農業生產可以追求速度和效率，而詩歌創作要遵循藝術規律，要追求藝術表現力，這不是一蹴而就的事情。誠然，詩歌創作需要詩人的切身感受，需要詩人發自內心的激情投入，也需要詩人的勤勉不輟，但更需要詩人的藝術想像力和表現力，而蒲風等人要及時反映時代風暴，反映真實生活，必然來不及消化生活訊息，來不及推敲藝術手法，如此，粗製濫造的弊端必定難以避免。實際上，蒲風自己也覺得這一運動有問題，面對轟轟烈烈的抗戰生活，面對自己提出的詩歌運動，他建議：「不怕粗俗得有如鄉下人口吻，也不怕粗暴得象山洪瀑布，懸崖一瀉……十年如一日，這些也多於生活上的自然，所以然。」〔註17〕這等於說，他希望詩人們十年如一日地去積累，如此才能昇華自己的生活感受，實現藝術上的高致。

雖然蒲風提倡「新詩歌的斯達哈諾夫運動」有追求量不顧及質的嫌疑，而他的詩歌創作也確實存在各種問題，如思想上有好大喜功之處，藝術上有粗製濫造之傷，以及一味追求詩歌的數量等；但是，蒲風的革命熱情明月可鑒，他所致力於推行的詩歌主張有它們產生的時代語境、社會背景和存在合理性，我們不能離開當時的語境和背景而一味進行指責和批判，畢竟這些詩歌曾在特殊的歷史年代發揮過積極作用，是有特殊的政治意指和文學史意義的。

〔註14〕蒲風：《蒲風選集》（上），海峽文藝出版社，1985 年版，第 616 頁。
〔註15〕蒲風：《蒲風選集》（下），海峽文藝出版社，1985 年版，第 715 頁。
〔註16〕蒲風：《蒲風選集》（上），海峽文藝出版社，1985 年版，第 593 頁。
〔註17〕蒲風：《蒲風選集》（上），海峽文藝出版社，1985 年版，第 594 頁。

作者簡介：

楊俏凡（1972～），女，廣東興寧人，碩士，嘉應學院文學院副教授，主要從事中
國現當代文學研究。

第四編：民國廣東魯迅與世界魯迅

廣州魯迅與在朝革命

邱煥星

（江蘇師範大學文學院）

摘要：

　　「廣州魯迅」呈現了一個知識分子在朝革命的複雜狀態，他經歷了「主動呼應革命——被動革命重構——文學政治創造」的階段變化，最初是背著戰士的招牌，主動呼應國民革命和黨化教育，但隨著「革命」退變爲專制「政治」後開始清黨殺戮，魯迅否定了國民革命的合法性，重構出一個被動革命的魯迅形象，並在退往上海後全面反思了知識階級和文學的命運問題，提出了「革命同路人」和「革命人文學」的「文學政治」存在模式，創造了一個獨特的「魯迅革命傳統」。從「在野革命」到「在朝革命」再到「在朝政治」，南北革命和公共空間機制的不同，造就了多重的廣州魯迅革命狀態，它反映了魯迅思想和知識分子革命的複雜性，實際是內因與外因、主動與被動交相混合的產物。

關鍵詞：廣州魯迅；在朝革命；文學政治

　　「假如魯迅活著」，是一個大家非常感興趣並曾在新世紀初引起過廣泛討論的話題，其實質是批判知識分子在革命成功後的命運問題。從論爭本身看，討論者雖然對此事的眞實性有過各種質疑，但對「（魯迅）要麼是關在牢裏還是要寫，要麼他識大體不做聲」[註1]這個判斷卻無太多分歧，在他們看來，「『左』的政治是容不得魯迅的，我相信魯迅也不會低眉俯首，逆來順受當順民。於是，魯迅只有緘口，只有當『右派』，或是坐牢」[註2]。由於魯迅死得早，這個假設自然沒法驗證，所以它反映的實際是今人對「知識分子和革

〔註 1〕周海嬰：《再說幾句》，《魯迅與我七十年》，南海出版公司，2001 年版，第 371 頁。
〔註 2〕李喬：《也談「假如魯迅還活著」——關於周海嬰、陳焜披露的兩條重要史料》，《魯迅的五大未解之謎——世紀之初的魯迅論爭》，東方出版社，2003 年版，第 433 頁。

命」的看法，通過強調革命會變質，但魯迅不會變，來建構一個與政統對抗而非合作的現代批判知識分子道統。

事實果眞如此嗎？如果我們仔細回顧魯迅的歷史可以發現，雖然他一生大多數時期都處於「在野革命」的狀態，但「廣州魯迅」卻爲我們提供了一個「在朝革命」的珍貴樣本，他在清黨後確實一度「不做聲」而後來「還是要寫」，但清黨前他卻努力配合革命黨來推動國民革命，其動員功能甚至壓倒了批判功能，以致清黨後痛責「自己也幫助著排筵宴」〔註3〕。顯然，知識分子與革命的關係遠比我們想像的複雜得多，因而深入探究「廣州魯迅與在朝革命」的複雜關係、演變過程和成因意謂，就有著極爲重要的歷史價值和研究價值。但從既往研究來看，共產革命的解讀認爲魯迅在廣州是「被挾裏的革命」，最終發現了國民黨的反動而轉向了共產黨〔註4〕，思想革命的解讀則認爲「魯迅基於知識分子的獨立精神，卻始終保持著自己的自由思想，不肯依附於任何一種政治勢力」〔註5〕，前者強調魯迅的被動，後者強調魯迅的獨立，顯然都是將歷史做了簡單化的處理。

一、廣州認同與「兩種矛盾思想」

魯迅最初南下，並非是想去廣州參加革命，「如果不是和段章之流大斗，致列於幾十位被捕者之林，和另外的原因，大約未必會離開北京的」〔註6〕，他之所以選擇了廈門，一是爲了逃避奉系軍閥的恐怖統治，尋找「避難桃源」〔註7〕，二是和許廣平約定「分頭苦幹兩年」〔註8〕，到廈大「求生活之費」〔註9〕。實際上，魯迅此時對南方的革命形勢並不看好，雖然他在北京時曾經

〔註3〕 魯迅：《答有恆先生》，《北新》週刊第49、50合刊，1927年10月1日。
〔註4〕 參看徐彬如的《回憶魯迅一九二七年在廣州的情況》（《魯迅研究資料》第1輯，1976年10月）、沈鵬年的《魯迅在廣州時期的若干史實》（《光明日報》1961年9月21日）、朱崇科的《廣州魯迅》（中國社會科學出版社2014年版）。
〔註5〕 吳中傑：《魯迅傳》，復旦大學出版社，2008年版，第264頁。
〔註6〕 許廣平：《魯迅和青年們》，《許廣平文集（第二卷）》，江蘇文藝出版社，1998年版，第17頁。「另外的原因」指愛情。
〔註7〕 許廣平：《致魯迅》（五十六），1926年9月30日，《兩地書全編》，浙江文藝出版社，1998年版，第486頁。
〔註8〕 許廣平：《魯迅和青年們》，《許廣平文集（第二卷）》，江蘇文藝出版社，1998年版，第17頁。
〔註9〕 魯迅：《致許壽裳》，1926年10月4日，《魯迅全集》（第十一卷），人民文學出版社，2005年版，第563頁。

參與過國民革命的一些外圍活動，和國共兩黨一起在女師大風潮和三・一八慘案中共同對抗過北洋政府，但雙方更多是一種基於共同鬥爭需要而形成的合作關係。〔註10〕魯迅自言「政治上的事，我其實不很了然」〔註11〕，他和國民革命之間有著不小的錯位，不但支持「除軍閥」更甚於「打倒列強」，而且對群眾運動始終持懷疑態度，甚至直到面臨政治迫害時，他在《大衍發微》中對通緝名單的解讀，仍然著眼於教育界的派系衝突，而非國民革命和政黨政治的眼光。

而國民革命在北京的迅速潰敗，也不能從根本上打動魯迅，所以他才會在北伐剛開始的時候，頗為悲觀地說：「中國自民元革命以來，所謂文藝家，沒有萎黃的，也沒有受傷的，自然更沒有消滅，也沒有苦痛和愉悅之歌。這就是因為沒有新的山崩地塌般的大波，也就是因為沒有革命。」〔註12〕事實上，這也是當時北方社會對廣州政府的普遍看法，「當時北方各軍閥並沒有把南方改組後的國民黨和隨後成立的國民政府放在眼裏。北京、天津、上海大城市的新聞媒體和社會輿論關注的重心，仍是北京中央政局的跌宕起伏。對南方國民黨的革新，認為它不過是跟著蘇俄『赤化』而已。甚至直到國民革命軍誓師北伐，北方各軍閥仍未把北伐軍當成自己的一個重大威脅，或認為蔣介石的北伐也會像過去『孫大炮』（孫中山）的幾次北伐一樣半途而折」〔註13〕。

也正因此，魯迅南下起初的打算是「很想休息休息」，「目的是：一，專門講書，少問別事，二，弄幾文錢，以助家用，因為靠版稅究竟還不夠」〔註14〕。但是隨著北伐的節節勝利，身在廈門的魯迅從這場被視為「第二次辛亥革命」的戰爭中，看到了國家統一和民族新生的希望，他開始和許廣平在通信中不斷交流信息和看法：

> 此地北伐順利的消息也甚多，極快人意。（9月14日）
> 北伐軍是順手的……（9月30日）

〔註10〕 參看邱煥星：《魯迅與女師大風潮》，《魯迅研究月刊》，2016年第2期。
〔註11〕 魯迅：《可慘與可笑》，《京報副刊》，1926年3月28日。
〔註12〕 魯迅：《馬上日記之二》，《世界日報副刊》，1926年7月19日。
〔註13〕 王奇生：《國共合作與國民革命（1924～1927）》，江蘇人民出版社，2007年版，第246～247頁。
〔註14〕 魯迅：《致李秉中》，1926年6月17日，《魯迅全集》（第十一卷），人民文學出版社，2005年版，第528頁。

此地的人民的思想，我看其實是「國民黨的」的，並不怎樣老舊。（10 月 10 日）

今天本地報上的消息很好，但自然不知道可確的，一，武昌已攻下；二，九江已取得；……（10 月 15 日）

昨天又聽到一消息，說陳儀入浙後，也獨立了，這使我狠高興。（11 月 9 日）

今天本地報上的消息很好，泉州已得，浙陳儀又獨立，商震反戈攻張家口，國民一軍將至漁關。（11 月 25 日）

不難看出，魯迅一直以喜悅的心情時刻關注著北伐的戰況，自覺站在了國民革命的立場上，積極擁護南方國民政府的軍事行動，甚至他還批評「國民黨則太老實」，「對於異黨寬宏大量」，竟然允許研究系的科學會學者在廣州開會，他說：「現在我最恨什麼『學者只講學問，不問派別』這些話，假如研究造炮的學者，將不問是蔣介石，是吳佩孚，都為之造麼？」〔註15〕實際上，這也是當時社會的普遍態度，「民十五六年之間，全國多數人心的傾向中國國民黨，真是六七十年來所沒有的新氣象」〔註16〕，譬如周作人就認為「這不是兩地方的人的戰爭，乃是思想的戰爭。南北之戰，應當改稱民主思想與酋長思想之戰才對」〔註17〕，而胡適更是盛讚「南方革命軍的北伐贏得了人民的同情和支持。但它不是紅色政權」，「南方政府是中國最好的、最有效率的政府」〔註18〕。

正是北伐的巨大勝利，喚起了魯迅因辛亥革命的失敗而喪失的政治革命熱情，他越來越認同廣州的國民政府，期待著進入這個革命的中心。而另一方面，由於魯迅在北京時的思想革命和反政府活動，他被輿論視為「中國思想界的權威」和「青年叛徒的領袖」，因而廣州政府也看中了魯迅的影響力，借中山大學改制之名，邀請魯迅「去指示一切」、「議定學制」〔註19〕。而中大改制的原因，主要有兩點：首先是國民革命和黨化教育的需要，「中山大學為中央最高學府，極應實施純粹之黨化教育，養成革命之前驅，以樹建設之

〔註15〕 魯迅：《致許廣平》（六十七），1926 年 10 月 20 日，《兩地書全編》，浙江文藝出版社，1998 年版，第 508 頁。

〔註16〕 胡適：《慘痛的回憶與反省》，《獨立評論》第 18 號，1932 年 9 月 18 日。

〔註17〕 豈明（周作人）：《南北》，《語絲》第 104 期，1926 年 11 月 6 日。

〔註18〕 曹伯言整理：《胡適日記全編》第 4 卷，安徽教育出版社，2001 年版，第 419～420 頁。

〔註19〕 魯迅：《致許廣平》（六十五），1926 年 10 月 16 日，《兩地書全編》，浙江文藝出版社，1998 年版，第 504 頁。

基礎」〔註20〕，它以孫中山的「革命尚未成功，同志仍需努力」爲校訓，以「革命科學化，科學革命化」爲辦學方針，因而中山大學和黃埔軍校分別被視爲國民黨的「文學校」和「武學校」；其次涉及內部的權力鬥爭，中大前身是國立廣東大學，最初是右派鄒魯掌權，之後被汪精衛控制，而隨著蔣介石地位的上升，他推薦了戴季陶爲中大第一任校長，但戴深知中大內部共產派和極右派鬥爭激烈，因而提出了三項就職前提：一是改中大校長制爲委員制，二是實施黨化教育，三是解散學校，重新整理。不久，戴季陶聯合左派清除以樹的黨爲代表的極右派，通過考試淘汰了二百餘名學生，而教師則全部重聘，「留者最多不過四分之一。一切無學識之飯桶，及爲樹的黨拉線之反動分子，已經清除淨盡」〔註21〕。

　　而據當時任中共中山大學總支部書記的徐彬如回憶，「因當時中大我黨勢力大，戴季陶不同我們接頭，不得我們允許，是進不了中大的」，在這種情況下，「戴季陶在上海與陳獨秀見面」，陳獨秀指示廣東區委，要求「戴到廣東後可以和他談判、提條件，讓他進中大當委員長」，廣州區委向戴季陶「提出許多條件，聘請魯迅便是其中一條」，因爲中大此前的文科學長郭沫若要求加入共產黨，陳延年和惲代英商量後安排「郭沫若到鄧演達爲主任的政治部去當宣傳科長」，「郭去後，文科學院學長就暫時空缺了」，而「這時魯迅正在廈門，我們提出要請魯迅來中大當文學系主任。我們與戴季陶談判了兩、三次」，他們的目的是「用魯迅的威望發動中大學生，進一步開展鬥爭」，除此之外，「國民黨右派也企圖爭取魯迅，寫歡迎魯迅的文章」。〔註22〕所以，魯迅人還沒到廣州，各方政治勢力已經私下裏做好了安排。

　　魯迅自然不知道這背後的複雜情況，他自己還通過私人關係積極尋求進入廣州的路徑，10月18日許廣平來信勸魯迅「來粵就事」，認爲「像顧孟餘，於樹德……你都可以設法」〔註23〕，於是魯迅趁孫伏園10月20日赴廣州的機會，「託伏園面託孟餘」〔註24〕，「孫到校訪各委員，具道魯迅願至粵意，

〔註20〕　《中華民國國民政府令》，《廣州民國日報》，1926年10月18日。
〔註21〕　《中山大學聘定教授講師》，《廣州民國日報》，1926年10月29日。
〔註22〕　徐彬如：《回憶魯迅一九二七年在廣州的情況》，《魯迅研究資料》第1輯，1976年10月。
〔註23〕　許廣平：《致魯迅》（六十六），1926年10月18日，《兩地書全編》，浙江文藝出版社，1998年版，第505頁。
〔註24〕　魯迅：《致許廣平》（六十七），1926年10月20日，《兩地書全編》，浙江文藝出版社，1998年版，第508頁。

彼等示歡迎，且言：『我校既欲請魯迅先生，亦欲請顧頡剛先生』，以聘書兩份交之」〔註 25〕，最終魯迅被聘爲中大唯一的正教授和中文系主任，此時的他「思想已經有些改變」，「沉靜而大膽，頹唐的氣息全沒有了」〔註 26〕，「抱著和愛而一類的夢，到了廣州」〔註 27〕。

在這一時期的通信中，魯迅對許廣平說：「其實我也還有一點野心，也想到廣州後，對於『紳士』們仍然加以打擊，至多無非不能回北京去，並不在意。第二是與創造社聯合起來，造一條戰線，更向舊社會進攻，我再勉力寫些文字。」甚至魯迅在聽到「政府將移武昌」的消息後頗爲失望，擔心「廣州情狀，恐怕比較地要不及先前熱鬧了」，從他所言的「我倒並不一定要跟隨政府」來看，魯迅其實是想追隨政府的，他此時的思想已頗左傾，以致爲創造社成員離開中大而氣餒，許廣平甚至建議他出任廣州《民國日報》的副刊編輯。但魯迅在充滿希望的同時，也充滿了矛盾，他一直在爲今後的方針是「做文章呢，還是教書」而「徘徊不決」，在他心目中，這二者是「勢不兩立的」，他最初更看重文藝運動，計劃「做些有益於目前的文章，至於研究，則於餘暇時做」，但是隨著中大對他的看重，他又打算先研究一兩年，「有餘暇，再從事於創作之類也可以」。另一方面，魯迅又在爲「教書」和「辦事」的選擇而苦惱，他覺得「教書與辦別事實在不能並行」，所以他最初對中大安排的「主任」一職，表示「那種煩重的職務，我是不幹的」，「只要教教書就夠了」，但是隨著他在廈大風潮中影響力的展示，他又表示「中大的職務，我似乎並不輕，我倒想再暫時肩著『名人』的招牌，好好的做一做試試看。如果文科辦得還像樣，我的目的就達了」。而關於這些游移搖擺的根源，魯迅自言是因爲「我有兩種矛盾思想，一是要給社會上做點事，一是要自己玩玩。所以議論即如此灰色。折衷起來，是爲社會上做點事而於自己也無害」然而正如他自己體會到的，「但我自己就不能實行，這四五年來，毀損身心不少」，更多時候他選擇了「爲人，是可以暫以我爲偶像，而作改革運動」。這個切身體驗在廣州迅速得到了驗證，革命洪流和政治鬥爭讓魯迅

〔註 25〕 顧頡剛：《顧頡剛日記 第一卷（1913~1926）》，臺北聯經出版事業股份有限公司，2007 年版，第 832 頁。

〔註 26〕 魯迅：《致許廣平》（一一九），1927 年 1 月 2 日，《兩地書全編》，浙江文藝出版社，1998 年版，第 599 頁。

〔註 27〕 魯迅：《在鐘樓上》，《語絲》第 4 卷第 1 期，1927 年 12 月 17 日。「愛而」即李遇安。

赴粵之前的設想和搖擺，都成為無足輕重的「灰色」思想，形勢逼迫著他去充當新的角色。〔註28〕

二、主動革命：戰士招牌與黨化教育

魯迅一到廣州，就陷入了被包圍的狀態，「訪問的，研究的，談文學的，偵探思想的，要做序，題簽的，請演說的，鬧得個不亦樂乎」〔註29〕。首先來的是中共方面，「畢磊和陳輔國幾乎每天都和他見面」〔註30〕，實際上這是陳延年的事先安排，「在魯迅先生還沒有踏上長堤江岸的時候，早就做好了一切準備工作：一是決定由黨總支指派畢磊、徐文雅兩同志、團組織指派陳輔國同志負專責與魯迅先生直接聯繫，做好工作；二是決定搞好對魯迅先生歡迎的籌備工作」〔註31〕；其次是國民黨方面，「後臺是國民黨的青年部長甘乃光」的「『左派青年團』的人也去找魯迅」〔註32〕，甘乃光安排《國民新聞》副刊編輯梁式「為打聽魯迅消息的專員」〔註33〕，梁式利用自己是許廣平同事的便利，找到孫伏園請他引薦並向魯迅約稿，而「左派青年團」負責人李秀然則以中大學生會主席的名義，邀請魯迅參加學生會召開的歡迎大會。

在1月25日中大學生歡迎會上，魯迅一方面批評「廣東是舊的」、「一個沉靜的社會」，鼓動青年「有聲的發聲，有力的出力」，「最希望的是，中山大學從今年起，要有好的文藝運動出現」，另一方面表示「我並非一個鬥爭者」，「我站在後面叫幾聲，我是很願意的，要我來開路，那實在無這種能力……現在我只能幫幫忙，不能把全部責任放在我身上」。〔註34〕這個演講集中反映了魯迅的「兩種矛盾思想」，既想革命又想獨立、既想為人又想為己，然而校

〔註28〕 以上通信內容發生於 1926 年 11 月 1 日到 1927 年 1 月 11 日之間，參看《兩地書全編》（浙江文藝出版社 1998 年版）第 522～605 頁。

〔註29〕 魯迅：《通信》，《語絲》第 151 期，1927 年 10 月 1 日。

〔註30〕 徐彬如：《回憶魯迅一九二七年在廣州的情況》，《魯迅研究資料》第 1 輯，1976 年 10 月。

〔註31〕 黃英博：《血腥的鬥爭和偉大的躍進——記魯迅先生應聘來穗》，《魯迅生平史料彙編（第四輯）》，天津人民出版社，1983 年版，第 386 頁。

〔註32〕 徐彬如：《回憶魯迅一九二七年在廣州的情況》，《魯迅研究資料》第 1 輯，1976 年 10 月。

〔註33〕 屍一（梁式）：《可記的舊事》，《魯迅生平史料彙編（第四輯）》，天津人民出版社，1983 年版，第 386 頁。

〔註34〕 魯迅（林霖記）：《魯迅先生的演說——在中山大學學生會歡迎會席上》，《魯迅在廣東》，北新書局，1927 年版，第 85、87、92 頁。

務委員朱家驊「接著演說，說這是我太謙虛，就我過去的事實看來，確是一個戰鬥者，革命者。於是禮堂上劈劈拍拍一陣拍手，我的『戰士』便做定了」〔註35〕。顯然，中大學生歡迎大會實際是一個專門爲魯迅公開舉行的革命「入會儀式」，「它們的主要目標是將個體從先前的忠誠和角色中脫離出來，投入到新的忠誠和角色中去」〔註36〕。

魯迅演講之後，國共兩黨迅速跟進，紛紛在官方報紙上發表歡迎文章，一改之前「著名文學家」的提法，稱魯迅爲「中國思想界的權威，時代的戰士，青年叛徒的領袖」，號召青年追隨魯迅「一齊到『思想革命』的戰線上去」〔註37〕。南方革命政黨對「思想革命」的強調，反映了他們接續五四思想譜系、建構自身合法性的訴求，他們有意突出了魯迅一脈，遮蔽了胡適、周作人等人，但是如果仔細看他們的文章，會發現廣州革命黨和青年學生對魯迅的期待，和其自我定位有很大不同：首先，國共兩黨希望魯迅「不願做『旁觀者』，繼續『吶喊』」〔註38〕，他們雖仍舊稱魯迅爲「思想界的權威者」、「青年叛徒的領袖」，但更核心的定位是「時代的戰士」，如此一來魯迅就從屬化、分子化了，而「青年學生們所期待於魯迅的，是要他作一個同他們一起走上街頭，大聲地議論革命與文學、革命與戀愛，有時又和群眾一起搖幌紅旗的實際運動的領導者」〔註39〕；其次是「希望先生繼續歷年來所擔負的『思想革命』的工作」，但又特別強調「他不但在消極方面反對舊時代，同時在積極方面希望著一個新時代」〔註40〕，實際暗示革命陣營自身是不能批評的；第三，「站在革命的觀點上」看魯迅的文學，肯定「論文實在比小說來得大」，認爲其雜文「堅決徹底反抗封建文化」，而其小說只有「對於革命的消極貢獻」，「他沒有叫農民起來反抗他們的命運，也沒有叫青年回到農村去改造農村。他只是很冷然地去刻畫，去描寫」。〔註41〕

〔註35〕 魯迅：《通信》，《語絲》第151期，1927年10月1日。
〔註36〕 大衛‧科澤：《儀式、政治與權力》，江蘇人民出版社，2015年版，第23頁。
〔註37〕 鳴鑾（余鳴鑾）：《歡迎魯迅先生》，《廣州民國日報‧現代青年》第26期，1927年1月27日。
〔註38〕 宋雲彬：《魯迅先生往那裡躲》，《國民新聞‧新時代》，1927年2月。
〔註39〕 山上正義：《論魯迅》，《魯迅研究資料》第2輯，1977年11月。
〔註40〕 一聲（劉一聲）：《第三樣世界的創造——我們應當歡迎的魯迅》，《少年先鋒》第2卷第15期，1927年2月21日。
〔註41〕 一聲（劉一聲）：《第三樣世界的創造——我們應當歡迎的魯迅》，《少年先鋒》第2卷第15期，1927年2月21日。

顯然，擁有廣州政權的革命黨有一個關於政治經濟文化的一體化控制，這和魯迅此前遭遇的大不相同。在北京時因爲馮玉祥「對民眾運動採取消極不干涉的狀態」〔註42〕，以及「段祺瑞政府算得是很放任的，亦極尊重出版和開會的自由」〔註43〕，由此「權威已與權力分離開來，政治已與政府管理分離開來，公共討論在政府機構之外的領域展開」，「賦予了『文人』、『啓蒙哲人』和『作家』一種新的功能和責任」〔註44〕，在這個以市民社會爲依託的公共空間裏，魯迅他們擁有文化領導權。但是，廣州革命黨的權威和權力重新合一，公共空間由此不再是對抗性而是服從性的，而且他們對「思想革命」的理解，已經從五四國民性批判變成了反帝反封建的階級鬥爭，高度政治化、意識形態化了。

魯迅很快發現了雙方訴求的錯位，意識到自己已經從北方「思想界的權威者」變成了一個南方「革命的戰士」，由此遭遇了「怎麼寫」的問題。此時的廣州，正在流行「革命文學社」的「內容注重革命文藝及本黨主義之宣傳」，革命黨和青年們實際希望魯迅寫的就是這樣的文字，然而魯迅「對於先有了『宣傳』兩個大字的題目，然後發出議論來的文藝作品，卻總有些格格不入」〔註45〕。不僅如此，各方政治勢力都在努力拉攏魯迅，中共方面派人「把黨團所領導的或受黨團影響的定期或不定期刊物經常送給魯迅閱讀，有的可以請他指教，有的還可以爭取他寫文章」〔註46〕，而「國民黨的上層人物也出面拉攏魯迅。陳公博、甘乃光、孔祥熙、戴季陶等官僚政客都送帖子請魯迅吃飯，魯迅一概拒絕」〔註47〕。

魯迅發現自己「看不清那裡的情形」〔註48〕，南方革命狀態和北方大

〔註42〕　《柏經狄三、四月份工作報告》，《北京青年運動史料（1919～1927）》，北京出版社，1990 年版，第 406 頁。
〔註43〕　林語堂：《林語堂自傳》，陝西師範大學出版社，2005 年版，第 39、41 頁。
〔註44〕　羅傑・夏蒂埃：《法國大革命的文化起源》，譯林出版社，2015 年版，第 10 頁。
〔註45〕　魯迅：《怎麼寫——夜記之一》，《莽原》半月刊第 18、19 合刊，1927 年 10 月 10 日。
〔註46〕　黃英博：《血腥的鬥爭和偉大的躍進——記魯迅先生應聘來穗》，《魯迅生平史料彙編（第四輯）》，天津人民出版社，1983 年版，第 386 頁。
〔註47〕　徐彬如：《回憶魯迅一九二七年在廣州的情況》，《魯迅研究資料》第 1 輯，1976 年 10 月。
〔註48〕　魯迅：《我和〈語絲〉的始終》，《魯迅全集》（第四卷），人民文學出版社，2005 年版，第 173 頁。

有不同，就以「還未熟悉本地的情形，而且已經革命，覺得無甚可以攻擊之處」〔註49〕爲理由，「投稿也很少」。實際上這都是魯迅的藉口了，他後來直言「我的話一半是眞的」，「至於我說無甚可以攻擊之處的話，那可的確是虛言」〔註50〕，「廣州的學生和青年都把革命遊戲化了，正受著過分的嬌寵，使人感覺不到眞摯和嚴肅」〔註51〕。但是這種「超然事外，不藍不赤」的態度，「便被人稱爲灰色」〔註52〕，宋雲彬公開發表了《魯迅先生往那裡躲》，批評「魯迅先生竟跑出了現社會躲向牛角尖去了」〔註53〕，收到此文後，梁式「略經考慮，就發表在《新時代》。這一來，魯迅就不能不發表文章了，幾天之後，魯迅答覆的稿子到了」〔註54〕。

　　魯迅首先委託許廣平發表公開答覆，強調自己忙於中大教務工作，需要時間來戰鬥，其次開始積極露面參加各種活動，而「在革命時期，一個地位稍高的人，整天忙的不外三件事：開會，演說，作文」〔註55〕，魯迅不能寫批判性文章，就先後參加了許多會議（教務會議除外），並做了多次演講：

　　　　2月18、19日，赴香港青年會演講，分別爲《無聲的中國》（《中央日報》1927年3月23日）和《老調子已經唱完》（《國民新聞‧新時代》1927年3月）；

　　　　3月1日，參加中山大學開學典禮並演講，題爲《讀書與革命》（《國立中山大學開學紀念冊》1927年3月）；

　　　　3月11日，參加中山先生逝世二週年紀念會並演講；

　　　　3月12日，參加中山先生逝世二週年紀念典禮；

　　　　3月24日，作《黃花節雜感》（中大政治訓育部編《政治訓育》第7期「黃花節特號」，1927年3月29日）；

〔註49〕宋雲彬：《回憶魯迅在廣州》，《東海》創刊號，1956年10月20日。
〔註50〕魯迅：《在鐘樓上》，《語絲》第4卷第1期，1927年12月17日。
〔註51〕山上正義：《論魯迅》，《魯迅研究資料》第2輯，1977年11月。
〔註52〕屍一（梁式）：《可記的舊事》，《魯迅生平史料彙編（第四輯）》，天津人民出版社，1983年版，第287頁。
〔註53〕宋雲彬：《魯迅先生往那裡躲》，《國民新聞‧新時代》，1927年2月。
〔註54〕屍一（梁式）：《可記的舊事》，《魯迅生平史料彙編（第四輯）》，天津人民出版社，1983年版，第283頁。
〔註55〕屍一（梁式）：《可記的舊事》，《魯迅生平史料彙編（第四輯）》，天津人民出版社，1983年版，第283頁。

3 月 29 日，參加嶺南大學黃花節紀念會並演講，強調革命尚未
成功，繼承先烈遺志；

4 月 8 日，赴黃埔軍校演講，題為《革命時代的文學》（《黃埔
生活》第 4 期，1927 年 6 月 12 日）；

4 月 10 日，做《慶祝滬寧克復的那一邊》（《《國民新聞‧新出
路》第 11 號，1927 年 5 月 5 日》。

不難看出，這些活動多數都是官方性的革命活動，演講也都發在黨報黨
刊上，其中「總理紀念週」和「黃花節紀念」都是學校推行黨化教育中最重
要的革命紀念活動，它們有著固定的程序，譬如魯迅參加的黃花節紀念，「秩
序如下：（一）奏軍樂。（二）向國旗行三鞠躬禮。（三）宣讀總理遺囑。（四）
孔庸之先生和周樹人演說。……（五）唱國歌。（六）學生代表齊集烈士堂前，
列隊往祭黃花崗」〔註 56〕。這些慶典集會意在革命紀念和民眾動員，像中大
總理逝世二週年紀念會「高呼口號而散，全場革命空氣異常緊張」〔註 57〕，
口號為「孫總理精神不死主義長在，孫總理是世界被壓迫民族的革命導師……
一切權力屬於國民黨……孫總理領導下的國民革命成功萬歲」〔註 58〕。集會
中的「名流演講會」尤其充當著「以廣宣傳」、「以引起民眾之觀感」〔註 59〕
的重要角色，他們通常由黨政要員和文化名人組成，內容也多是政治性、革
命性的宣傳動員。譬如 3 月 1 日的中山大學開學典禮上，在教務主任魯迅講
話之前，先後演講的是中大校務委員朱家驊、廣州政治分會代表胡春林、國
民政府實業部長孔庸之、國民政府教育行政委員鍾榮光、教育廳廳長許崇清、
黃埔軍校政治代表姜長林、中大政治訓育部主任何思源，他們紛紛強調中山
大學需要繼承總理遺志、實施黨化教育、建成黨國最高學府，所以只有在這
種背景下，我們才能明白魯迅演講的內容為何是「讀書不忘革命，革命不忘
讀書」以及「革命尚未成功，同志仍需努力」，因為它們正是中山大學的校訓
和辦學方針。

顯然，對魯迅清黨前的講演作文和活動理解，不能脫離黨化教育和國民
革命的大背景，總體來看，它們主要有三個主題：首先是批評廣州的「奉旨

〔註 56〕 《紀念黃花節的經過情形》，廣州《南大青年》第 15 卷第 21 期，1927 年 4
月 3 日。

〔註 57〕 《中山大學遊藝場開會盛況》，《廣州民國日報》，1927 年 3 月 17 日。

〔註 58〕 《紀念總理二週年之宣傳辦法》，《廣州民國日報》，1927 年 3 月 11 日。

〔註 59〕 《紀念總理二週年之宣傳辦法》，《廣州民國日報》，1927 年 3 月 11 日。

革命」和「革命精神已經浮滑」,「一切舊制度,宗法社會的舊習慣,封建社會的舊思想,還沒有人向他們開火」〔註60〕,因而革命策源地有成為「後方」的「危機」〔註61〕;其次是鼓動青年「喊出來」,「大膽地說話,勇敢地進行」,「將中國變成一個有聲的中國」〔註62〕,同時呼籲「讀書不忘革命」,「青年應該放責任在自己身上,向前走,把革命的偉力擴大!」〔註63〕第三是強調革命重於文學、革命人重於文學家,「文學文學,是最不中用的,沒有力量的人講的」,「為革命起見,要有『革命人』,『革命文學』倒無須急急,革命人做出東西來,才是革命文學」〔註64〕。

不難看出,「主動革命」的魯迅實際是內因與外因交相混合的產物,它讓我們看到了知識分子與革命的複雜關係:魯迅一方面有主動革命的願望和行動,「咬著牙關,背了『戰士』的招牌」來鼓動青年革命;另一方面這個「招牌」不以個人意志為轉移,要服從革命宣傳動員的需要,「我尤其怕的是演說,因為它有指定的時候,不聽拖延。臨時到來一班青年,連勸帶逼,將你綁了出去。而所說的話是大概有一定的題目的」,這其實是在「『革命的策源地』來做洋八股」。〔註65〕

三、被動革命:清黨批判與歷史重構

魯迅和廣州政黨的革命蜜月,維持了不到三個月就破滅了。由於中山大學聘請了魯迅的仇敵顧頡剛來做教授,他想不到的是,「在廈門那麼反對民黨,使兼士憤憤的顧頡剛,竟到這裡來做教授了,那麼,這裡的情形,難免要變成廈大,硬直者逐,改革者開除」〔註66〕,因而魯迅在 4 月 21 日向中大

〔註60〕 魯迅(林霖記):《讀書與革命——中山大學開學演講詞》,《魯迅在廣東》,北新書局,1927 年版,第 122 頁。

〔註61〕 魯迅:《慶祝滬寧克復的那一邊》,《國民新聞・新出路》第 11 號,1927 年 5 月 5 日。

〔註62〕 魯迅:《無聲的中國》,《魯迅講演考》,黑龍江人民出版社,1981 年版,第 153 頁。

〔註63〕 魯迅(林霖記):《讀書與革命——中山大學開學演講詞》,《魯迅在廣東》,北新書局,1927 年版,第 122 頁。

〔註64〕 魯迅:《革命時代的文學》,《黃埔生活》第 4 期,1927 年 6 月 12 日。

〔註65〕 魯迅:《通信》,《語絲》第 151 期,1927 年 10 月 1 日。

〔註66〕 魯迅:《致孫伏園》,1927 年 4 月 26 日,《魯迅全集》(第十二卷),人民文學出版社,2005 年版,第 31 頁。此信曾刊於孫伏園主編的漢口《中央副刊》第 48 號(1927 年 5 月 11 日)。

提出了辭呈。但不巧的是，由於辭職時正值廣州清黨，於是就出現了流言，香港「《工商報》上登出來了，說是因爲『清黨』，已經逃走」〔註67〕，在這種情況下，「魯迅懂得，如果這個時候他離開廣州，反動派就會說他『逃走』，給他扣上一頂『搗亂派』的帽子，不但會有『縲紲之憂』，還會有生命危險，所以他決定在廣州待下來，不走」〔註68〕。

但魯迅留下的結果，卻逐漸發現革命不但有政治強制，更有壓迫和殺戮。清黨之後的廣州，「言論界之暗，實在過於北京」〔註69〕，「雖然沉默的都市，而時有偵查的眼光，或扮演的函件，或京式的流言，來擾耳目」〔註70〕。首先，魯迅感覺自己被監控了，往來通信「已經檢查，並且曾用水浸過而又曬乾」〔註71〕；其次，關於魯迅的流言越來越多，香港的《循環日報》說魯迅「原是『《晨報副刊》特約撰述員』，現在則『到了漢口』」，「意在說我先是研究系的好友，現是共產黨的同道，雖不至於『槍終路寢』，益處大概總不會有的，晦氣點還可以因此被關起來」〔註72〕，還有「魯迅派」的流言，以致他從廈門帶來的學生「至今還找不到學校進，還在顛沛流離」〔註73〕；最終讓魯迅感到「恐怖」的，則是清黨的殺戮，起初他還試圖營救被捕的學生、捐款慰問，但很快發現青年人正在相互殘殺，而且極其隨意廣泛，「只消以一語包括之，曰：可惡罪」〔註74〕。

身處監控和流言中的魯迅，失掉了之前「戰鬥和革命」的光環，既往的各種頭銜「似乎已經革去」，「一種報上，已給我另定了一種頭銜，曰：雜感家」，「要我做序的書，已經託故取回。期刊上的我的題簽，已經撤換」，甚至「有一種報上，竭力不使它有『魯迅』兩字出現」。〔註75〕內心極爲憤怒的魯迅，於是「寫信向廣州市公安局長報告他的住址，表示隨時聽候逮捕，雖然

〔註67〕 魯迅：《略談香港》，《語絲》第 144 期，1927 年 8 月 13 日。

〔註68〕 宋雲彬：《回憶魯迅在廣州》，《東海》創刊號，1956 年 10 月 20 日。

〔註69〕 魯迅：《致章廷謙》，1927 年 6 月 12 日，《魯迅全集》（第十二卷），人民文學出版社，2005 年版，第 38 頁。

〔註70〕 魯迅：《〈小約翰〉序》，《語絲》第 137 期，1927 年 6 月 26 日。

〔註71〕 魯迅：《致章廷謙》，1927 年 7 月 7 日，《魯迅全集》（第十二卷），人民文學出版社，2005 年版，第 45 頁。

〔註72〕 魯迅：《略談香港》，《語絲》第 144 期，1927 年 8 月 13 日。

〔註73〕 魯迅：《通信》，《語絲》第 151 期，1927 年 10 月 1 日。

〔註74〕 魯迅：《可惡罪》，《語絲》第 154 期，1927 年 10 月 22 日。

〔註75〕 魯迅：《通信》，《語絲》第 151 期，1927 年 10 月 1 日。

公安局長回信安慰他，又有些有力者保證他的安全，而他似乎仍不免有點憤悶，煩躁」〔註76〕，魯迅感覺自己陷入了無物之陣，「彷彿感到有一個團體，是自以爲正統，而喜歡監督思想的。我似乎也就在被監督之列，有時遇見盤問式的訪問者，我往往疑心就是他們。但是否的確如此，也到底摸不清，即使真的，我也說不出名目，因爲那些名目，多是我所沒有聽到過的」〔註77〕。

在這種情況下，魯迅爲了消弭流言、躲避危險，開始採取一些行動重構自己的公共形象，他一方面不再參加公開的革命活動，不再公開演講撰文，而是「看看綠葉，編編舊稿」〔註78〕，有意將自己塑造成一個杜門著述的純粹學者，另一方面又選擇性地參加了一些學術活動，譬如 7 月 16 日在知用中學演講《讀書雜談》，7 月 23 日開始暑期演講《魏晉風度及文章與藥及酒之關係》，這些演講隨後都發表在了廣州民國日報副刊《現代青年》上，魯迅以此既是證明自己並未逃走，還可自由活動，又向公眾表明自己是一個不涉政治的隱士，也就是他後來所言的，「在廣州之談魏晉事，蓋實有慨而言。『志大才疏』，哀北海之終不免也」〔註79〕。魯迅的這些策略最終取得了成效，他知道「倘我一出中山大學即離廣州，我想，是要被排進去的；但我不走，所以報上『逃走了』『到漢口去了』的鬧了一通之後，倒也沒有事了」〔註80〕。

但是，在「僥倖的是終於沒有被做成爲共產黨」的同時，「被血嚇得目瞪口呆」的魯迅對國民革命的「幻夢醒了不少」〔註81〕，而最讓魯迅痛苦的，卻是他從青年人的慘死之中，反省到「自己也幫助著排筵宴」，一想到自己之前鼓勵學生讀書不忘革命的言行，魯迅就非常自責：「中國的筵席上有一種『醉蝦』，蝦越鮮活，吃的人便越高興，越暢快。我就是做這醉蝦的幫手，弄清了老實而不幸的青年的腦子和弄敏了他的感覺，使他萬一遭災時來嘗加倍的苦

〔註76〕 屍一（梁式）：《可記的舊事》，《魯迅生平史料彙編（第四輯）》，天津人民出版社，1983 年版，第 286 頁。

〔註77〕 魯迅：《通信》，《語絲》第 151 期，1927 年 10 月 1 日。

〔註78〕 魯迅：《〈朝花夕拾〉小引》，《莽原》半月刊第 2 卷第 10 期，1927 年 5 月 25 日。

〔註79〕 魯迅：《致陳濬》，1928 年 12 月 30 日，《魯迅全集》（第十二卷），人民文學出版社，2005 年版，第 143 頁。

〔註80〕 魯迅：《答有恆先生》，《北新》週刊第 1 卷第 49、50 期合刊，1927 年 10 月 1 日。

〔註81〕 魯迅：《致翟永坤》，1927 年 9 月 19 日，《魯迅全集》（第十二卷），人民文學出版社，2005 年版，第 68 頁。

痛，同時給憎惡他的人們賞玩這較靈的苦痛，得到格外的享樂」〔註82〕，「我疑心吃苦的人們中，或不免有看了我的文章，受了刺戟，於是挺身出而革命的青年，所以實在很苦痛」〔註83〕。在這種自我痛責之下，魯迅一度「立意要不講演，不教書，不發議論，使我的名字從社會上死去，算是我的贖罪」〔註84〕。

　　也正因此，魯迅對七月北新書局出版鍾敬文編輯的《魯迅在廣東》非常不滿，此書收錄了魯迅初到廣州的演講和文章，以及當時人關於魯迅的評論，呈現的是那個清黨前主動革命、動員青年的魯迅形象。爲此魯迅致信老闆李小峰，一方面要求「將書中的我的演說，文章等都刪去」，另一方面強調單是「看了《魯迅在廣東》，是不足以很知道魯迅之在廣東的。我想，要後面再加上幾十頁白紙，才可以稱爲『魯迅在廣東』」。〔註85〕而在給翟永坤的信中，魯迅也表示「《魯迅在廣東》我沒有見過，不知道是怎樣的東西，大約是集些報上的議論罷。但這些議論是一時的，彼一時，此一時，現在很兩樣」〔註86〕。顯然，他認爲存在著「兩個魯迅」形象，還有一個和《魯迅在廣東》中的激進戰士形象不同的「魯迅」。而正在這時，遠在北京的《北新》週刊上發表了讀者時有恆的信件，詢問「魯迅先生的『思想革命！救救孩子！』的精神，都不見於文字中了」，而「在現在的國民革命正沸騰的時候」，他們「請求於魯迅先生來親自出馬，對現社會下攻擊」。〔註87〕

　　在這種情況下，魯迅意識到自己僅僅是做一個「沉默」的隱士是不夠的，他必須重新向廣州之外的人尤其是原來北京的思想圈子解釋自己之前在廣州的行爲，公開發表自己對於國民黨清黨的看法，進而重建自己的公眾形象。爲此魯迅在《北新》發表了《答有恆先生》的公開信，一方面檢討自己是「做醉蝦的幫手」，另一方面批判國民革命的變質和恐怖，這之後魯迅開始大量發表文章，矛頭直指南方的革命黨人：首先是對「青年」的批判，魯迅說「我的一種妄想破滅了」，「殺戮青年的，似乎倒大概是青年，而且對於別個的不

〔註82〕　魯迅：《答有恆先生》，《北新》週刊第 49、50 合刊，1927 年 10 月 1 日。

〔註83〕　魯迅：《通信（覆 Y 先生）》，《語絲》第 4 卷第 17 期，1928 年 4 月 23 日。

〔註84〕　魯迅：《答有恆先生》，《北新》週刊第 1 卷第 49、50 期合刊，1927 年 10 月 1日。

〔註85〕　魯迅：《通信》，《語絲》第 151 期，1927 年 10 月 1 日。

〔註86〕　魯迅：《致翟永坤》，1927 年 9 月 19 日，《魯迅全集》（第十二卷），人民文學出版社，2005 年版，第 68 頁。

〔註87〕　有恆（時有恆）：《這時節》，《北新》週刊第 1 卷第 43、44 期合刊，1927 年 8月 16 日。

能再造的生命和青春，更無顧惜」〔註88〕，「我的思路因此轟毀，後來便時常
用了懷疑的眼光去看青年，不再無條件的敬畏了」〔註89〕；其次魯迅指向了
倡議清黨、「大呼『打倒……嚴辦』」的革命文學家，批評知識階級蛻變成了
殺人工具，「世間大抵只知道指揮刀所以指揮武士，而不想到也可以指揮文人」
〔註90〕；最終，魯迅將批判的矛頭指向了國民革命和國民黨，在他看來，「這
次的革命運動，也只是在三民主義——國民革命等言詞的掩護下，肆無忌憚
地實行超過軍閥的殘酷行為而告終」〔註91〕，南北政府本質上是一樣的，「在
五色旗下，在青天白日旗下，一樣是華蓋罩命，晦氣臨頭」〔註92〕，而國民
革命不過是「受機關槍擁護的仁義」，是一場「革命，革革命，革革革命，革
革……」〔註93〕的循環殺戮，其正義性和進步性徹底喪失掉了。

　　而另一方面，魯迅對自己清黨之前的歷史進行了重新的追溯和反思，在
《北新》和《語絲》等刊物上，先後發表了《怎麼寫》、《在鐘樓上》、《通信
（覆 Y 先生）》（包括之前的《通信（致李小峰）》、《答有恆先生》）等文章，
公開談及自己是如何被迫「咬著牙關，背了『戰士』的招牌」，在「全不知情」
的情況下被《做什麼》等刊物用作宣傳，以及自己批評廣州的言論如何「被
刪掉了」等等。如果將它們和《魯迅在廣東》中那些初到廣州的革命言論對
比，會發現雙方主要有三點差異：（一）戰士招牌：主動配合還是被動革命；
（二）廣州之舊：永遠革命還是奉旨革命；（三）革命文學：革命工具還是政
治工具。〔註94〕不難看出，此時的魯迅以否定國民革命的新立場，重構了自
己的歷史記憶，凸顯出一個被革命綁架、利用和扭曲的「被動革命」的魯迅
形象，由此也讓我們看到了「回憶的真實性問題，顯然不僅有其主觀方面，
而且還有其社會方面」〔註95〕，它實際是著眼於當前來重構了過去，所以即
使它是歷史當事人的自述，其真實性也不是自明的。

〔註88〕 魯迅：《答有恆先生》，《北新》週刊第 1 卷第 49、50 期合刊，1927 年 10 月 1 日。
〔註89〕 魯迅：《〈三閒集〉序言》，《魯迅全集》（第四卷），人民文學出版社，
　　　　2005 年版，第 6 頁。
〔註90〕 魯迅：《小雜感》，《語絲》第 4 卷第 1 期，1927 年 12 月 17 日。
〔註91〕 山上正義：《論魯迅》，李芒譯，《魯迅研究資料》第 2 輯，1977 年 11 月。
〔註92〕 魯迅：《革「首領」》，《語絲》第 153 期，1927 年 10 月 12 日。
〔註93〕 魯迅：《小雜感》，《語絲》第 4 卷第 1 期，1927 年 12 月 17 日。
〔註94〕 參看邱煥星：《自我歷史的遮蔽與重敘——魯迅為何否定〈魯迅在廣東〉》，《魯
　　　　迅研究月刊》，2014 年第 7 期。
〔註95〕 阿萊達・阿斯曼：《回憶有多真實？》，《社會記憶：歷史、回憶、傳承》，哈
　　　　拉爾德・韋爾策編，北京大學出版社，2007 年版，第 67 頁。

四、文學政治：革命同路人與革命人文學

9 月 27 日，魯迅和許廣平一起離開了廣州，他的感受是「到時大熱鬧，後來靜悄悄」〔註96〕，「我抱著夢幻而來，一遇實際，便被從夢境放逐了，不過剩下些索漠。我覺得廣州究竟是中國的一部分，雖然奇異的花果，特別的語言，可以淆亂遊子的耳目，但實際是和我所走過的別處都差不多的」〔註97〕。退往上海的魯迅，開始全面反思自己這段奇特的「在朝革命」經歷，最終指向了「革命與知識階級」以及「文藝與政治」的關係問題。

10 月 25 日，魯迅在國立勞動大學做了《關於知識階級》的演講，重提「愛羅先珂（V.Eroshenko）七八年前講演『知識階級及其使命』」的問題，他全面審視了 1922 年至今的「知識階級」命運，一方面認為「知識和強有力是衝突的，不能並立的」，「在皇帝時代他們吃苦，在革命時代他們也吃苦」，另一方面又強調「真的知識階級是不顧利害的」，「他們對於社會永不會滿意的，所感受的永遠是痛苦，所看到的永遠是缺點」，由此，魯迅提出了一個革命強力時代知識階級該如何存在的重大問題——「然而知識階級將怎麼樣呢？還是在指揮刀下聽命令行動，還是發表傾向民眾的思想呢？」〔註98〕

魯迅首先否定了時下南方流行的畫著兵士農工、「寫著許多『打，打』，『殺，殺』，或『血，血』的」〔註99〕文學，認為這不過是「視指揮刀的指揮而轉移的」革「命」文學。接著，魯迅否定了住在象牙之塔裏的「藝術家」，看起來雖然「平安」，然而背離了知識階級的真正使命，他不喜歡這種「隔岸觀火」的舊文藝，而是欣賞「現在的文藝，連自己也燒在這裡面，自己一定深深感覺到；一到自己感覺到，一定要參加到社會去！」「文學家便是用自己的皮肉在挨打的啦！」〔註100〕最終，魯迅在蘇俄文學中找到了生存的依據：一方面根據托洛茨基的理論，在社會主義建立之前的無產階級專政階段，由於無產階級忙於革命以及專政期過短，只能讓渡文化領導權給資產階級文學家來建立「同路人」文學，客觀上為繼承資產階級文化遺產和建立文化聯合戰線提供了可能；另一方面勃洛克、葉遂寧和梭波里這些人提供了現實的榜

〔註96〕魯迅：《通信》，《語絲》第 151 期，1927 年 10 月 1 日。
〔註97〕魯迅：《在鐘樓上》，《語絲》第 4 卷第 1 期，1927 年 12 月 17 日。
〔註98〕魯迅：《關於知識階級》，《國立勞動大學週刊》第 5 期，1927 年 11 月 13 日。
〔註99〕魯迅：《革命文學》，《民眾旬刊》第 5 期，1927 年 10 月 21 日。
〔註100〕魯迅：《文藝與政治的歧途》，《魯迅全集》（第七卷），人民文學出版社，2005 年版，第 121~122 頁。

樣，他們「不是新興的革命詩人」，但「同樣向革命突進了，然而反顧，於是受傷」〔註101〕。

魯迅由此得出的結論是：「同路人者，謂因革命中所含有的英雄主義而接受革命，一同前行，但並無徹底爲革命而鬥爭，雖死不惜的信念，僅是一時同道的伴侶罷了。」〔註102〕不過，魯迅的這個定位暗示了知識階級的悲劇命運，「革命同路人」實際意味著知識階級作爲整體在革命時代的消失，他們由此變成了「有機知識分子」，而同路人「天生的不是革命家」〔註103〕，無法徹底黨員化，雙方隨時存在分道揚鑣的可能，所以同路人的結局只能是，「凡有革命以前的幻想或理想的革命詩人，很可有碰死在自己所謳歌希望的現實上的運命」〔註104〕。

「革命同路人」的新定位，實際來自魯迅在廣州的最大發現，即「在野革命」一旦成功，轉變爲「在朝革命」，就可能失掉「不斷革命」的精神，退變成專制壓迫的「在朝政治」。實際上南北革命和公共空間的機制是不同的，在北京時是「知識階級」聯合「革命黨」一同對抗「北洋政府」，擁有文化領導權，而廣州的革命黨自己成立了政府，知識階級的革命對象不但不能是革命政府本身，而且要讓渡文化領導權，配合其進行宣傳動員，最終這種「革命的政治化」導致的清黨殺戮，導致了知識階級的分化，一部分堅持「在朝政治」，一部分重回「在野革命」。因此，魯迅在 12 月 21 日上海暨南大學所做的《文藝與政治的歧途》演講中指出：「我每每覺到文藝和政治時時在衝突之中；文藝和革命原不是相反的，兩者之間，倒有不安於現狀的同一。惟政治是要維持現狀，自然和不安於現狀的文藝處在不同的方向。」〔註105〕由此，魯迅提出了一個「文學／革命／政治」的三元論，而其要旨主要有兩點：一是文學與革命同構但與政治對抗，它不僅批判現實權力的政治壓迫，也批判革命內部的政治壓迫，這是一種「永遠革命」的在野批判精神；二是擺脫了之前新文化運動的文學工具論和文化本體論，強調了文學的本體性。

〔註101〕魯迅：《〈十二個〉後記》，《魯迅全集》（第七卷），人民文學出版社，2005 年版，第 312 頁。
〔註102〕魯迅：《〈豎琴〉前記》，《魯迅全集》（第四卷），人民文學出版社，2005 年版，第 445 頁。
〔註103〕魯迅：《通信（覆 Y 先生）》，《語絲》第 4 卷第 17 期，1928 年 4 月 23 日。
〔註104〕魯迅：《在鐘樓上》，《語絲》第 4 卷第 1 期，1927 年 12 月 17 日。
〔註105〕魯迅：《文藝與政治的歧途》，《魯迅全集》（第七卷），人民文學出版社，2005 年版，第 115 頁。

　　這種關於文學革命性和本體性的理解，反映了「魯迅作爲一位個體在面對整個革命時期的方式是精神式的、文學性的」〔註106〕，在他看來，「根本問題是在作者可是一個『革命人』，倘是的，則無論寫的是什麼事件，用的是什麼材料，即都是『革命文學』。從噴泉裏出來的都是水，從血管裏出來的都是血。『賦得革命，五言八韻』，是只能騙騙盲試官的」〔註107〕。正因爲「革命人」是「有革命精神的人」，所以他既能溝通文學與革命，也能溝通思想革命與政治革命的同一性，這正是魯迅穿梭於種族革命、辛亥革命、思想革命、國民革命這些不同類型革命之間的根源，他依據「革命精神」來看它們的現實性，一旦不能實現期待的變革效應，他就會以積極的態度繼續尋求新的革命力量。

　　可以看出，「革命同路人」和「革命人文學」實際是魯迅創造的新的革命政治，他溝通了文學和政治革命，但又擺脫了此前流行的「政黨政治」和「街頭政治」模式，創造了書齋文人的革命方式——「文學政治」：首先是文學的政治化，它強調了文學的政治參與性、革命批判性和文學本體性，而其本質就是徹底否定的「永遠革命」的精神；其次是政治的文學化，由於專制集團「獨佔了全部的行政權力，從而剝奪了民眾歷練政治藝術的機會」，而文學「在這個現實社會之上，逐漸建造起一個虛構的社會」，也就是用理想國的應然來對抗現實政治的實然，由此「政治生活被強烈地推入文學之中，文人控制了輿論的導向，一時間佔據了在自由國家中由政黨領袖佔有的位置」，「作家們不僅向進行這場革命的人民提供思想，還把自己的情緒氣質賦予人民……以致當國民終於行動起來時，全部文學習慣都被搬到政治中去」。〔註108〕

　　魯迅的這個「文學政治」創造，如果放在知識分子史和近代中國史中，更容易看到其意義所在：「知識階級」從晚清五四開始，實際就在努力構建以自身階級爲主體的領導權，一度形成了「戊戌前後的變法自強運動，辛亥革命運動，『五四』以來的國民運動，幾乎都是士的階級獨佔之舞臺」〔註109〕的狀況，但因爲核心定位是「蓋倫理問題不解決，則政治學術，皆枝葉問題」〔註110〕、「打定二十年不談政治的決心，要想在思想文藝上替中國政治建築一

〔註106〕丸山升：《辛亥革命與其挫摺》，《魯迅・革命・歷史——丸山升現代中國文學論集》，北京大學出版社，2005年版，第37頁。
〔註107〕魯迅：《革命文學》，《民眾旬刊》第5期，1927年10月21日。
〔註108〕托克維爾：《舊制度與大革命》，商務印書館，1992年版，第182、187頁。
〔註109〕獨秀：《中國國民革命與社會各階級》，《前鋒》第2期，1923年12月1日。
〔註110〕陳獨秀：《憲法與孔教》，《新青年》第2卷第3號，1916年11月1日。

個革新的基礎」〔註111〕，這種文化／政治的分離，導致知識階級成了在野精英，擁有的只是一種「文化領導權」，它以歐洲十八世紀自由主義爲基礎，視政治爲「必要的惡」，既迴避了民族國家和底層民眾的政治經濟訴求，又從整體上認同資本主義代議制，強調改良反對革命，所以最終在五四後被新起的國民革命所取代。而此時的魯迅卻在胡適、周作人等新文化人物傾向學術文藝而落伍之際，積極參與政治革命，進而創造了「革命同路人」和「革命人文學」的「文學政治」存在模式。這是一個既不同於五四思想革命，也不同於國民革命和共產革命的傳統，而是一個屬於魯迅自身的「寶貴的革命傳統」〔註112〕，它實現了「啓蒙和革命的聯姻」，誕生了「文學政治」的新知識分子參與方式，爲大革命失敗後知識階級左派反對國民黨統治、轉爲共產革命同路人，進而在左翼內部保持相對獨立提供了合法性支撐，最終對現代歷史變遷產生了重大影響，而從世界範圍來看，這也是一條遠早於西馬的「文化政治」的「第三條道路」創造。

所以，知識分子參與革命帶來的並非都是專制壓迫和扭曲變形，正如魯迅自己指出的，「然而他眼見，身歷了革命了，知道這裡面有破壞，有流血，有矛盾，但也並非無創造，所以他決沒有絕望之心」〔註113〕。從魯迅在廣州的經歷看，在朝革命的他經歷了「主動革命——反思批判——思想創造」三個階段的變化，而其根源則是南方革命機制的日漸政治化，其中既有主動也有被動，既曾沉默也曾發聲，由此讓我們看到了魯迅「主觀精神結構的複雜性、矛盾性和悖論性」〔註114〕，這絕非是「要麼是關在牢裏還是要寫，要麼他識大體不做聲」那麼簡單。20 世紀是一個革命的世紀，「革命」帶來的「與人生——社會緊鄰這一性質賦予中國現代文學最大的特色」〔註115〕，如果研究者只從當下的「告別革命」立場出發，就會脫離魯迅和歷史的實際，正如陳獨秀所說的：「我們爲什麼要革命？是因爲現在社會底制度和分子不良，用和平的方法改革不了，才取革命的手段。革命不過是手段，不是目的，除舊

〔註111〕 胡適：《我的歧路》，《努力週報》第 7 期，1922 年 6 月 18 日。
〔註112〕 瞿秋白：《〈魯迅雜感選集〉序言》，《1913～1983 魯迅研究學術論著資料彙編（第一卷）》，中國文聯出版公司，1985 年版，第 828 頁。
〔註113〕 魯迅：《馬上日記之二》，《世界日報副刊》，1926 年 7 月 19 日。
〔註114〕 汪暉：《初版導論》，《反抗絕望：魯迅及其文學世界》（增訂版），三聯書店，2008 年版，第 14 頁。
〔註115〕 丸山升：《關於中國現代文學研究的一己之見》，《魯迅·革命·歷史——丸山升現代中國文學論集》，北京大學出版社，2005 年版，第 365 頁。

布新才是目的。」〔註116〕也正因此，把「革命」重新帶回魯迅研究，重新發掘魯迅與政治的複雜關係，其意義既是歷史的，也是現實的。

簡介：

邱煥星（1973～）男，漢族，山東諸城人，南京大學文學博士，江蘇師範大學文學院副教授。

〔註116〕陳獨秀：《隨感錄‧革命與作亂》，《新青年》第 8 卷第 4 號，1920 年 12 月 1 日。

廣州體驗、「名士」流風與魯迅的「革命政治學」

陳紅旗

（嘉應學院文學院）

內容摘要：

　　魯迅在廣州時期的生命體驗，不但衍生了其情志劇變——喜怒憂思恐雜糅絞纏的多重鏡象，還展現了其在魏晉「名士」流風影響下對「革命」政治的深切體悟，更折射了其思想觀念的複雜性和文化選擇的獨異性。

關鍵詞：魯迅；廣州體驗；「名士」流風；革命政治學

　　討論魯迅與革命文學乃至左翼文藝運動之間的關係，須考慮到的一個因素是魯迅在廣州經歷過的「革命政治」給予他的「血」「淚」洗禮。或者說，就重構魯迅創作與 20 世紀 20 年代革命文藝運動的關聯性而言，「廣州體驗」更接近於齊澤克所說的「不可思議的幽靈的補充」之於「現實的圓周」〔註1〕的意義所在。在魯迅生活過的國內城市——紹興、北京、廈門、廣州、上海——當中，廣州是魯迅生活時間最短暫的一個，計從 1927 年 1 月初起到 9 月底止，但這九個月的生活經歷、生命體驗和「革命實際」對於魯迅政治立場的改變乃至人生的重大抉擇影響很大，這不但意味著其愛情有了最後的歸屬，也意味著其從「迷信」進化論到認同階級論的思想轉型，即推動他開始轉向無產階級革命文學運動並自覺地向「左聯」靠攏。在筆者看來，魯迅在廣州時期的生命體驗，不但衍生了其情志劇變的多重鏡象，還展現了其在魏

〔註1〕 〔斯洛文尼亞〕斯拉沃熱·齊澤克等：《圖繪意識形態》，方傑譯，南京大學出版社 2002 年版，第 27 頁。

晉「名士」流風影響下對「革命」政治的深切體悟，更折射了其思想觀念的複雜性和文化選擇的獨異性。

一、廣州體驗與情志劇變

關於魯迅與廣州之間的關係，學界注意到了魯迅因在廣州「目睹了革命高潮中混亂與失敗後的幻滅」〔註2〕而空間轉移到上海做自由撰稿人的歷史必然性，注意到了魯迅在廣州時期世界觀的「轉變」和思想的「質變」〔註3〕，也注意到了魯迅在廣州的生理焦慮、中年危機及其與許廣平「精神戀愛的愉悅及焦灼」〔註4〕，等等。筆者認為，這些觀點和論述都是有的放矢的，但很少有人注意到，廣州期間也是魯迅情志變化最為劇烈的一個時期，可謂「喜怒憂思恐」交互雜糅，且中間幾乎沒有什麼緩衝。這種因社會情狀、革命形勢、政治生態巨變所導致的情志驟變和心緒紛亂，帶給魯迅的除了震驚、憂傷、憤懣之外，更深層的是「只有『而已』而已」〔註5〕的無奈、無力和虛妄感。不過，魯迅的偉大之處在於，他明明深感絕望和虛無，卻又頑強地反抗絕望和虛無，這使得其思維方式充滿了悖論色彩，而不願將自己的灰暗思想傳遞給青年的自覺意識又使得其精神意旨充滿了隱喻特徵。這兩點同樣在魯迅的廣州體驗和創作當中體現出來了。

不同於北平、西安、南京、開封等古都，廣州是其中唯一一個沒有做過皇城的千年古城。在魯迅這裡，隨著他與廣州的親密接觸，廣州很快就呈現出了多重的文化面孔。首先，廣州是一個歷史文化名城，是一個美食文化很發達的省會城市，更是一個典型的南方綠色城市。相比於北方春季風沙撲面、冬季嚴寒久長的自然環境而言，四季碧草如茵、鮮花盛開的廣州給魯迅的第一感覺是非常美好的。所以，魯迅到廣州之後經常攜許廣平、廖立峨等四處遊玩：據統計，廣州時期魯迅遊覽過的公園有海珠公園、毓秀山（越秀山）、中央公園等，到過的茶樓有薈芳園、小北園、別有春、陸園等三十餘個，此

〔註2〕 錢理群：《鄉村記憶與都市體驗：走進魯迅世界的一個入口》，《海南師範學院學報》2006 年 1 期，第 44 頁。

〔註3〕 廣東魯迅研究小組編：《論魯迅在廣州》，廣州：廣東魯迅研究小組 1980 年版，第 134～180 頁。

〔註4〕 朱崇科：《愛在廣州：論魯迅生理的焦灼與愉悅》，《魯迅研究月刊》2013 年第 1 期，第 5 頁。

〔註5〕 魯迅：《而已集・題辭》，《魯迅全集》（第 3 卷），北京：人民文學出版社，1981 年版，第 407 頁。

外，他還經常攜許廣平等人觀影，以便加深雙方的私人感情。其次，廣州是魯迅眼中的一個現代革命策源地。由於積極關注起源於廣州的國民革命，所以魯迅到廣州和香港的演講均與「現代革命」的主題直接或間接相關，比如在中山大學開學典禮作題爲《讀書與革命》的演說，在黃埔軍官學校講《革命時代的文學》，在廣州知用中學講《讀書雜談》，在廣州夏期學術演講會講《魏晉風度及文章與藥及酒之關係》，在香港青年會講《無聲的中國》和《老調子已經唱完》等。再次，廣州在魯迅眼中是一個現代革命文化漸趨弱化的「革命大後方」。從創作視域來看，魯迅到廣州後很快就關注到了「黃花節」紀念活動。在《黃花節的雜感》一文中，他高揚了「革命家的偉大」：愛人死去只能給生者以悲哀，而革命家死去卻能給生者以「熱鬧」乃至「歡欣鼓舞」，「無論他生或死，都能給大家以幸福」；他還質疑了蔣介石的「革命成功」論調，「革命無止境，倘使世上眞有什麼『止於至善』，這人間世便同時變了凝固的東西了」〔註6〕；同時，他發現革命先烈正在被革命大後方的民眾所遺忘，庸人在日常消遣中「修養他們的趣味」〔註7〕，青年在「革命成功」的快感中苦悶於「戀愛和革命的衝突」〔註8〕，而過多的慶祝、謳歌正在使革命精神轉成「浮滑」「稀薄」乃至「消亡」〔註9〕。

如果說，魯迅在廣州的前三個月裏收穫的多是喜悅、充實和忙碌之感的話，那麼接下來的六個月則是他極爲震驚、憤怒、憂愁和恐懼的歷史時期。在廣州大規模慶祝滬寧克復時，魯迅卻在 1927 年 4 月 10 日想到了辛亥革命的失敗、張勳的復辟，想到了李大釗在北京的被捕，同時，危機意識使他在「陶醉著革命勝利」的景象中看到了「復舊」的危險和血的教訓。果不其然，他的擔心很快就變成了現實，五天後國民黨就展開了「四一五」反共「清黨」大屠殺，這令他極爲震驚和恐懼，甚至「被血嚇得目瞪口呆」。隨後，他積極營救學生未果，尤其在感到當時中山大學領導層不願營救被捕學生的無能、冷血和謬論後，他憤而辭去中山大學的所有職務，面對中山大學領導層的挽

〔註 6〕 魯迅：《黃花節的雜感》，《魯迅全集》（第 3 卷），北京：人民文學出版社，1981年版，第 410 頁。

〔註 7〕 魯迅：《略論中國人的臉》，《魯迅全集》（第 3 卷），北京：人民文學出版社，1981 年版，第 415 頁。

〔註 8〕 魯迅：《黃花節的雜感》，《魯迅全集》（第 3 卷），北京：人民文學出版社，1981年版，第 410 頁。

〔註 9〕 魯迅：《慶祝滬寧克復的那一邊》，《魯迅全集》（第 8 卷），北京：人民文學出版社，1981 年版，第 163 頁。

留和「權貴」們的利誘，他毫不動心，堅決表示不會再去做「大傀儡」，因爲他「是不走回頭路的」〔註10〕。更令他傷心和失望的是，他「總以爲將來必勝於過去，青年必勝於老人」，但在廣東他目睹了同是青年卻投書告密、助官捕人的事實，這不但令他的進化論思路因此「轟毀」〔註11〕，也令他備感悲憤和憂傷。他感慨自己逃掉了五色旗下的「鐵窗斧鉞風味」，卻逃不掉「青天白日」之下的「縲絏之憂」〔註12〕。他還在紀念年輕的共產黨員、中大學生畢磊的文章中感傷地寫道：「現在還記得《做什麼》出版後，曾經送給我五本。我覺得這團體是共產青年主持的，因爲其中有『堅如』，『三石』等署名，該是畢磊，通信處也是他。他還曾將十來本《少年先鋒》送給我，而這刊物裏面則分明是共產青年所作的東西。果然，畢磊君大約確是共產黨，於四月十八日從中山大學被捕。據我的推測，他一定早已不在這世上了，這看去很是瘦小精幹的湖南的青年。」〔註13〕最令魯迅感到失望、痛心和氣憤的是以現代評論派爲代表的自由知識分子的反應，他們面對血腥屠殺，或者閉口不言，或者用幽默「將屠戶的兇殘，使大家化爲一笑」〔註14〕，或者爲了投靠新主子而奉強權爲「公理」，最可怕的是如同做廣告般的對主子的「恭維」和對革命者的「嘲罵」，「簡直是膏藥攤上掛著的死蛇皮一般」〔註15〕。在魯迅的批評和批判背後，我們可以清晰地發現其情志變化非常劇烈，可謂喜怒憂思恐雜糅絞纏在一起，從而構成了他這一時期典型的情志特徵。

由於許廣平的關係，筆者認爲，魯迅在廣州期間的創作無疑夾雜著他很深的私人感情痕跡。作爲魯迅私人感情上一個有著特殊紀念意義的城市，廣州尤其是在廣州生成的生命體驗和審美趣味是影響他認同、選擇「革命文學」道路的重要因素，否則我們很難解釋爲什麼魯迅會在廣州和香港講演了那麼

〔註10〕 魯迅：《至章廷謙》，《魯迅全集》（第 11 卷），北京：人民文學出版社，1981年版，第 543 頁。

〔註11〕 魯迅：《三閒集·序言》，《魯迅全集》（第 4 卷），北京：人民文學出版社，1981年版，第 5 頁。

〔註12〕 魯迅：《通信》，《魯迅全集》（第 3 卷），北京：人民文學出版社，1981 年版，第 449 頁。

〔註13〕 魯迅：《怎麼寫（夜記之一）》，《魯迅全集》（第 4 卷），北京：人民文學出版社，1981 年版，第 21 頁。

〔註14〕 魯迅：《「論語一年」》，《魯迅全集》（第 4 卷），北京：人民文學出版社，1981年版，第 567 頁。

〔註15〕 魯迅：《革「首領」》，《魯迅全集》（第 3 卷），北京：人民文學出版社，1981年版，第 473 頁。

多關於革命文藝的話題。而閱讀魯迅在廣州寫下的《小雜感》《扣絲雜感》等雜文，在其隱而不顯的冷靜敘述下面，我們不難感受到他日漸成型的革命文學思想正如暗潮般在不斷湧動著。因此，駁雜的廣州體驗和實際「革命」經驗，改變了魯迅相對穩定的生活狀態和單純的「革命」認識，令他不得不思考更爲深層的「革命與文學的關係」和「革命」政治問題。

二、作者身份、文學限度與「名士」流風

關於「如何判定革命文學」和「革命與文學的關係」問題，魯迅將其關鍵節點歸爲作者的身份問題，並認定這是一個根本性和原則性的問題：「我以爲根本問題是在作者可是一個『革命人』，倘是的，則無論寫的是什麼事件，用的是什麼材料，即都是『革命文學』。從噴泉裏出來的都是水，從血管裏出來的都是血。『賦得革命，五言八韻』，是只能騙騙盲試官的。」〔註16〕以此爲判斷標準，魯迅認爲，只有在革命時代有大叫「活不下去了」的勇氣才可以做眞正的革命文學，而那種在強權者掩護下斥罵敵手和紙面上寫著許多打打殺殺、流血犧牲的文學，聽上去固然很英勇，但不過是一面鼓，並非眞正的革命文學，因爲這種文學不是對於強暴者的革命，而是對於失敗者的革命。由此，他進一步引出了文學的階級性問題，並借用窮人和小姐連出汗都不同的比喻，衍生出了對梁實秋超階級的「人性論」〔註17〕的質疑。

比較 20 世紀 20 年代「革命文學」中的人物形象主體——「工農兵學和小資產階級」，魯迅所認定的「革命人」在部分排除掉「資產階級」這個中國的新興「階級」之外，還消解了作爲「革命的同路人」——小資產階級「革命文學家」的先驅色彩，認爲小資產階級代言無產階級所寫就的其實是「寫歪」了的「革命文學」。他發現在專制強權之下和文禁嚴厲的時代，文學是最不中用的，有實力的人並不開口，他們想殺人就殺人，被壓迫者不管如何吶喊、叫苦和鳴不平，卻依然會被統治階級壓迫、虐待和殺戮。儘管革命地方的文學家喜歡說文學與革命大有關係，因爲如此可以用來宣傳、鼓動、煽動，從而促進革命和完成革命，但他覺得這樣的文章是無力的，對於人們的益處也不大。他指出，「小革命」並不能變換文學的色彩，只有「大革命」才可以

〔註16〕魯迅：《革命文學》，《魯迅全集》（第 3 卷），北京：人民文學出版社，1981
年版，第 544 頁。

〔註17〕魯迅：《文學與出汗》，《魯迅全集》（第 3 卷），北京：人民文學出版社，1981
年版，第 557 頁。

變換文學的色彩和影響文學的存在情態：（一）「大革命」之前，文學對於不公平的社會狀態會鳴不平，但一個民族僅有叫苦鳴不平的文學是沒有希望的，只有「怒吼的文學」出現才能產生真正的反抗力量和復仇精神；（二）到了「大革命時代」，文學反而沒有聲音了，因為大家或者忙著革命，或者為生存奔忙，所以是沒有閒空談文學的；（三）等到「大革命」成功後，社會狀態緩和了，生活有餘裕時就會又產生文學，其中一種是讚揚、稱頌、謳歌革命的文學，另一種是悼念舊社會、舊制度滅亡的輓歌文學。此外，他還消解了文學之於革命具有「偉力」的觀點，認為儘管文學可以表現一個民族的文化，但當時的中國更需要「實地的革命戰爭」，因為「一首詩嚇不走孫傳芳，一炮就把孫傳芳轟走了」，所以他更願意「聽聽大炮的聲音，彷彿覺得大炮的聲音或者比文學的聲音要好聽得多似的」。〔註 18〕

　　1927 年「四一二」和「四一五」事變之後，共產黨和國民黨成了勢不兩立的「階級敵人」，昔日的同盟與合作煙消雲散。國民黨因為掌控了軍事強權和官方媒體，所以似乎在一夜之間就將共產黨妖魔化為共產共妻的「反革命者」。在這種情況下，所有與共產黨有關係的人都會受到牽連，魯迅自然也不例外。為了避免發生生命危險，魯迅策略性地將自己喜歡點名批評的做法和鋒芒隱藏起來，他開始更多地利用隱喻、暗示來表達自己的觀點和立場。是故，針對國民黨對其自我「革命正統性」的自塑現象和言論，「從來沒有經驗過」〔註 19〕的恐怖感使得魯迅並未直接進行揭露和批判，而是借用軍閥的「盜名」現象進行了反諷，他說：這猶如北方一個曾經壓迫過國民黨的軍閥，在看到北伐軍勢力強大後便掛起了青天白日旗，說自己改信三民主義了，是孫中山的信徒，這樣還不夠，他還要做「總理的紀念週」，這時真正的三民主義信徒如果不去參加，他就會以反三民主義的名義對「總理信徒」進行定罪和殺戮，結果在其反動勢力之下，真正的信徒只好不談三民主義，或者聽人假惺惺地談三民主義時皺眉，做出「好像反對三民主義模樣」〔註 20〕。這裡，魯迅凸顯了「言行一致」這一行為標準和判斷準則，國民黨「革命正統論」

〔註 18〕 魯迅：《革命時代的文學——四月八日在黃埔軍官學校講》，《魯迅全集》（第 3 卷），北京：人民文學出版社，1981 年版，第 417～423 頁。

〔註 19〕 魯迅：《答有恆先生》，《魯迅全集》（第 3 卷），北京：人民文學出版社，1981 年版，第 453 頁。

〔註 20〕 魯迅：《魏晉風度及文章與藥及酒之關係》，《魯迅全集》（第 3 卷），北京：人民文學出版社，1981 年版，第 513 頁。

的出現改變了革命的本體性質、本來面目和政治訴求，後者把封建舊文化列
爲倡行對象，吸納、附著到自己的政治意識形態體系裏，假借革命的名義來
踐行法西斯主義之道，只有將其前後言行進行比較，才能發現這些「革命正
統論者」的流氓本質，但對付這種流氓政客，文學創作及文學批評很難眞正
奏效。

　　在某種意義上，只有理解了魯迅對文學限度的辯證認知和批判立場隱而
不顯的權宜之計，我們才有可能解開他在國民黨政治高壓之下高揚魏晉風度
的文學謎題。1927 年 8 月，魯迅在廣州《民國日報》副刊《現代青年》上發
表了《魏晉風度及文章與藥及酒之關係》，論述了魏晉文章與藥及酒之間的關
係，指出了個人品性、名士做派、社會風氣、政治生態才是造成魏晉時期特
殊文風的根本原因，尤其是政治之於文學的影響極大，「即使是從前的人，那
詩文完全超於政治的所謂『田園詩人』，『山林詩人』，是沒有的」，「完全超出
於人間世的，也是沒有的」，因爲如果完全超出於世是不會留下詩文的，「詩
文也是人事，既有詩，就可以知道於世事未能忘情」〔註 21〕。由此可知，當
魯迅寫下「其實『革命』是並不稀奇的，惟其有了它，社會才會改革，人類
才會進步」〔註 22〕之語時，廣義意義上的「革命」含義——「改革」——已
經成爲一種隱喻，它不僅使人類得以不斷進化，還使人類從野蠻走向文明。
因此，當他犀利地嘲諷香港和廣州等地郵局的報刊檢查制度和做法時，他意
識到「專制獨裁」的國民黨政府已經構成「社會革命」的阻力，後者將鎭壓
無產階級革命和阻礙無產階級革命文學的傳播，而他對香港報刊檢查情況的
描述和介紹也同樣透露出了政治質詢的意味。在 1927 年以後的生命歷程中，
魯迅的政治觀照於不同層面上依次展開，參與無產階級革命文學論爭、對「民
族主義文學」的鬥爭、文藝大眾化問題的討論、「兩個口號」論爭等都折射了
他的這種政治觀照向度。

　　如果說魯迅對政客的無恥和新軍閥的殘暴尚有心理準備的話，那麼對「幫
忙」和「幫閒」的投機知識分子的善變、冷漠和無良實在出乎他的意料。當
國民黨強權本質特徵彰顯出來時，這些知識分子不是反思、揭露和批判，而
是積極南下進行投奔以便謀求最大利益。這些「『紙糊的假冠』的才子們」自

〔註21〕　魯迅：《魏晉風度及文章與藥及酒之關係》，《魯迅全集》（第 3 卷），北京：人
　　　　　民文學出版社，1981 年版，第 516 頁。
〔註22〕　魯迅：《革命時代的文學——四月八日在黃埔軍官學校講》，《魯迅全集》（第 3
　　　　　卷），北京：人民文學出版社，1981 年版，第 418 頁。

命為「正人君子」，為了向政客和新軍閥獻媚，他們將「戰鬥」「革命」修改為「搗亂」「造反」，以勝利者的姿態「得意」地告訴讀者——共產黨人是如何被「用斧劈死」「亂槍刺死」的。他們謠傳魯迅已經逃離廣州去了漢口，竭力不使報紙上有「魯迅」兩個字出現，將魯迅冠以「雜感家」「學匪」「學棍」「文藝批評界的權威」「刀筆吏」「主將」「旗手」「世故的老人」「首領」「前驅」「青年指導者」「青年叛徒的領袖」等稱號，諷刺魯迅的特長「即在他的尖銳的筆調，此外別無可稱」，誣衊魯迅坐在高臺上指揮「思想革命」，抨擊與魯迅關係密切的進步學生，圍剿所謂以魯迅為首的「親共派」「語絲派」和「魯迅派」。為此，魯迅諷刺道：「一群正人君子，連拜服『孤桐先生』的陳源教授即西瀅，都捨棄了公理正義的棧房的東吉祥胡同，到青天白日旗下來『服務』了。」〔註 23〕顯然，魯迅在他們的「服務」言行中發現了深重的依附性和劣根性、「學而優則仕」的政治潛意識、為「吃人的宴席」助興的麻木心態、賞玩被壓迫者痛苦表情的看客醜態、助紂為虐的卑劣心理和惡意中傷、宣講「大義」的虛偽無聊、教書作文誤人子弟的可惡行徑、鼓吹「天乳行動」的蠻橫無理。為此他正話反說地表示：「公理和正義，都被正人君子奪去了，所以我已經一無所有。大義麼，我連它是圓柱形的呢還是橢圓形的都不知道，叫我怎麼『仗』？」〔註 24〕更糟糕的是，他們的狀態和言行「視指揮刀的指揮而轉移」〔註 25〕，思想上不但熱衷於「復古」，精神上還想師法和助推「文字獄」以打壓論敵，即「同胞之熱心『復古』及友邦之贊助『復古』者，似當奉為師法者也」〔註 26〕；同時，他們積極為獨裁者實施的「可惡罪」進行「洗白」，「許多罪人，應該稱為『可惡的人』」〔註 27〕，這些「可惡者」不是被法律定罪，而是被「幫忙者」用「花言巧語」定為「可惡罪」後槍斃或坐監。這實在太可怕了，這同樣是魯迅從未經驗過的「大恐怖」。

〔註 23〕 魯迅：《通信》，《魯迅全集》（第 3 卷），北京：人民文學出版社，1981 年版，第 450 頁。

〔註 24〕 魯迅：《辭「大義」》，《魯迅全集》（第 3 卷），北京：人民文學出版社，1981 年版，第 461～462 頁。

〔註 25〕 魯迅：《扣絲雜感》，《魯迅全集》（第 3 卷），北京：人民文學出版社，1981 年版，第 486 頁。

〔註 26〕 魯迅：《談「激烈」》，《魯迅全集》（第 3 卷），北京：人民文學出版社，1981 年版，第 477 頁。

〔註 27〕 魯迅：《可惡罪》，《魯迅全集》（第 3 卷），北京：人民文學出版社，1981 年版，第 494 頁。

魯迅對事實的揭露和對論敵陰暗心理的挖掘，令後者顏面無存，所以他們輕薄地將魯迅說成「名士派」。魯迅認為自己「先前的攻擊社會，其實也是無聊的」，庸眾並不知道他在「攻擊社會」，否則他早已「死無葬身之所」，他對於庸眾的國民劣根性認識極深，認為「民眾的罰惡之心，並不下於學者和軍閥」〔註 28〕。顯然，魯迅的批評是有的放矢的，卻被別有用心者認為是在發「名士脾氣」，實際上魯迅的「氣憤」和「批判」並非是因為他脾氣大，而是源於他不畏強權、永不屈服、追求獨立人格的「名士」流風。比如，魯迅欽佩孔融敢於譏諷和反對曹操言行的膽量，推崇阮籍積極反對古時舊說的新穎思想，認可嵇康不與強權者同流合污的高傲品格，稱頌劉伶放肆情志、縱酒避世、傲視世俗規範的任性放誕，崇尚魏晉先賢名士風度背後對「名教」禮法的蔑視、對自然的嚮往，以及對獨立人格和反抗精神的追求。「竹林七賢」的名位變大之後，很多後人會模仿和學習他們的言行，但所學的不過是「表面」和「皮毛」，學會了無端的空談和飲酒，卻無力辦事，根本學不到名士精神，也學不到「嵇康師心以遣論，阮籍使氣以命詩」〔註 29〕的文章特色和思想精髓。這就消解了當時所謂「才子」「名流」的人設光環，並揭露了他們在強權統治之下既想求雅又怕死的犬儒心態。

三、經常之理與革命政治學

在魯迅看來，強權者橫行的時代，很多「經常之理」會失去效力和合理性。弱者遇到強權者的誣衊和構陷不但無可申辯，還會得到嚴厲的訓斥：「總之是你錯的：因為我說你錯！」〔註 30〕或者說，強權和邪惡會在暗黑時代戰勝真理和正義，同時，誰掌握了歷史的撰寫權和話語的講述權，誰就擁有了「終極真理」，這正如福柯「話語」理論所啟發我們的：強權話語的背後是權力運作，「權力不是一種制度，不是一個結構，也不是某些人天生就有的某種力量，它是大家在既定社會中給予一個複雜的策略性處境的名稱」〔註 31〕，

〔註 28〕 魯迅：《答有恆先生》，《魯迅全集》（第 3 卷），北京：人民文學出版社，1981
　　　　 年版，第 457 頁。
〔註 29〕 吳林伯：《〈文心雕龍〉義疏》，武昌：武漢大學出版社，2002 年版，第 593
　　　　 頁。
〔註 30〕 魯迅：《略談香港》，《魯迅全集》（第 3 卷），北京：人民文學出版社，1981
　　　　 年版，第 428 頁。
〔註 31〕 〔法〕米歇爾・福柯：《性經驗史》，余碧平譯，上海人民出版社 2000 年版，
　　　　 第 67～68 頁。

權力使問題得以提出、陳述成為可能，而正是這種權力建構和生產「真理」的知識系統，使得話語的真實性（「真理」）更多地取決於話語的敘述權。返觀魯迅，他敏銳地看出了「四一五」政變後進步青年在國民黨專制強權下的悲慘處境：「今年似乎是青年特別容易死掉的年頭。『千里不同風，百里不同俗。』這裡以為平常的，那邊就算過激，滾油煎指頭。今天正是正當的，明天就變犯罪，藤條打屁股。」〔註32〕這意味著一個人是否言辭「激烈」「親共」或「赤化」完全是憑專制獨裁者的話語來判定的，這就影射了當時國民黨當權派濫用權力、草菅人命背後的政治黑暗。

自新文化運動以來，魯迅作品凸顯的多是「立國」「立民」「立人」和「改造國民性」的啓蒙文學主題，政治問題並不是他關注的核心問題，他雖然經歷了晚清以來發生的「反滿」「共和」「五四」「北伐」等重大政治事件，但他並不知道政治的真正厲害。他那時對於「革命」的理解向度幾乎完全是正面的，他認同章炳麟「以革政挽革命」的革命思想，認為他的《訄書》和鄒容的《革命軍》對清末革命運動起到了巨大而積極的推動作用：「倘說影響，則別的千言萬語，大概都抵不過淺近直截的『革命軍馬前卒鄒容』所做的《革命軍》」〔註33〕。他的意見集中到一點就是「革命」不是教人去死的，而是「教人活的」〔註34〕。但在廣州的經歷讓他切身感受到了「革命」政治鬥爭的激烈情狀：「革命的被殺於反革命的。反革命的被殺於革命的。不革命的或當作革命的而被殺於反革命的，或當作反革命的而被殺於革命的，或並不當作什麼而被殺於革命的或反革命的。」〔註35〕在這段研究者們多次徵引過的魯迅對於革命、反革命、不革命三者之間關係的精妙演繹和著名論斷中，讀者感受到了以「革命」的名義殺害「反革命者」乃至「非革命者」的血腥與殘酷。也許有人認為魯迅的這些見解存在邏輯漏洞——難道「革命」政治上只有革命者與反革命者、非革命者的交互關係嗎？事實上，這並非魯迅的邏輯缺陷，因為這麼看和這麼做的是國民黨右派，以魯迅的認識高度，他不可能看不到

〔註32〕 魯迅：《談「激烈」》，《魯迅全集》（第 3 卷），北京：人民文學出版社，1981
年版，第 476 頁。

〔註33〕 魯迅：《雜憶》，《魯迅全集》（第 1 卷），北京：人民文學出版社，1981 年版，
第 221 頁。

〔註34〕 魯迅：《上海文藝之一瞥》，《魯迅全集》（第 4 卷），北京：人民文學出版社，
1981 年版，第 297 頁。

〔註35〕 魯迅：《小雜感》，《魯迅全集》（第 3 卷），北京：人民文學出版社，1981 年版，
第 532 頁。

人與人之間在革命／反革命／非革命關係之外的複雜社會關係。換言之，就算魯迅在簡化政治本質問題，他也能看到「革命」政治的複雜性，辯證思維使他對革命與政治及文學之間的關係有著極為精準的辨析。當時代正以殘酷的階級鬥爭邏輯預示著無產階級革命運動步入低潮時，中年魯迅的文字留下了早已超越時人對他作為「雜感家」的否定性界定和「革命」政治認識維度。

「政客」「流氓」和「御用文人」的一個常見特徵是「善變」，越是「偉大」的政治家越是善於「翻手為雲覆手為雨」，越是善於「顛倒黑白」，可謂為了成功不擇手段。作為一個現代知識分子，魯迅看重的是知識分子要有「風骨」和「尊嚴」，而這些恰恰是「政客」「流氓」和「御用文人」最容易拋捨掉的「東西」。當魯迅以「文人風骨」這一視域審視新軍閥、國民黨政客及其御用文人的言行時，他所看到是「醜陋的表演」和「騙人的勾當」：「有明說要做，其實不做的；有明說不做，其實要做的；有明說做這樣，其實做那樣的；有其實自己要這麼做，倒說別人要這麼做的；有一聲不響，而其實倒做了的。」〔註36〕也就是說，他們的想、說、做是分裂的。比如袁世凱為了稱帝宣稱信奉孔子學說並恢復祭孔傳統，孫傳芳為了不被「革」命「復興了投壺之禮」，「狗肉將軍」張宗昌附庸風雅、重刻《十三經》等，這些人明明不信孔子、禮教，甚至不怎麼識字，卻偏要大談孔夫子、《十三經》和聖道〔註37〕；一面是「中執委會令各級黨部及人民團體制『忠孝仁愛信義和平』匾額，懸掛禮堂中央，以資啟迪」〔註38〕，一面是發動血流成河的反革命政變；一邊是制禮作樂、尊孔讀經；一邊是坦然地放火殺人、姦淫擄掠，「做著雖蠻人對於同族也還不肯做的事」〔註39〕。顯而易見，他們言行分裂背後的目的是謀求政治權力，且其醜惡行徑完全出乎人們的「意表之外」〔註40〕。

〔註36〕 魯迅：《推背圖》，《魯迅全集》（第5卷），北京：人民文學出版社，1981年版，第91頁。

〔註37〕 魯迅：《在現代中國的孔夫子》，《魯迅全集》（第6卷），北京：人民文學出版社，1981年版，第317頁。

〔註38〕 魯迅：《由中國女人的腳，推定中國人之非中庸，又由此推定孔夫子有胃病——「學匪」派考古學之一》，《魯迅全集》（第4卷），北京：人民文學出版社，1981年版，第508頁。

〔註39〕 魯迅：《馬上支日記》，《魯迅全集》（第3卷），北京：人民文學出版社，1981年版，第332頁。

〔註40〕 魯迅：《「意表之外」》，《魯迅全集》（第3卷），北京：人民文學出版社，1981年版，第496頁。

　　透過「政客」「流氓」和「御用文人」的「演戲」活動，魯迅發現一段 1927年的中國「現代史」就是一部「革命」政治鬥爭和階級鬥爭的「慘史」，就是一部「革命政治學」。不懂得這種革命政治學的結果，往往只會看到二元對立的矛盾雙方和一段「剿匪史」，而看不到「革命現代性」裂變後生發出來的歷史光影。顯然，這種誤讀帶來了對「革命」「共產黨人」的多重誤解，這並不重要，重要的是要看這種有意無意的誤讀在當時對誰有利，而答案不言自明。還值得注意的是，從政治視域來看，魯迅的思想並不是瞿秋白所認定的「從進化論最終的走到了階級論」〔註 41〕。瞿秋白的認識當然有其深刻之處，但這一結論並不能涵容魯迅 1927 年思想變化線索的全部，也難以反映出魯迅「革命」政治思想的複雜性。魯迅固然認同「階級論」的合理性，但並未抹殺「未來」的希望所在，因此並未完全拋捨「進化論」，他所拋捨的其實是簡單的「機械進化論」。但階級論的吸納的確使魯迅完整地構建了他的「革命政治學」：起初，他從廣義的與「進化」相對的「變革」涵義上來高揚「革命」改造社會、思想和人生的巨大功用；1927 年的「清黨運動」讓他從政治層面上意識到了以「革命」的名義屠殺異端和異己的可怕與殘酷；同時，階級鬥爭視域的引入，讓他進一步認識到了「無產階級革命」的必然性和「無產階級革命文學」的存在合理性。在某種層面上，魯迅的思想固然充滿了二元對立的辯證意味和悖論色彩，但決定其革命認識和文學觀念嬗變的根由，或許並不是對進化論的失望和揚棄，也不是生命哲學意義上的「生命體驗」或心理學意義上的「人格心理」，而是革命政治學這一「革命現代性」幽靈。

本文係教育部人文社會科學研究一般項目「中國左翼文學的想像與敘述（1927～1949）」（項目編號：17YJA751006）和 2016 年度廣東省哲學社會科學規劃學科共建項目「中國左翼文學的革命想像與精神流變（項目編號：GD16XZW03）」的階段性成果之一。

作者簡介：

陳紅旗（1974～），文學博士，嘉應學院文學院教授，暨南大學兼職碩士生導師，主要從事中國現當代文學與文化研究。

〔註 41〕瞿秋白：《魯迅雜感選集序言》，《多餘的話》，北京：中國友誼出版公司，2014年版，第 149 頁。